少年は残酷な弓を射る

上

ライオネル・シュライヴァー

光野多惠子　真喜志順子　堤理華　訳

Lionel Shriver

We Need to Talk About

Kevin

EAST PRESS

テリへ——わたしたちがまぬがれた最悪のシナリオのひとつ

WE NEED TO TALK ABOUT KEVIN
by
Lionel Shriver

編集協力　力丸祥子

装画　諏訪　敦
「どうせなにもみえない ver.4 classic」
（求龍堂刊『諏訪敦 絵画作品集　どうせなにもみえない』より）

装丁　川名　潤
（Pri Graphics inc.）

少年は残酷な弓を射る　上

子どもはもっとも愛に価しないとき、愛を必要とする。

――エルマ・ボンベック

二〇〇〇年十一月八日

親愛なるフランクリン

今日の午後、ある出来事があってこの手紙を書きはじめました。あんな些細な出来事でどうしてそういう気になったのかは自分でもよくわかりません。でも、あなたと別れたあとでなにが寂しいといって、外から帰ってきたときのあの楽しみがなくなってしまったことほど寂しいことはわたしにはないのです。外から帰ってくるとあなたがいて、その日の出来事を話して聞かせる楽しみ。狩りからもどった猫が飼い主の足元に獲物を置いてみせるように、つがいの動物がべつべつの縄張りで一日の狩りにいそしんだあと、取りわけておいたささやかな贈り物をそっと差しだすように……。あなたはあの台所にどんと腰をすえ、もう夕飯の時刻だというのにせっせとグラノラ入りパンにピーナッツバターを塗っている。そのそばでわたしは買い物の袋を床に置き、なにはさておき話しはじめる。袋から肉や野菜の汁がしみ出していても、今夜はパスタなんだからそのパンは全部は食べないでとあなたに釘を刺しておく必要があっても、そういうことは全部後まわしにして。

　結婚したてのころ、わたしがしゃべることといったら、リスボンとかカトマンズとかいった外国のことばかりだったわね。でも、他人の外国旅行の話を延々と聞きたがる人なんてそうそういるもんじゃない。それに、やけに愛想よく聞いてくれるあなたの様子を見れば、あなたがほんとうに聞きたいのはもっと身近なところであったちょっとした出来事なんだとわかったわ。たとえばジョージ・ワシントン・ブリッジ料金所の徴収員との一風変わったエピソードとか……。平凡な日常のなかのすてきな話を聞くたびに、あなたは思っているようだった。わたしの外国体験なんてやっぱりまやかしにすぎないんだって。あなたにいわせれば、わたしが後生大事に持って帰るおみやげやエピソード――賞味期限の切れかけたベルギー・ワッフル、アメリカ人が「ナンセンス」というところをイギリス人は「たわごと《コッズワロップ》」なんていうのよ！――は、異国のものというおまじないがかかっているせいでありがたそうに見えるだけの代物だった。よくいってたわよね。このニューヨーク州に目を向けてごらん、ナイアックのグランド・ユニオン・ファミリーマーケットで買い物をしている最中にだって、気の利いた出会いがあるはずだって。

　そのグランド・ユニオンでなのよ、いまから話す出来事があったのは……。外国になんか行かなくてもものめずらしい出来事はたくさんある、危険な目に遭うのはアルジェリアにいるときだけじゃないんだって、あなたがよくいってたけど、そのとおりだと思いしらされたわ。わたしがいたのは乳製品の売り場だった。そして、買わなければならないものはごくわずかだった。このごろは、たくさんは買わないようにしてるの。パスタももう作らなくなってしまったし。ほとんど全部をひとりで平らげてくれていたあなたがもういないから。

　わたしはいまだに怖くてしかたないの、人が大勢いるところに顔を出すのが。こんなことをいったらあなたはきっとこういうわね。ここはヨーロッパ人がいうところの「歴史の観念のない国」だぞ、大勢いるといったって、どうせなんでもすぐに忘れてしまうアメリカ人ばっかりじゃないかって。でもね、そうは問屋がおろさないの。この界隈の住民にかぎっていうと、だれひとりとして忘れてしまったようには見えないわ。いまだに、いえ、正確にいうと、あれから一年七カ月がたったいまでも。だから食料が底をつきかけて買い出しに出かけるたびに、わたしは勇気をふりしぼらなければならなくなる。さすがにホープウェル通りのセブン-イレブンでは、店員もわたしを見あきたのか、牛乳のクォートパックを買いに行ってにらまれることはなくなったけど。でも、わたしたちの行きつけのスーパー、あのグランド・ユニオンはいまだに敵地です。

　あそこではいつもなぜか後ろめたい気持ちになってしまう。だから、せめて背すじをのばしてすぼんだ肩を広げるの。「胸を張って生きる」という言葉の意味が、いまごろになってやっとわかった気がするわ。姿勢と気持ちがこんなに連動して変わるなんて驚くわよね。同じ屈辱を味わうにしても、背すじをのばして胸を張っていれば多少はダメージがやわらげられる気がする。

　そのとき、わたしは卵を買おうとしていた。LかMかでサイズを迷いながらヨーグルトの棚のほうをちらっと見ると、ほんの一、二メートル先に女性客がいた。黒く染めた髪がずいぶん傷んだ感じで、生え際には白髪が数センチものぞいてた。パーマもすっかりのびていて、カールが残ってるのは毛先だけ。身につけているラベンダー色のブラウスとスカートは、何年か前だったらたぶんすごくファッショナブルだったろうけど、いまではブラウスは脇の下がきちきちになっていたし、スカートのひだ飾りはその下の胴回りの太さを強調するだけだった。どちらもアイロンかけが必要に見えたし、ブラウスの肩パッドはワイヤーハンガーに当たっていたところが折れ曲がってた。きっと洗濯が間に合わなかったか、整理が行き届いてないかで、しかたなくクローゼットの奥に眠ってたやつを引っぱりだして着てきたんだなと思ったわ。その女がプロセス・チーズの棚のほうに顔を向けたとき、二重顎がはっきり見えた。

あ、ここまで書いてきたことで、これがだれだか当てようとしてもむだよ。あなたが知ってたころの彼女はやせぎすで顔つきもシャープで、見た目だけゴージャスという意味ではデパートの包み紙といい勝負だったもの。最愛の家族を亡くしたってことで彼女がやせ細ってたとしたら、たぶんもっと泣かせる話になったと思うけど、考えてみたら、人が悲しいときの反応って一つじゃないのよね。水しか喉を通らなくなることもあるかもしれないけど、チョコレートをどか食いしちゃうことだってあるのよ、きっと。それと、世の中には、夫を喜ばせるためというより、娘とはりあおうとして、体型維持を心がけたりドレスアップしたりする女もいるわけよ。彼女の場合、わたしたちのせいでそのはりあう相手がいなくなってしまったんだから。

そう、それはメアリー・ウルフォードだった。いばっていえることじゃないけど、わたしはいま彼女と顔を合わせるのはぜったいいやだった。それでひどくあわててしまった。卵の割れを調べていた手に冷や汗が吹きだした。とっさに顔を取りつくろい、隣の売り場で買わなきゃならない物があったのを思い出したようなふりをした。卵のパックをとりあえずカートのチャイルドシートに放りこむと、キーキー音を立てられたらかなわないからカートは置いたままにして、いかにも用事がありそうな顔でそこを離れた。そしてスープ売り場でじっと息をひそめていた。

こういうときのためにもっと心の準備をしておくべきだったと思ったわ。いえ、けっこういつも覚悟はしているのよ――ことが終わってみたら必要なかったということがほとんどなんだけど、用心に用心を重ねて、身構えて。でもね、毎日のつまらない用事をしに行くとき、そのたびにがっちり身構えて出かけるなんてことはできやしない。それにメアリーがわたしに対してなにか新しい攻撃材料を持ってるかといえば、それもあやしかった。だって、民事裁判だなんだかんだって、あの人にはもうさんざんひどい目に遭わされたんだから。ただ、いくらそう思ってもわたしの激しい動悸はおさまらなかったし、エジプトみやげの刺繍入りのバッグを財布が入ったままカートのなかに置いてきたのに気づいたんだけど、すぐに取りにもどる気にもなれなかった。

バッグとお財布のことを考えると、そのままスーパーを出るという選択肢はあきらめざるを得なかったわ。だからこっそりバッグを取りにいくころあいを待ちながら、キャンベルのアスパラとチーズのスープ缶とにらめっこして、この缶詰がこんなデザインになったのをウォーホルが見たらさぞかしゾッとするだろう、なんて考えていた。

しばらくしてもどってみるとだれもいなかったから、さっとカートを引きよせて、今度は仕事帰りに大急ぎで買い物をするキャリアウーマンを装った。それこそ、きみそのものじゃないかと、あなたにはいわれそう。でも、わたし自身はもうだいぶ前からそうは感じなくなっているから、じりじりしながらレジの列に並んでいて思ったわ。人の目に映るいまのわたしは、レジ係の仕事の遅さにいらつくキャリアウーマンなんかじゃない、思わぬ足止めを食らってあせってる逃亡犯がいいところだって。

レジの番が来て、台の上にカートの中身を並べると、卵のパックがべとついていた。それに気づいたレジ係がパックを開けた。やっぱり。メアリー・ウルフォードはわたしに気づいていたんだわ。

「十二個ぜんぶ！」レジ係の女の子がいった。「いま代わりを取ってこさせますから」

わたしはあわてていった。「だめ、やめて。急いでるんで、これはこのままで」

「でも、十二個ぜんぶ、ぐちゃぐちゃに割れちゃって――」

「このままでいいっていってるんです！」この国で自分のいうとおりにしてもらうには、ちょっとキレてみせるのがいちばんというときもあるのよね。レジ係は当てつけがましくバーコード部分をティッシュで拭いてからレジを通し、手を拭きながらあきれたように天を仰いでみせた。

「カ・チャ・ド・リ・ア・ン」わたしからデビットカードを受け取ったレジ係が名義を読みあげた。大声で、会計待ちの客全員に聞かせようとでもいうように。夕方に近い時間帯だったから、レジに入っていたアルバイトはほとんどが学校帰りの生徒たちだった。この子も十七歳前後に見えたし、ケヴィンと同級生だったとしても不思議はなかった。もちろん、このあたりにはあの学校以外にも高校はある。それに、この子が先週カリフォルニアから引っ越してきたばかりという可能性だって考えられるわよね。でも、わたしに向けた彼女の目を見れば、そうではないとわかったわ。わたしの顔をまじまじと見ながらその子がいった。「めずらしい名字ね」

これでわたしの理性もなにもふっとんでしまった。この手の反応はもううんざりだと思った。「ニューヨークでカチャドリアンと名乗ってるのはうちだけですから」そういいかえすと、わたしはデビットカードをひったくった。レジ係が卵のパックを袋に放りこみ、袋のなかで白身がさらにあふれ出たわ。

いまこれを書いているのはわが家――わたしがとりあえずわが家だと思っている場所です。あなたは当然ここに来たことがないわけだから、どんな場所なのかちょっと説明しておくわね。

たぶん、あなたは仰天するだろうと思うけど……。まず、わたしはまだグラッドストンに住んでいます。そうなの、最初に郊外に引っ越す話が出たときにあんなに抵抗したくせに、しかもこんなにいろんなことがあったあとなのに。でも、車でケヴィンに会いにいける範囲にわたしがいてやらなければと思ったから。それに、わたしは人目に立たない暮らしを願ってはいるけれど、わたしがどういう人間なのかまでみんなに忘れてほしいといっているわけではないの。この町にはわたしの人生のいろんな瞬間があちこちに投影されていて、みんなもそれを知っている。そんな町はほかにはないし、人に好かれているかどうかをあまり考えなくなったいま、わたしにとっていちばん大切なのは、わたしという人間をわかってもらっているかどうかということだから。

家についていうと、裁判で弁護士に莫大な費用を払った後も、家を買うくらいのお金は残っていた。でも、いまのわたしの落ちつかない暮らしを考えると、借家のほうがしっくりくる気がした。ちゃちなメゾネット式アパートというのも、いまの気分にぴったりだと思った。家具はあなたが見たらきっと青ざめるわね。だっていかにも安物のチップボード製なんだもの。「材料の選択がすべてを決める」というあなたのお父様の口癖をおちょくったような素材！　でも、このなんとか壊れずにもってるという感じがわたしは気に入ってるの。

ここでは危なっかしくないものはひとつもないわ。二階にあがる急な階段には手すりがなくて、ワインを三杯飲んだあとでよろけながら寝室に行くときには、かなりのスリルが楽しめる。床はきしむし、窓枠には隙間があるし、そこらじゅうに儚げな雰囲気が漂っていて、なにかの拍子に蜃気楼みたいに全部が消えてなくなっても不思議じゃないって感じ。一階の照明はさびたワイヤーハンガーでつりさげてある数個のハロゲン電球で、しょっちゅう点いたり消えたりして、新生活の不安定なリズムをそのまま映像にしたみたい。電話のほうも似たようなもので、ひとつしかないソケットは中身が飛びだしているから、電話機はおざなりにハンダで留めたむきだしの電話線につながっている。これがまた、しょっちゅう接続が切れるの。台所のコンロは大家さんがちゃんとしたものに取り替えてくれることになってる。わたしとしては、いま使ってる電源ランプが点かないホットプレートでもちっともかまわないんだけど。玄関の内側のドアハンドルは、開けようとして引っぱると取れてくる。

暖房はラジエーターをつけても、かび臭いにおいがするだけでたいして暖まらないから、まだ十一月だというのに目盛りを全開にしてある。シャワーはお湯だけ出して水はまぜないの。それでも、ぎりぎり震えなくて済むという程度のぬるさで、とりあえず体を洗いながらも、これ以上は調節がきかないと考えると先が思いやられる。冷蔵庫の温度調節も最強にしてあるけど、中の牛乳が傷まずにもつ日数はたったの三日。

このつねにオン・オフをくりかえしているような小さな家――ここには、なんだか現実味がないのよ、フランクリン。現実味といえば、わたし自身にもないわ。

でも、わたしのことをかわいそうだなんて思わないでね。そういうつもりで家のことを話したんじゃないんだから。もっとゴージャスなところに住みたければ、そうすることもできたんだから。わたしはここが気に入ってるの。この家の笑い話みたいなところが、おもちゃみたいなところが。そうよ、わたしはお人形さんの家に住んでるの。ここでは家具までふつうの大きさじゃない。食卓は胸と同じくらいの高さがあって、その前に座ると自分が子どもになった気がする。逆にベッド脇の小さなテーブルはものすごく低くて、その上にいまみたいにラップトップパソコンを置いて使ってると、キーボードが打ちにくくてしかたない——幼稚園でおやつのココナッツクッキーやパイナップルジュースを並べるのにちょうどいい高さなの。

子どもっぽい家、物の大小の感覚がおかしくなるような家に住んでるという話をしてきたことが、少しでも言い訳になるとうれしいんだけど、わたしは昨日の大統領選の投票には行かなかった。わざとじゃないのよ、すっかり忘れてたの。世の中のことがすべて、自分とは関係ない遠いところで起こってる感じがして……。ただ、ふつうならわたしの内面の混沌と現実の社会は完全な対極にあるはずなのに、いまはこの国の現実がシュールきわまりないわたしの世界にすり寄ってきているみたい。だって、選挙の開票は終わったのに、どっちの候補が勝ったのかだれにもわからないというんですもの。カフカの小説じゃあるまいしね。

それから、あの一ダースの卵の話。流れ出ずに残っていた分は全部ボウルに移して、まじっていた殻のかけらをていねいに取り除いたわ。あなたがいたら、イタリア風オムレツでも作ってあげたのにね。小さな角切りにしたポテトとコリアンダーを入れて、それにほら、小さじ一杯の砂糖を隠し味に入れて。でも、いまはひとりだから、これからフライパンに放りこんでスクランブルエッグにして、黙々と口に運ぶことにする。残したりしないでぜったい全部食べてやるわ。だって、あのときメアリーがして見せたわざとらしいあのしぐさ。あれには、優雅とまではいえないけれど、けっこうさまになってるじゃないの、と思う部分があったから。

食べ物といえば、はじめのうちは体が受けつけなかったわ。ラシーンに母を訪ねていったときは、母の手作りのドルマを見て気分が悪くなってしまった。まる一日かけてブドウの葉をゆでたり米の詰め物を用意したり、ラム肉とブドウの葉で巻いたりして作ってくれたのに。マンハッタンでは、ハーヴィーの事務所に駆けつけるたび、五十七丁目のデリの前にさしかかると、香辛料のきいたパストラミのにおいで胃がひっくりかえりそうになった。でも、しばらく日がたつと吐き気は起こらなくなり、それがちょっと残念だった。四カ月か五カ月すると、今度は猛烈にお腹がすきはじめた——食べても食べても足りないくらいで、食欲ってこんなに恥ずかしいものだったのかと思ったわ。だから、食べ物に興味をなくした女のふりを続けたの。

ところが一年ほどたったころ、そんなふりをしてもなんの役にも立っていなかったことに気づいた。だって、わたしがやせこけたからといって気にかけてくれる人なんかいやしないのに。わたし、なにを勘違いしてたんだろうと思ったわ。もしかして、あなたが叱ってくれるとでも?

そんなこんなで、このごろでは朝食はコーヒーとクロワッサンに決めている。お皿の上のパンくずも指にくっつけて口に運ぶの。夕食には無心にキャベツを刻んだりするのに時間をかけて、それでなんとか日が暮れてからの長い時間をやり過ごしてる。それからこれはけっしてたびたびではないけれど、夕食のお誘いの電話がかかってきて、断ったこともあったわ。誘ってくれるのはたいてい、海外に住んでいてたまにメールのやりとりをするだけで、何年も会っていないという友だち。事件のことは知らない場合が多かったけれど、知ってるかどうかはすぐにわかった。なにも知らない人のしゃべり方はのんきでわたしには浮ついて聞こえたし、逆に事件を知ってる人はまずちょっと口ごもって、それからやけに厳かな押し殺した声で話しはじめるから。わたしは事件の経緯を説明するのももちろんいやだったけど、だまって話を聞くことでいたわりを示すなんてことを相手にしてもらおうとも思っていなかった。だって、「なんといったらいいのか、ほんとにこのたびは……」なんていわれてそこで会話が途切れて、場がもたないからわたしが思いのたけをぶちまけるほかなくなるなんて、冗談じゃないわよ。でもね、お誘いがきたときにありもしない「多忙」を口実にして断ったいちばんの理由はちがうの。万が一、サラダかなにかを注文してあっというまに夕食が終わってしまい、八時半とか九時とかにこの家に帰ってきたとしたら、キャベツも刻まずに長い夜を過ごすことになる。わたしはそれが怖かったの。

あれだけ長いあいだ、ウィング・アンド・ア・プレヤー社の出張で世界を股にかけて食べ歩いていたこのわたしが、いまや、こんなに決まりきった食事のしかたにしがみついてるなんてね！　なんだか、自分が母に似てきたみたいでぞっとするわ。それでも、わたしは毎日飽きもせずに、定番にしている数少ない料理のなかからメニューを選んで作ってる。まるで平均台の上を歩いていて、ほんの一歩でも踏みあやまると落ちてしまうとでもいうように。

それはともかく、たとえべつべつに暮らしていようとも、あなたはきっとわたしがちゃんと食べているかどうかを気にかけてくれていると思う。いつだってそうだったから。さいわい今日はお腹いっぱい食べさせてもらうことになりそうです。これも、メアリー・ウルフォードのささやかないやがらせのおかげね。もっとも、近所の人たちのやることが、いつもこんなふうにいい方向に働いてくれるとはかぎらないんだけど。

たとえば、わたしがまだパリセーズ・パレード通りのあの家に住んでいたころに、玄関ポーチ中にぶっかけられた大量の赤いペンキ……。そう、あの成金趣味の家、あの大牧場主の邸宅のことをわたしはいっているの。呼び方があなたの気に障りそうなのはわかってるけど、あれは成金の大牧場主の邸宅以外の何物でもなかったわ、フランクリン。ペンキは窓という窓、玄関にもかけられていた。夜中にやられて、翌朝、わたしが目を覚ましたときにはもうほとんど乾いていた。時期的に、あのこと――なんと呼んだらいいのか、あの「木曜日」の出来事――があってから一ヵ月かそこらしかたっていなかったから、わたしは自分がもう怖い思いをすることはないし、傷つくこともないと思ってたの。これだけ完璧なダメージを受けたんだから、いくらなんでもこれ以上のダメージが入りこむ余地はしばらくはないだろうって。

　でも、あの朝、台所からリビングに入ろうとしたとき、自分がダメージを感じなくなっているなんていう考えはそれこそまったくのたわごと《コッズワロップ》だとわかったわ。わたしは息が止まりそうになった。日の光が差しこんでいるのが見えたのよ、窓から。というか、たくさんある窓のうちのペンキのかかってないガラスから……。日光はペンキのかかり方が薄い部分からももれて、リビングのオフホワイトの壁を中華料理店の飾りのような毒々しい赤に染めていた。

　あなたも褒めてくれていたわたしのモットーに、怖いものには逆に真正面から向きあう、というのがあったわね。外国の町で道に迷いそうになったときなんかに実践していたもので、いまから考えたら子どもの遊びみたいなもの。あのころは、将来、どんな恐ろしいことが自分を待ち受けているかなんて、考えてもみなかった。残念ながら、あの時代にはもう二度ともどれない。とはいえ、いったん身につけた行動パターンは簡単には忘れないらしくて、わたしはベッドに逃げ帰ってシーツをかぶっている代わりに被害をたしかめに行くことにしたの。ところが、玄関ドアは厚く固まった暗紅色のエナメル塗料のせいで開かなくなっていた。そしてね、フランクリン、エナメル塗料って値段も高いのよ。つまりこのいやがらせは遊びでやったんじゃないってこと。そして、わたしたちが住んでいた一角は、ほかのものはともかく、お金だけはどこの家もふんだんに持っていた。

　わたしは勝手口から出て、玄関のほうにまわってみた。玄関前でわが隣人がしあげていった芸術作品を見ながら、自分の顔がこわばって、裁判のときにニューヨーク・タイムズに書かれた「無表情な仮面」のようになるのを感じたわ。ちなみに、ワシントン・ポストはもっと手厳しくて、終始一貫して「挑戦的な」表情ということで通していたし、地元のジャーナル・ニュースにいたっては思いやりのかけらもなく、「エヴァ・カチャドリアンの鉄面皮ぶりは、ひょっとすると彼女の息子ケヴィンが学校でおかした悪行は女の子のおさげをインク壺につけた程度だったのかと思えてくるほどである」と書いたわ。法廷でわたしがこわばった表情になっていたのはたしかだと思う。だって、あなたの「どんなにビビっても敵にそれを悟らせるな」というタフガイ的モットーに従って、横目でにらんだり奥歯を噛みしめたりして耐えてたから。それにしても、「挑戦的」だなんて。わたしは泣くまいとしていただけなのに……。

　目に飛びこんできた「作品」はじつによくできていたわ。家が喉をかき切られたよう、とでもいったらいいのかしら。大胆で巨大なインク染み検査《ロールシャッハテスト》の図柄といってもいい。そして色合いが絶妙だった。濃くて深みのある赤で、しかもどぎつい。青紫もまざっているようで、特別に配合したんじゃないかと思うほどだった。うまく回転しない頭でぼんやりと考えたのをおぼえているわ、犯人はできあいのペンキを買ってきたんじゃなくて、注文して作らせたんじゃないかしら、だったら警察に行けば犯人を割りだしてもらえるかもしれない、ってね。

もっとも、わたしとしてはよほど切羽詰まらないかぎり、二度と警察に足を踏みいれるつもりはなかったけれど。

このときわたしが着ていたのは薄手のキモノだった。一九八〇年の最初の結婚記念日に、プレゼントのひとつとしてあなたがくれたあの青いキモノ。夏物だけど、あなたからもらったもので体を包んで出ようとしたら、あれしかなかったの。わたしはあれからいっぱい物を捨てたわ。でも、あなたからもらった物やあなたが置いていった物はなにひとつ捨ててない。正直、そういう物をお守りにしているなんてつらいことだとは思う。でも、このつらさがあるから逆に捨てないでいるの。うちのクローゼット、強く正しく明るく精神分析しながら生きてる人たちに見せたら、「病的だ」というでしょうね。でも、わたしはちょっと待ってといいたい。同じつらさでも、ケヴィンのことで感じているのは、まとわりつくようないやなつらさだわ。このペンキのことや刑事と民事の裁判のこともそう。でも、あなたにつながる物にふれて感じるつらさは、とっても健全な痛みなの。六〇年代からこっち健全さなんて全然はやらなくなってるけど、めったに体験できないものだからこそ、わたしは手放したくないのよ。

というわけで、わたしはその薄い木綿のキモノの前をかき合わせながら、ご近所のだれかがご親切にも買ってでてくれたペンキ塗り仕事の出来映えを見せてもらうはめになって、すごく寒い思いをした。もう五月だというのに、その朝は肌寒くて風もあった。自分にこんな出来事がふりかかるまで、大きな悲劇を体験したばかりの人には、日常的なやっかいごとなんかたいしたことじゃなくなるんだと思ってたけど、そうじゃなかったのね。

勝手口にもどりながら見ていくと、ペンキの被害は広範囲に及んでいたわ。これだけのことをやる集団が押し寄せてきて、外で暴れていたというのに、わたしはなかでなにも知らずに寝ていたなんて！　寝る前にいつもどおり安定剤を飲んだことを悔やんだわ（どうぞなにもいわないでちょうだい、フランクリン。あなたがそういうものに反対なのはわかってるから）。でも、よく考えたら、わたしが想像した犯行の状況がまちがっていたんだとわかったの。これがあったのは事件の翌日じゃなくて一カ月後。そこには野次や怒号、目出し帽や改造散弾銃なんて登場しなかったんだわ。ひそやかに行われた犯行。聞こえたとしても、小枝が折れる音や、あの見事なマホガニーの玄関ドアに一缶目のペンキがぶちまけられたときの音ともいえないような音、そして大量のペンキがガラスに垂れつづける、せいぜい大粒の雨音ぐらいのポタポタという音くらいのもの。わたしたちのあの家は、突発的な怒りに駆られただれかに蛍光塗料《ディグロ》スプレーを吹きつけられたんじゃなくて、たっぷりと塗りつけられたのよ、フランス料理の極上のソース並みに時間をかけて濃縮され、ふくよかに熟成した怒りを……。

　あなたがいたら、きっと人を雇ってペンキを落としてもらえばいいといったでしょうね。いつもいっていたわね、アメリカ人は分業意識がすばらしく発達しているから、この国にはありとあらゆるニーズに応える専門家がいるんだって。電話帳でその例をさがして楽しんでたこともあった。今回はさしずめ、「ペンキ落とし業、暗紅色のペンキ専門」ってところかしら。でも、うちのことは新聞に書きたてられていたのよ、お金があり余っているとか、そのおかげでケヴィンもわがまま放題に育ったとか。このうえペンキ落としに人を雇ったりしたら、あの女は弁護士だけじゃなくて、家の汚れの後始末にまで札束で人の頬をひっぱたくようなまねをしたと、グラッドストン中で物笑いの種になるわ。だから自分でやることにして、来る日も来る日も、手でこすったり、レンガの部分はレンタルした高圧洗浄機で洗ったりして、その様子を道行く人に見せつけてやったわ。ある晩、ようやく一日の作業を終えて鏡に映った自分の姿——服はしみだらけ、爪は傷だらけ、髪にも汚れが点々とついていた——を見て、思わず悲鳴をあげてしまった。前にこういう姿になったときのことが頭によみがえってきたの。

いまでも玄関のまわりにはいくつか暗紅色に光ってる割れ目があるかもしれないし、アンティーク風加工を施したレンガのごつごつした表面には、ハシゴにのぼっても手が届かなくて落とすことができなかったペンキ、つまりだれかの恨みの結晶が数ヵ所残っているかもしれない。でも、それをたしかめることはもうできなくなってしまった。あの家は手放したの。民事裁判が終わったとき、売らざるを得なくなって。

最初は買い手を見つけるのは難しいんじゃないかと思ったわ。買おうという人が現れたとしても、持ち主の名前を聞いたとたんに縁起でもないと尻込みしてしまうにちがいないって。でも、このときも、わたしがいかにアメリカという国のことがわかってないかを思いしらされたわ。あなたはよく、目の前に人類史上おそらくいちばんすごい大国があるというのに、わたしが「第三世界のクソ溜め」にばかり心を奪われていると文句をいっていたわね。あなたのいうとおりだったわ、フランクリン。この国ほどものすごい国はたしかにどこをさがしてもないと思います。

家が売却リストに載ったとたん、買いたいというオファーが複数舞いこんできたわ。うちの事情を知らなかったから、じゃなくて、事情を知って買う気になったのよ、その人たちは。結局、相場をはるかに上まわる額で売れたわ——三百万ドル以上で。まさか、家のスキャンダルがいちばんのセールスポイントになるなんてね。家を見にきた、たぶん出世街道まっしぐらの夫婦は、うちの食料品室のドアをあちこち開けてみたりしながら、すでに心は家のお披露目パーティーのクライマックスシーンに飛んでいたんでしょうよ。たとえば、こんなふうな――。

さあ、みなさん、ちょっとお静かに。そろそろ乾杯といきますが、その前に……。このテーブルクロス、以前はいったいだれのものだったと思いますか？　いいですか、いいますよ。エヴァ・カチャドリアン！　聞いたこと、ありますよね、この名前？　なにを隠そう、あのカチャドリアンなんですよ。すごいでしょう、驚いたでしょう。まあ、落ちついて、落ちついて。

うん？　そう、その「ケヴィン」です。いや、息子のローレンスがそのケヴィンの部屋を使うことになってましてね。先日、ひとりで寝に行ったんです。ところがしばらくしたら、テレビで『ヘンリー・ある連続殺人鬼の記録』を見ていたわたしのところに来て、いうじゃありませんか。あの部屋にはケヴィン・ケチャップの幽霊が出るから、ぼくもここでパパとテレビを見て起きてる、ってね。だから、いってやりましたよ。おまえをがっかりさせて悪いけどな、ローレンス、ケヴィン・ケチャップはまだ死んでないから幽霊にはなれないんだよ。あいつはちゃんと生きてて、子ども用の監獄に入れられてるんだってね。まあ、あいつは電気椅子送りになって当然だったと思うんだが。ただ、コロンバイン高校の事件に比べたら、被害者の人数がちょっとね。十人だっけな。いや、九人。そうだ、生徒が七人で大人が二人だ。殺された先生は、やつのいちばんの理解者だったっていうじゃありませんか。暴力映画のせいだとか、ロックばっかり聞いてたせいだとかいう意見もありますけど、どうですかねえ。われわれもロックを聞いて育った世代ですよ。でも、学校で人を殺してまわるなんてことはだれもしなかった。うちのローレンスだってそうです。あの子は流血もののテレビ番組が大好きで、どんなにリアルな場面でも全然怖がりませんよ。でも、ペットのウサギが車に轢かれて死んだときのあの子ときたら。一週間、泣きやみませんでした。ちゃんとわかってるんですね、現実とテレビ番組はちがうんだって。

わたしたちはあの子に、なにが良くてなにが悪いかわかる大人になってほしいと思ってるんです。そう願って育ててるんです。こんなことというのはちょっと酷かもしれないけど、あれは親が悪かったんじゃないですかねえ、やっぱり。

エヴァ

二〇〇〇年十一月十五日

親愛なるフランクリン

わたしもこれでけっこういろいろ気を遣ってるのよ、フランクリン。今日も職場で——そう、わたし、また働いてます。ナイアックの旅行代理店に雇ってもらって。信じられないだろうけど、でも、ありがたいことよね——その職場で同僚が、パームビーチでのパット・ブキャナンの大量得票はおかしいとまくしたてはじめたから、わたしはそれが終わるまでひたすら待って、それから声をかけたわ。こういう点ではわたしは貴重な存在なの。会社のなかでただひとり、人の話に途中で口をはさまない人間だから。国中が突如わきおこった激論の渦のなかでお祭り騒ぎに浮かれてるというのに、わたしだけは蚊帳の外に置かれた気分。だれが大統領になろうと、いまのわたしには関係ないから。

ところでこの前の手紙、もしかしたらあのころ、わたしがあなたに日々の出来事のすべてを話していたような書き方になっていたかしら。だとしたら、それは謝らなくては。というのも、逆にあなたにいわなかったことがたくさんありすぎて、それであなたに手紙を書かずにいられなくなったんだから。

でも、わたしが隠し事を楽しんでいたなんて思わないでちょうだい。どんなにすべてを話してしまいたいと思ったことか。でもね、フランクリン、あなたは聞こうとしてくれなかった。いまでもきっとそうでしょうね。もしかしたら、あのころわたしがもっと努力して、むりやりにでも聞いてもらうべきだったのかもしれない。でも、そうしようにも、早いうちからわたしたちのあいだには大きな壁ができてしまっていた。世の中にうまくいかない男女はたくさんいるけれど、ほとんどのカップルにとって、ふたりを隔てているものにそんなにはっきりした形はない。細い線かもしれないし、過去のちょっとした出来事や不平不満といった抽象的なものかもしれないし、いずれにしても蜘蛛の巣のようにかぼそいもの。でも、わたしたちの場合はちがっていた。わたしたちを隔てていたもの……それは目にも見えたし手でさわることもできた。

そう、それは、わたしたちの息子だったわ。彼のことを語るのに、かいつまんだ話で済ませることはできない。どうあっても、長い物語でなければだめだわ。

わたしたち、ほんとにいったいどうしてあんなことをしちゃったのかしら。だって、あんなに幸せだったのに。なのになぜ、自分たちが持っていたものをすべて投げうって子どもを持つなんていうとんでもない賭けをしてしまったのかしら。わかってるわ、フランクリン。こんなことはなぜと考えるのさえあなたにとっては罰あたりなことなのよね。そして、子どもを持てなかった人がやっぱりうちには子どもがいなくてよかったと負け惜しみをいうのはかまわないけど、すでに産んでしまった人間が「もしもうちに子どもがいなかったら」なんていう仮定の話をするのは、やってはいけないこと。でも、わたしは天の邪鬼だから、パンドラと同じように禁断の箱だといわれるとかえってこじ開けてみたくなるの。

あなたの予想に反するようで悪いけど、わたしはあれについても書かせてもらいます。とはいえ、あれを、あの木曜日を、いったいなんと呼んだらいいのか……。「例の蛮行の行われた日」では新聞記事みたいだし、「事件当日」では短すぎてなにがなんだかわからないし、「わたしたちの息子が大量殺人を犯してしまった日」はいくらなんでも長すぎる。毎回そう書くのはむりだわ。そう、わたしはこれからもこのことにふれていくつもり。だって、寝ても覚めても、あの子のしたことがわたしの頭を離れないでいるんだもの。あなたがいなくなった穴埋めでもするかのように、わたしについてまわっているんだもの。

そんなわけで、わたしたちが子どもを持つことを本気で考えるようになったあの数カ月のことを思いだすには、かなり頭の切り替えが必要だったわ。そのころ、わたしたちはまだトライベッカのアパートに住んでいた。わたしが持っていた、あのだだっ広い部屋。隣人といえば、気のいいゲイや、あなたが独善的だと批判していたボヘミアン的なアーティスト、そして毎晩メキシコ風アメリカ料理のレストランで外食しては夜中の三時ごろまでナイトクラブ〈ライムライト〉に入りびたっている共働きの夫婦といったところ。小さな子どもなんてニシヨコジマフクロウ並みに稀少な存在だったから、子どもを作ることを考えはじめたといっても、当然のことながら机上の空論にすぎなかった。作るんだったらその年八月わたしが三十七歳になるまでにと決めていたのは、いまから考えたらお笑いぐさだわね。だって、それは自分たちが六十歳になったときには子どもが独立して家を離れていてくれなくちゃということで、そこから逆算した期限だったんだから。

六十歳！　あのころ、自分たちが六十歳になるなんて想像もつかなかった。それこそ、子どもを持つことと同じくらい非現実的な話だった。でも、あと五年したら、なんとわたしはその未知の国に足を踏みいれるのよ。いまじゃもう、路線バスでちょっとどこかへ行くくらいの変化にしか感じられなくなったわ。昨年、わたしは急に年をとるような体験をさせられたわ。そして鏡を見ても気づかなかった自分の老いに、人の反応を見てはじめて気づかされた。たとえば今年の一月に運転免許証の更新をしたとき、窓口の係官はわたしが五十四歳だと知ってもちっとも驚かなかった。あたもおぼえてると思うけど、わたしはいつも十歳は若く見えるとお世辞をいわれて、それが自慢だったのにね。お世辞は突然聞けなくなってしまった。それどころじゃない、あの「木曜日」の直後にマンハッタンの地下鉄でがっくりくるような出来事があったの。駅員がわたしを呼びとめていったのよ、六十五歳以上の方には高齢者割引がありますよって。

わたしたちのあいだでは、子どもを持つかどうかを決めることは「ふたりでするいちばん重要な決定」ということになっていた。ただ、それがあんまり重要なことに思えたものだから、かえって現実に起こることと思えなくて、いつまでもいっては楽しんでいるだけだった。どちらかがこの問題を持ちだすたびに、わたしはクリスマスプレゼントにミルク飲み人形がほしいといってる七歳児みたいな気分になったものだったわ。

このころ、子どもを持とうというほうに傾いたり、やっぱりやめようというほうに傾いたり、しきりに気持ちが揺れうごいているなかで交わした会話は、どれもよくおぼえているわ。なかでも忘れられないのが、リバーサイド・ドライブのブライアンとルイーズ夫妻の家にランチに呼ばれたときの会話。そのころ、ブライアン夫妻はもうディナーには人を呼ばなくなっていた。夕食だと夫婦間であまりにもひどい「待遇格差」が生じたから。つまり、夫婦のうちのどちらかがカラマタオリーブとカベルネ・ソーヴィニヨンで大人の時間を楽しんでいる一方で、もう片方はきかん坊のふたりの娘をつかまえてお風呂に入れたり寝かしつけたりしなければならなかったから。わたしはほんとは夜の集まりのほうが好きだった。だって、そのほうがだれもが奔放にふるまえそうじゃない？ でも、このころのブライアンはすっかり家庭人になって、窓辺でパセリを育てたり自家製パスタを作ったりしていて、このホーム・ボックス・オフィス（タイム・ワーナー傘下のケーブルテレビ局。この当時はタイム・ライフ傘下）の放送作家と「奔放」という言葉を結びつけるのは難しくなっていた。

　あのとき、エレベーターで階下におりながら、わたしがいったのよね。「コカイン中毒だった彼があんなになっちゃうなんてねえ！」

　そしたら、あなたがいった。「なんだか、昔のほうがよかったような言い方じゃないか」

「そんなことないわよ。あの人、きっといまのほうがずっと幸せだと思うわ」

　そうはいったものの、ほんとにそう思っているかどうかはあやしかった。あのころのわたしは「健全」という言葉にはかなりうさんくささを感じていたから。実際、その晩のわたしたちはみんなすごくすてきな時間を過ごしたわ。あんまりすてきすぎてわたしひとりが取りのこされたような気がしたほどだった。あの家のがっしりしたオークのテーブルは郊外のガレージセールで格安で手に入れたものだというので、わたしがそれを褒めているそばで、あなたはブライアンの次女がキャベツ人形のコレクションを出して見せるのにイライラするような辛抱強さでつきあっていた。そしてみんなが競ってその日のサラダのレシピの斬新さを褒めたたえた。

わたしたち四人のあいだでは、もう何年も前から、ロナルド・レーガンをめぐってあなたとブライアンが激突することだけは避けようということになっていた。あなたにとってレーガンはあこがれの人で、彼のわかりやすい政策と財政手腕のおかげでこの国は誇りを取りもどしたのだといっていたし、ブライアンはブライアンであんな危険な馬鹿はいないといい、富裕層の減税で国の財政を破綻させた張本人だといっていた。そういうわけで、わたしたちは慎重に無難な話題を選んでおしゃべりを続け、バックには控えめな音量で「エボニー・アンド・アイボリー」のヴォーカルが流れていた。ブライアンの娘ふたりがそれに合わせて調子はずれな声で歌い、同じ曲ばかり何度もかけるもんだから、わたしは内心むかついていたんだけど。『オール・イン・ザ・ファミリー』の最終シリーズがまもなく放送終了になるのは残念だとみんながいい、でもそろそろ幕の引き時だったのかもしれないということで意見が一致した。あの日、唯一意見のくいちがいがあったのは、同じく放送終了が噂されている『M＊A＊S＊H』についてだったわ。ブライアンがアラン・アルダの大ファンだと知りながら、あなたが「あいつは聖人ぶったクズだ」と決めつけて……。

でも、このいきちがいもすぐにおさまって、また拍子抜けするほど穏やかな雰囲気にもどった。すてきな家庭、すてきな料理、すてきな子どもたち——なにもかも、すてき、すてき、すてき。

最高に愉快な人たちとの最高に愉快なランチだった。なのに、ちっとも楽しめなかった自分が情けなかった。どうして、わたしはこんなにものごとに波風を立てたがるんだろうと思ったわ。子どもたちだってあんなにかわいかったじゃないの。そう思えば、多少うるさいくらいは、たとえそれが午後中続いたおかげでなんにも考えられなかったとしても、どうということはないじゃないの。そばにいるのは愛する夫。なのにどうしてわたしは、ブライアンがアイスクリームを台所から運んでくるのを手伝っているあいだ、彼の手がスカートのなかのわたしの足をなでてくれたらなんて考えていたの？　いまから思うと、あのときそう自分を責めたのはまちがっていなかったわ。これが数年後のわたしだったら、彼らのような気立てのいい人たち、ありふれた家族といっしょに過ごせると聞いたら、どんな犠牲でも払ったと思うから。しかも、彼らといっしょにいるあいだに起こる最悪の出来事は、子どもの髪にガムがくっついて取れなくなることなんですもの。

このときロビーに出たあなたは、大声でいったわね。「楽しかったなあ。すばらしい夫婦だよ、あのふたりは。こんどはぜひうちに来てもらわなくっちゃな、ベビーシッターが手配できたらすぐにでも」

わたしは口をつぐんでいた。いくらわたしがこまかいことをぐだぐだいっても、あなたに聞いてもらえるとは思えなかったから。たとえば、ねえ、今日のランチ、ちょっとばかし退屈じゃなかった？　つまり、なんか引っかからなかった？　要するに、あのブライアンが、独身時代は無茶ばっかりしてたあの人が――やっと認められるわね。あなたと出会う前、あるパーティーの控え室で彼とセックスしたことがあるの――、「パパはなんでも知っている」のパパみたいに家のなかのことをあれこれやってるのを見ると、なんかしらけちゃうのよね、みたいなことを。もっとも、あなたもほんとはわたしと同じように感じていたのかもしれない。表面的にはすばらしかったあの集まりを、内心では退屈でつまらないと思っていたのかもしれない。でも、ここで一気に思考を停止させて、それで良しとするのがあなたなのよね。

家まで歩いて帰りましょうよ、とわたしはいった。ウィング・アンド・ア・プレヤー社の出張で旅に出るとどこへ行くにも歩いていき、歩くことは習慣になっていたから。

「トライベッカまで六、七キロはあるぞ！」あなたはそういって渋った。

「早く帰って、ニックスの試合を見ながら、テレビの前で縄跳びを七千五百回やりたいわけね。なのに歩いて帰るのはくたびれるだなんて」

「ああ、まあね。人にはそれぞれ得意分野があるのさ」。たしかに筋トレを欠かさないとか、きっちりシャツをたたむとかにかぎっていうと、あなたの生真面目さにはほれぼれさせられたけど、もっとだいじな局面となるとちょっと疑問が残ったわね、フランクリン。決めごとに忠実なのも、やりすぎると杓子定規になるってことだから。

じゃあ、ひとりで歩いて帰るから、といってみるとこれがうまくいった。わたしのスウェーデン行きが三日後に迫っていて、あなたは少しでも長くいっしょにいたがっていたから。わたしたちはぶらぶらとリバーサイド・パークの小道を歩いていった。イチョウの小さな花がそこここに咲き、なだらかに傾斜した芝生地には太極拳で食欲不振解消にはげむ人があふれていた。

「ねえ、あのブライアンの子どもたち――」わたしはそう口火を切った。「あの子たちといて、あなたも自分の子どもがほしくなった？」

「うーん、どうだろうなあ。そりゃ、あの子たちはかわいかったよ。でも、自分のうちのチビ怪獣が『クラッカーとバニキンちゃんのお人形とお水がたくさんたくさんほしい』なんていいだしたときに、むりやり寝かしつけるお役目はごめんこうむりたいからな」

やっぱりそうきたか、と思ったわ。この件でわたしたちが話をするときはいつもどこかにゲーム感覚があって、あなたの最初の出方はいつも様子見という感じだった。人の親になることを焚きつける役と、それに水をかける役も、そのときどきでおのずと決まり、前回はわたしが水をかける側だった。子どもなんて、うるさくて、恩知らずで、いれば部屋が片づかないし、束縛されるし……といったわけ。だからこのときは、少し思いきった焚きつけ方をしてみた。「少なくとも、わたしのお腹が大きくなったら、なにかが起こるわよね」

「ああ、起こるよ」あなたはそっけなくいった。「そこから赤ん坊が生まれるんだ」

わたしはあなたを河岸のほうへ引っぱっていった。「わたしがいいたかったのはね、新しいページを開くことになるってこと！」

「よくわからないなあ」

「ねえ、わたしたちって幸せよね？　ちがう？」

「うん、そうだな」あなたは用心深く同意した。

「でも、ちょっと幸せすぎるかも」そうわたしがいった。

「まったくだ。ぼくもそろそろきみにいわなくちゃと思ってたのさ。もう少しぼくにみじめな思いをさせてくれてもいいんじゃないかって」

「もおお、また茶化して……。ちがうの、わたしは物語の話をしてるの。ほら、おとぎ話って『そして、ふたりはいつまでも幸せに暮らしましたとさ』っていって終わるじゃない？」

「おいおい、頼むから、ぼくにもわかるように話してくれよ」

でも、そういいながら、あなたはわたしがいおうとしていたことはちゃんとわかっていたと思う。幸せなのをつまらないことだと否定する気はわたしにはなかった。ただ、それだけじゃ、そこで物語が終わってしまうといいたかったの。人間は年をとればとるほど、人に対しても、自分自身に対しても、物語を語ってきかせることが大きな楽しみになってくるわけだし。そのときのわたしには知る由もなかったのよ。後年、自分が自分の物語につきまとわれることになるなんて。そして、忠実な野良犬のようなそれを振りはらうことに、日々、悪戦苦闘するようになるなんて。それを思うと語るべき物語がない人、あるいはほとんどない人は、幸運というべきだわ。

わたしたちはテニスコートのそばで立ちどまり、四月の強い日差しに照らされながら、緑の金網の向こうで力強いバックハンド・スライスがくり出されるのを見物した。「なにもかもうまくいきすぎてる気がするの」わたしはそういった。「ウィング・アンド・ア・プレヤー社はすっかり軌道に乗ってしまったから、今後、なにか対処を迫られるとしたら会社がつぶれかけたときだけだろうし。お金は稼ごうと思ったら、いくらでも稼げたし。だけど、わたしって中古品漁りが趣味みたいなものだから、お金はあっても邪魔なだけ。そろそろこんな暮らしはやめてもいいんじゃないかと思うの。ほら、よく、家計に余裕がないから子どもを作れないっていうじゃない？　わたしは、逆になにか意味のあることにお金を使えるとなったら、こんなうれしいことはないわ」

「そのなにか意味のあることって、ぼくのために使うんじゃだめなのかい？」

「あなたはお金を使わない人なんだもの」

「じゃあ、新しい縄跳びの縄がほしい」

「十ドルもあれば足りるわね」

「たしかに考えてみたら――」あなたがいった。「子どもがいれば、人生の大問題の答えを教えてくれるかもしれないな」

今度はわたしがちょっとへそを曲げてみせる番だった。「人生の大問題って、いったいどんな問題なのよ？」

「そりゃあ、きみ」あなたは軽くそういい、なにかの式典の司会者みたいに大げさなしゃべり方をしてみせた。「かの実存主義的命題。人はなーぜ生きるのかあ！　ってことだよ」

わたしは理由はともかく、この実存主義的命題説にはたいして共感できなかった。それよりなにより、新しいページを開くことになる説に夢中だった。「わたしもいままでいろんな国に行ってきたけど――」

「行ってない国は？　きみはまるでソックスでも履きかえるような調子で、つぎからつぎへといろんな国に足を踏みいれてきたものな」

「ロシアね」とわたしは答えた。「でも、アエロフロートに命を預けてまで行く気はこれからもないわ。ただ、最近、よく思うの……世界中、どこもそんなにちがいはなくなったって。たしかに、国がちがえば食べ物もちがう。でも、食べ物があるってことではどこも同じなのよ。わかってもらえるかしら？」

「えーっと、なんていうんだっけな？　こういうときにいう言葉……そうだ。また、たわごと《コッズワロップ》がはじまったぞ」

このときわたしがいいたかったことをもう少し説明させてもらうわ――国によってちがいはあるけれど、どの国にもなんらかの気候があり、なんらかの建物があるわよね。同じように、食卓でげっぷをすることに関しても、お世辞と考えるか礼儀知らずと考えるかはべつとして、どの国にもなんらかの考え方があるわ。わたしは旅を続けるうちに、たとえばモロッコに行って家に入るときに靴を脱ぐことになっているのかどうかを気にするより、なるほど、どの国にも靴に関する習慣があるんだなと、そちらに関心が行くようになったの。そう思いはじめると、気候も建物もげっぷや靴に関する習慣もどこにでもあるものだから、わざわざ手荷物を預けたり、時差に慣れたりしながら、苦労してどこかへ行っても、また同じところに到着したようにしか思えなくなってしまった。世界が均一化しているということに関しては、わたしもしょっちゅうグローバリゼーションに文句をいっているけど――あなたがいつも履いていた焦げ茶のストーブパイプ型の作業靴だって、いまやバンコクのバナナ・リパブリックでも買えるのよ――、ほんとうに均一化してしまったのはわたしの頭のなかにある世界、つまり世界のことをわたしがどう考えるか、どう感じるか、どう語るか、だったんだわ。だから、ほんとうの意味でどこかちがう場所へ行こうと思ったら、もうちがう空港に降りたつのではだめ。ちがう人生、ちがう生活に旅をしなければならないのよ。

「母親になるという体験が――」と、わたしはあなたにいった。「新しい国なのよ」

ところが、あなたという人は、わたしがめずらしくどうしてもやりたいことが見つかったときにかぎって、ひどくピリピリして扱いにくくなった。「きみは自分が成功してると思っていい気になってるんじゃないのかね」そのときも、そんなことをいったわ。「マディソン・アヴェニューの広告主のためにロケハンに駆けずりまわってるような人間には、自己実現なんてぜいたくなことを考えてる暇はないもんな」

「なるほどね」わたしは立ちどまって、ハドソン川沿いに設けられた木の柵に両腕を広げて寄りかかり、正面からあなたと向きあった。「だったら、どうならいいわけ？　仕事についてのあなたの希望は？　どうなったらいいと思ってるの？」

あなたは頭を振りながら、しばらくわたしの表情をうかがっていた。そして、わたしがあなたの仕事の値打ちや成功しているかどうかをあげつらうつもりじゃないと、そういうこととはまったくちがう話をしているんだと、わかったようだった。「ぼくがほんとにやりたいのは映画のロケーションマネージャーなんだ」

「でも、いつもいってるじゃないの。どっちだって同じなんだって。あなたはキャンバスを見つけてくる、ほかのだれかがそこに絵を描く。そして、同じロケハンでも広告のほうがお金になるんだって」

「女房が金持ちだったら、多少儲かってもしょうがないだろ」

「あなたの気持ちの話をしてるのよ」。わたしの収入があなたのそれよりはるかに多いことを、あなたは気にしてないように見えたけれど、それにも限界があったんだと思ったわ。

「全然ちがうことをやろうかとも思ってるんだ」

「え？　じゃあ、いまの仕事を全部やめて、レストランでもはじめようというの？」

あなたはふっと笑っていった。「うまくいくわけないな」

あなたは野心のない人だった。わたしたちのまわりにいるのはいつもなにかに駆りたてられるように働いているニューヨーカーばかりだったから、野心がないなんていわれたらふつうは傷つくはず。でも、あなたは自分自身をどうとらえるかに関してもきわめて現実的で、わたしにそういわれてもけっして怒ったりしなかった。なにに意欲を燃やすかが人とはちがっていたのね——どう生活するか、どんなふうに一日をはじめるかについてはとても意欲的。でも、どんな業績をあげるかはどうでもよかった。若いころからずっと同じ職業についてきたわけじゃなかったから、仕事と自分の生活は完全に切りはなして考えていた。とりあえずどんな職業でもあなたの一日を満たすことができたけど、心を満たすことはなかった。そんなあなたの生き方がわたしは好きだった。とてもとても好きだったの。

わたしたちはまた歩きはじめ、わたしはあなたの手を取って揺すりながらいった。「わたしたちの親だって、いつまでも生きてるわけじゃないわ」それから、ちょっといい直した。「というか、わたしたちみんなが、日々、死に近づいてるのよね。だんだん年をとっていって、ある年齢になると、友だちだってできるよりは見送るほうが多くなる。もちろん、まだ旅行には行けるわよ。でも、そろそろキャスター付きのスーツケースにするか、ってことになる。これからも、食べてワインを飲んでセックスしてというのは変わらないと思う。でもね、――誤解を恐れずにいうなら――そういうことも、少しずつおっくうになっていくんじゃないかしら」

「そりゃ、そうだ。ぼくらだって、いつ膵臓癌にならないともかぎらないしな」あなたが茶化し気味にそういった。

「あら、そうよ。あなたのピックアップトラックがミキサー車につっこまないともかぎらないし、そうなったらもっと厄介よ。ええ、わたしがいいたかったのはそういうことなのよ。これからのわたしたちの人生にどんなことが起こるかと考えはじめると、なんだかろくなことが浮かんでこないの」

あなたはわたしの髪にキスをしていった。「こんなすてきな日なのに、暗い気分になっちゃったじゃないか」

そのまま抱きあって数歩歩いたところで、ふたりの踏みだした足がぶつかってしまった。わたしはあなたのベルトに指をかけて立ちどまらせながらいった。「『エクスペクト』っていう言い方があるじゃない？　妊娠のことを婉曲にいうときに『彼女はエクスペクトしている』っていう。あれって、ほんとにぴったりな表現だと思うわ。だって、赤ん坊ができて、その子が健康なら、母親は出産を待ち望む《エクスペクト》わけじゃない？　子どもを産むってすごくすてきなこと、すばらしいことじゃない？　産んだあとだって、その子にすてきなことがあるたびに、大きな出来事、それは母親にとってのすてきなことにもなる。もちろん悪いことだって起こらないとはいえないけど――」そういってから、おろかにもわたしはこうつけくわえた。「それはそれで、目先が変わっていいかもしれないし……」

　ああ、もうたくさん。このとき自分がいったことを思いだすと、胸がつぶれる思いがする。

　いまになって考えると、あのときのわたしは新しいページを開きたいといいながら、じつは愛情を注ぐ相手がもっとほしいといっていたのかもしれない。あなたもわたしも、そんなことをあからさまに口にするような神経は持ちあわせていなかった。そしてわたしは、あなただけじゃ不足だという意味にとられるのが怖かった。いいえ、あなたと離れて暮らすようになったいま、あのころの恥じらいが悔やまれる。そんなものは捨てて、もっとたびたびいっておくべきだった。わたしの人生最高の出来事はあなたと恋に落ちたことだったと。いいえ、そんなありふれた、一時的な話ではなく、そのときからずっとあなたに恋してきたことだったと。こうして離れていても、日々思いだしているの。あなたの広い胸、一日百回という腕立て伏せで鍛えられた胸の筋肉、飛行機に乗りにいかなくていいすてきな朝、頭をうずめてまどろむことのできた鎖骨のくぼみ。すぐ近くであなたがわたしを呼ぶ声が聞こえることもあるわ。「エヴァ！」と呼ぶ声が。その呼び方はたいてい、じれったそうで、そっけなく、せかすよう。あれは犬を呼ぶ呼び方だわね、フランクリン。おまえはおれのものなんだから、早く来て後ろからついてこいって。でもいいの。わたしはあなたのもの。だから、いくらでも、おれのものだといってほしい。「エーヴァッ！」といつも後ろのほうを強くいう、あなたの言い方。夕暮れどきにそれを聞くと、喉に熱い固まりがこみあげてきてすぐに返事ができないこともあった。涙で目がかすんで、クランブルにするためにリンゴを切っていた手を止めなければならないこともあった。そうしなければ指を切ってしまいそうだったから。

わたしはあなたがいることがあたりまえだなんて思ったことはなかった。ただの一度もなかったわ。そう思うには、わたしたちの出会いは遅すぎた。わたしはそろそろ三十三歳になりかけていたし、それまでにあなたなしで過ごした年月はあまりにもうつろで長かったから、あなたといっしょにいられる奇跡をありふれたものと思うことはできなかった。あまりにも長く精神的な粗食に耐えてきたわたしには、あなたがくれるものはすべてすばらしいごちそうだった。たとえば、パーティの途中で愛情とともにこちらに向けてみせる「またばかをいってるな」というまなざし、記念日でもない日に思いがけなく差しだされる花束、マグネットで冷蔵庫に貼りつけられたメモにいつもしてあった「××××、フランクリン」というサイン。そんなあなたのせいで、わたしは欲が出てしまったの。思いえがくようになってしまったのよ。あなたがわたしを呼ぶときに、そのそばで「ママー！」と呼ぶ甲高い子どもの声がしたら？　って。

ＰＳ（午前三時四十分）

睡眠薬はあなたがいい顔をしないのがわかってるし、何度もやめようとしたわ。でも飲まないと、眠れなくて七転八倒することになるの。今日もこのままでは、明日職場で使い物にならなくなるけれど、あのころの思い出をもうひとつどうしても書いておきたくなって……。

あなたはおぼえてる？　わたしたちのアパートにアイリーンとベルモントをよんで、ソフトシェルクラブを食べた日のこと。あれこそ、奔放なパーティーの見本だったわね。あなたでさえ、いつもの自重モードをかなぐり捨てて、夜中の二時に千鳥足でラズベリーブランデーを出してきたりした。つぎの日はみんな仕事がお休みだったし、女性陣は思いきりかわいらしい服で着飾って、それをまた思いきり褒めあって、フルーツとソルベをがんがん食べて、あの高純度のブランデーをどんどんおかわりして、子どものいない中年ならではの子どもっぽさでこれでもかとおもしろい話を出しあっては歓声をあげた。

みんながそれぞれ自分の両親のことを話した——そのほとんどが悪口だった。やがて、だれの親がいちばんイカレてるかというコンテストみたいになっていった。あなたには最初から勝ち目はなかった。あなたの両親の勤勉で堅実なニューイングランド気質をおもしろおかしく話してきかせるのは至難の業だったから。それに対してわたしは、うちの母がきらいな外出をしないで済ますために、いかに知恵をしぼっているかという話をして高得点をあげた。

ただ、酸いも甘いも噛みわけた人生を送ってきたあの夫婦には、さすがにかなわなかった。なにしろ、アイリーンの母親は統合失調症患者で、父親はプロのトランプ詐欺師、ベルモントの母親は娼婦あがりで、いまでも『なにがジェーンに起ったか？』に出たときのベティ・デイヴィス顔負けの服装で歩きまわってる。しかも、父親のほうはそこそこ有名なジャズドラマーで、ディジー・ガレスピーとも競演したことがあるっていうんですものね。

ようやくふたりが帰ったのは四時も近くなったころだった。楽しみにしていたパーティーが終わってしまったのはちょっと寂しかったし、飲みすぎたせいで体がだるくもあった。さっきまではアルコールの勢いでハイになっていたけれど、もうその段階は過ぎて、足のふらつきと集中力の低下だけが残り、片づけているワイングラスを落とさないようにするのがやっとだった。でも、わたしの落ちこんだ気分はそのせいじゃなかった。

「おとなしいじゃないか」とあなたがいった。「疲れたのかい？」

わたしは、盛りつけたときにフライパンに残っていたカニの爪をつまんで口に運びながらいった。「ずいぶん長いあいだ話してたわよね、わたしたち。四時間も五時間も、親のことばっかり」

「おかあさんの悪口をいったことを後悔してるんだったら、二〇二五年までの苦行でも科してやろうか。あれはきみのお気に入りの気晴らしじゃなかったのかい？」

「そうよ、そのとおり。だから落ちこんでるのよ」

「おかあさんには聞こえてやしないからいいじゃないか。それに、ぼくらはきみが彼女の行動を笑うのは聞いたけど、だからといってだれも、きみが彼女の苦労に気づいてないなんて思ってやしない。きみが彼女を愛してることも疑ってない」そういってからつけくわえた。「まあ、愛してるといっても、きみなりに、ってことだけど」

「でも、あの人が死んでしまったら、ああはいかなくなるのよ。こきおろしたりしたら、ひどい裏切り行為をしてるような気がするにちがいないもの」

「じゃあ、おかあさんが生きてるうちに、気が済むまでこきおろしておくんだね」

「でも、この年になって、なんで親のことを何時間もしゃべってなきゃならないの？」

「いったいどうしたんだ？　あのとき、あんなにちびりそうなくらいに笑ってたくせに」

「あのね、あのふたりが帰ったあと、ぱっと頭に浮かんできちゃったの——わたしたち四人が八十歳を超えて、しみだらけの顔をして、それでも大酒飲んで酔っぱらって、あいもかわらず同じ話題で盛りあがってる光景がね。そのときはどの親も死んでるはずだから、愛情とか後悔とかがまじってるとは思うけど、それにしても話すことといったらやっぱりイカレた親のことばっかり。そういうのって、ちょっとゾッとしない？」

「きみとしては、エルサルバドル問題でも論じているべきだと——」

「そういうことじゃ——」

「あるいは、デザート代わりに外国文化論議でもしていたい？　ベルギー人は無作法で、タイでは知らない人の体にふれることはタブーで、ドイツ人はクソに関してやたら潔癖だ、とか」

「茶化すのはやめて」そうわたしはいった。「わたしだってみんなと同じよ。人の話をするのは大好き。人の話といっても、どこかの国民の話じゃなくて身近な人のこと——あの人にはほんとに頭にくるとか、そういったことをね。でも、家族のことはもう話しつくした気がするの。父はわたしが生まれたときには死んでしまっていたし、母親と兄しかいないんじゃ、話すネタなんかもうほとんど残ってない。ねえ、フランクリン、だから子どもを作ることを考えましょうよ。新しい話題を手にするためというだけでもいいじゃないの」

「それはいくらなんでも――」あなたはホウレンソウをゆでるのに使った平鍋をシンクで洗いながらいった。「軽はずみなんじゃないかな」

わたしはあなたの手を押しとどめていった。「そんなことないわ。わたしたちがあることを話題にするってことは、わたしたちがそれについて考えてるってこと、考えてるってことはわたしたちの人生がそれと密接にかかわってるってことなの。わたしは、自分より前の世代をふりかえりながら、自分の人生を生きていきたいとは思わない。しかも、その世代で血すじを絶やすことに自分が加担したあとでよ。子どもを持たないで人生を終えるなんて、やっぱり後ろ向きすぎるわ。人間の存在の意義をまったく認めないといってるようなもの。みんながわたしたちみたいなことをしてたら、百年後には人類は滅亡するわ」

「勘弁してくれよ」あなたはいった。「人類の存続のために子どもを作るやつなんかいないよ」

「意識してそうする人はあんまりいないかもね。でも、ちょっと想像してごらんなさいよ、何年か先のこんな晩、わたしたちの子どもが友だちといっしょにいて、わたしたちのことを話題にしてるところを。それだけでなにもかも許せるくらいすてきじゃない?」

人というのは、なんと強引に都合の悪いことを見ないようにするものなのかしら! そのときのわたしが魅了されていたのは、夜更けにこんなことをいっているわが子の姿だった。〈うちのおかあさんって美人だったのよ、強い人だったのよ、すごいよね、ひとりで世界中を旅行してまわったんだもん!〉。その場面を彩って夢のように輝かせている崇敬の念は、わたしが母のことを考えるときにはこれっぽっちも感じたことのない感情だった。それに気づいていれば、こんなせりふが浮かんできてもよかったんだけど。〈うちのおかあさんって、なんてうぬぼれ屋なんでしょ、なんてばかでかい鼻をしてるんでしょ、おかあさんが作ってる旅行ガイドなんてほーんとつまらないんだから〉。

とはいえ、このときのわたしの新しい話題を求める気持ち、新しい物語を求める気持ちは、いま考えても、けっして軽はずみなものじゃなかったわ。正直にいうと、わたしが最初に子どもを作ってもいいなと思いはじめたのは、映画のワンシーンみたいな場面を思いえがいたときだった。わたしがドアを開けると男の子が立っている。そして、それはうちの子のはじめてのボーイフレンドで（わたしの想像に出てくるわが子はなぜかいつも女の子だった）、ぎこちなく接近をこころみる彼を娘はやんわりとあしらったりふざけたりしながら、値踏みは怠りなく、でも別れたあとはケチョンケチョン、みたいな……。アイリーンやベルモントと同じ夜更かしをするんなら、たまにはこれから人生の第一歩を踏みだすそんな若い人のことを語りたいという思い。それは、わたしにはとても切実なもので、けっして軽はずみなんていうものじゃなかった。

ああ、でも、こんなにも求めていた語るべきこと。それをようやくわたしが手に入れたとき、どんな物語を語ることになるのか、語らなければならなくなるのか、そのときのわたしは考えたこともなかった。ましてや思いもしなかった、わたしがようやくその物語を語りはじめたとき、いちばんにそれを聞いてもらいたかった人が、すでにわたしのそばから去っていようとは。

二〇〇〇年十一月二十八日

親愛なるフランクリン

フロリダで勃発したお祭り騒ぎは、いまのところまったく鎮静化する様子を見せていません。事務所では例の化粧の濃い女性政府職員に対して非難の嵐が起こっているし、頭に血がのぼった同僚のなかには「憲政の危機」を口にする人までいるのよ。わたしには詳しいことはわからないけれど、いくらなんでもそこまではね。町の食堂に行くと、以前は静かに食事をする場だったカウンターで、激しくののしりあっている人たちをよく見かける。そういうときにわたしが思うのは、あの人たちがいかに危機感を持っているかということじゃなくて、いかにのほほんとしているかということ。だって、人々が政治について安心して議論を戦わせていられるのは、そこがなんの脅威も迫っていない国だからだもの。

その点、アメリカに住むアルメニア人は同胞人にしか通じない頑固な安全観を持ってるけど、これはきっと民族消滅という危機の記憶がまだ生々しいせいね（この話にはきっとあなたは飽き飽きしてると思うけど）。考えてみたら、わたしの人生もずっと危機感と隣り合わせだった。試しにわたしの人生の節目にかかわる数字を並べてみると、あまりにも不吉な予感を孕んでいてぎょっとするわ。生まれたのは一九四五年八月で、この月、ふたつのキノコ雲が立ちのぼったあと、地獄を垣間見せる世界が出現した。ケヴィンを産んだのは一九八三年で、あなたもおぼえていると思うけど、世間じゃ恐怖のカウントダウンがはじまっていた。ジョージ・オーウェルの小説のタイトルを真に受けて、この小説に出てきた四月になにかが起こるなんて思ってた人たちを、わたしはばかにしてたけど、わたしにとっての恐怖の年月はまさにその月からはじまった。あの「木曜日」があったのは一九九九年で、この年に世界が終わるという予言が出ていた。ただし、この予言はほんとうにはならなかった。

この前の手紙を書いてからずっと、自分が子どもを産むことをためらっていた理由を思いだしていたの。たくさんの不安があったことはたしかだけど、実際にはどれも当たっていなかった。親になることのマイナス面をたとえリストアップしていたとしても、そのなかに「息子が殺人者になる」なんていう項目は入っていなかったでしょうね。いまさらだけど書いてみると、そのリストはこんな感じだったんじゃないかしら。

一、めんどくさい

二、ふたりだけの時間が少なくなる（まったくなくなるかも）

三、気を遣うおつきあいが増える（ＰＴＡの会合、バレエ等々の先生、不愉快な子どもの友だち、友だちの親）

四、デブになる（せっかくのスリムな体型が崩れるのはいや。義姉は妊娠中に静脈瘤ができて出産後も元にもどらなかった。その話を聞いたとき、ふくらはぎに木の根みたいな青黒い瘤ができたりしたら、口に出せないくらい屈辱的だと思った。実際、口には出してそうはいわなかった。わたしは見栄っ張りだけど、そうじゃないふりをよくする。なぜなら見栄っ張りだから）

五、不自然な利他主義に毒される。つまり、自分以外のだれかの利益を優先してものごとを決めざるを得なくなる（わたしってわがままなの）

六、長い出張に出られなくなる（あくまでも「長い出張」。まったく出られなくなるなんてとんでもない）

七、退屈で死にそうになる（小さい子どもなんておもしろくもなんともない存在だと思う。これだけは最初からわかっていた）

八、社交生活が貧困になる（友だちの五歳児がいっしょにいるとき、その友だちとちゃんと会話が楽しめたことがない）

九、社会的な地位が低くなる（いまのわたしは経営者として高く評価されている。でも、子どもがいるとわかると、社会的には急にまともに相手にされなくなる。男性にも、そして腹立たしいことに、女性にも）

十、恩返しを強いられる（人の親になると、自分の借金、つまり自分が親からこうむってきた恩を返さなければならなくなる。でも、返さずに済むなら、それにこしたことはない。子どもを産まなければ、もらい逃げができる。さらに、恩返しのつもりで世話をしても、自分は返してもらえない可能性もある。苦労して育てた娘がろくでもない大人になったとしたら、恩を返してもらったと思う親はほとんどいないだろうし）

ざっとこういったところが、そのころわたしが抱えていたささやかな懸念だった。つまり、このときのわたしはちょっとした不便さやささやかな犠牲がいやで、石女《うまずめ》――なんといういやな言葉！――でいようと思っていたわけね。利己的でわがままであさましい理由ばっかり。こんなリストを作ったあげくに、きちんと片づいた、騒音のない、うるおいのない、袋小路の、干からびた子なしの生活を送ろうなんていう女性は、先見の明がないだけじゃなくて、人としてどうかしてるわよね。

でも、このリストを作ってみて思ったの。どれもけしからん理由かもしれないけど、いい意味で実際的なのよね。結局のところ、いまの時代に子どもが畑を耕してくれるわけでも、老後のしもの世話をしてくれるわけでもなし、積極的に子どもを持とうとする理由なんてどこにもない。こんなに簡単に避妊ができるようになったのに、いまだに産むことを選ぶ人がいるのが不思議なくらい。

それから、よく聞くわよね、子どものいない女の人が自分でもどうしてだかわからないけど、公園で遊んでる赤ん坊にふらふらと近づいてしまったなんていう話。わたしにもそういうときがきたらなあと、じつはずっと思ってたの。ある日突然、そんなホルモンの指令につきうごかされ、あなたの首ったまにかじりつき、お願いだからこの禁断の花がわたしのなかで咲いているあいだに、早く、早く子どもを授けてくださいとすがることになるんじゃないかって。

でも、結局、そんな誘発物質がわたしの体のなかで出てくることはなくて、自分だけが貧乏くじを引いたような気がしていたわ。三十代もなかばになるのにいまだに母性の開花がないなんて、どこかおかしいんじゃないか、自分には欠陥があるんじゃないかと思った。三十七歳でケヴィンを産むころまでには、とてつもなく重大な欠陥のように思われてきたほどだった。


そんなわたしに態度を決めさせたのはなにかって？　それはあなたよ、あなたがきっかけだったの。というのも、わたしたちはカップルとしては幸せだったけど、あなた個人はそんなに幸せではなかったんだと思うの。あなたの人生にはわたしが埋めてあげることのできない穴があいていた。あなたはロケーションマネージャーの仕事が気に入っていた。でも、愛してはいなかった。あなたが情熱を注ぐ気になれるのは人間だけだったのよね、フランクリン。あなたがブライアンの子どもたちといっしょにいて、おサルの人形の鼻面でくすぐってやったり、タトゥーシールに感心してみせたりしているのを見たとき、わたしの手で作ってあげたくてしかたなくなったの。あなたが情熱を傾けられる対象を。わたしにとってのウィング・アンド・ア・プレヤー社のようなものを。

一度、あなたがそういう気持ちを表そうとしたことがあったわね。

わたしたちはベッドに寝ていた。まだあのエレベーターが故障してばかりいるトライベッカのアパート、あの丸天井の部屋にいたころのことよ。愛しあったあと、あなたが眠りに引きこまれようとしているそばで、わたしは十時間後にマドリッド行きの飛行機に乗らなければならないのに、目覚ましをかけ忘れていたことに気づいて起きあがった。アラームをセットし終わると、あなたがあおむけに姿勢を変えていたわ。あなたの目は開いていた。

「どうしたの?」わたしが訊いた。

あなたはため息とともにいった。「ぼくには不思議でしかたないよ、どうしてきみにそんなことができるのか」またわたしの冒険や勇気を褒めてもらえるのかしらと思いながら、わたしは寝なおしたわ。その勘違いに気づいたのか、急いであなたがいった。「きみはいつも出かけてしまう。毎回毎回、何日も何日も。ぼくのことなんかほったらかして」

「あら、わたしだって行きたいわけじゃないわよ」

「それはどうかな?」

「フランクリン、わたしはあなたから逃れる口実に使いたくて、あの会社を作ったわけじゃないの。順番からいうと、あっちが先なんだから。それは忘れないでね」

「ふん、忘れられたらいいんだけどな」

「あれがわたしの仕事なのよ!」

「どうしてそうじゃなきゃいけないんだ?」

「じゃあ、あなたはわたしに――」

「そうじゃないよ」起きあがりかけていたわたしをそっと押しとどめてあなたはいった。意外な展開にとまどっているというふうだったけれど、案外、こうなることを見越していたのかもしれない。あなたは寝返りをうって、両肘で軽くわたしの体を包むようなかっこうになった。そしてしばらく、わたしの額に額を合わせていた。「ぼくはきみからあの本の仕事を取りあげようなんて思ってやしない。きみがどれだけだいじにしているか知ってるからね。そうでなかったらもっと楽なんだけど。

ただ、ぼくにはこんなことはできない。明日の朝、マドリッドに飛んでいって、帰りはいつになるかはっきりわからないだなんて」

「どうしてもしなければならないことなら、あなただってするわよ」

「エヴァ。きみにはわかってると思うし、ぼくにもわかってる。あれはどうしてもしなければならないことじゃない」

わたしは身をよじった。あなたとくっつきすぎていたし、あなたの肘のなかに閉じこめられてしまった気がして、暑苦しかった。「この話はもう何度もして――」

「いや、まだ話し足りない。きみの旅行ガイドは大成功して、おおいに儲かってるじゃないか。いまきみがやってる宿泊施設の再チェックなんて、学生アルバイトを雇ってやらせればいいんだよ。いまでも、ほかの調査はやらせてるんだろう?」

これは頭にきたわ。この話はもういやというほどしてきたのに。「ちゃんと目を光らせてないと、すぐに手を抜かれてしまうんだってば。連中が、ここに載ってる宿は全部ちゃんとチェックして問題はなかったっていうから、こっちも忙しいし、そのままにしてるでしょ。するとあとになってわかるのよ、このB&Bはオーナーが変わってシラミだらけになってたとか、別の場所に移転してしまってたとか。たとえば、自転車のロードレースの選手から、百マイルがんがん走ってようやく宿にたどりついたと思ったら、保険会社になってたなんて文句がくるわけよ。もちろんカンカンよね。そのうえ、わたしがちょっと目を離すと、評価を上げてリベートを取る学生までいるんだから。ウィング・アンド・ア・プレヤー社のいちばんの財産は信用なのに――」

「じゃあ、だれかに学生の仕事の抜き打ち検査をやらせるっていう手もあるじゃないか。明日、きみはマドリッドに行く。自分が行きたいから行くんだ。まあ、いいだろう。ぼくだったら、行かないと思う、いや行けないと思うけどな。わかってるのかなあ？　きみが留守をしているあいだ、ぼくがどれだけきみのことを考えてるか。一時間たつごとに、いまなにを食べてるだろう、いまだれに会ってるだろう、ってね」

「わたしだって考えてるわよ、あなたのこと！」

あなたは笑った。こちらまでリラックスするような含み笑いで、けんかをふっかけるつもりがないのがわかったわ。あなたはわたしから離れて、またあおむけになった。「ああ、ばかばかしい。きみが考えてるのは、あそこの角のファラフェルの屋台がつぎの出版のときまであるだろうかとか、あの空の色をどんなふうに表現しようかとか、そういうことだ。ってことは、きみがぼくのことをどう思ってるかは、ぼくがきみのことを思ってる思い方とはちがうってことだ。それがまんできないっていってるんだよ、ぼくは」

「それって、わたしがあなたをあんまり愛してないと思ってるってこと？」

「ぼくと同じようには愛してないよ。どのくらい、ということを問題にしてるわけじゃないんだ。きみにはほかにあるってことさ——だいじに取りわけてあるなにかがね」あなたは言葉をさがした。「ぼくはそれがうらやましいのかもしれない。ほら、予備の燃料タンクみたいなもんだ。きみはここをあとにして外国に出かける。すると、あっちのタンクに燃料が溜まりはじめる。しばらくヨーロッパとかマレーシアとかを歩きまわって、こっちの燃料が減ってなくなりかけると、また帰ってくるんだ」

『ウィング・アンド・ア・プレヤー』という旅行ガイドシリーズを思いついたのは、わたし自身がごくわずかな現金を持ってはじめてのヨーロッパに出かけたときだった。自由人《ボヘミアン》のための旅行ガイドを作ろうと考えはじめたことで、単なる長めの滞在に終わるはずだったわたしの旅行に目的意識が生まれた。それからはつねにノートを持ちあるき、宿に泊まるたびにシングルルームの値段とか、お湯が出るかとか、従業員が片言であれ英語を話せるかとか、トイレが詰まったりしてないかとかを、メモしていったわ。

『ウィング・アンド・ア・プレヤー』が当たったおかげでいまでは似たような旅行ガイドが町にあふれているから、おぼえてない人も多いかもしれないけど、六〇年代に外国旅行をする人たちのバイブルは『ブルーガイド』で、その中心的読者層は中産階級の中年だった。一九六六年に『ウィング・アンド・ア・プレヤー東ヨーロッパ編』の第一版が出て、ほとんど一夜にして増刷が決まったとき、これはいけると思ったわ。わたしに商才があったからといいたいところだけど、あなたも知ってるとおり、ほんとうはラッキーだっただけ。その証拠に、バックパッカーがあんなにはやるとは予想もしていなかったし、ちょっと統計をかじっていればわかりそうなベビーブーマーがいっせいに成人になるという社会現象も、意識して売り上げアップに利用したわけじゃなかった。わたしの考えはこういうことだった。わたしのあとに続く旅行者は、わたしと同じようなところで不安に思うにちがいない、わたしと同じような場面でペテンにかけられまいとしてピリピリするにちがいない。わたしがお毒味役を引きうけてあげれば、少なくともそういった旅の初心者が海外での一日目の夜を悔し涙にくれながら過ごすことはなくなるはず……。

あなたも知っているとおり、わたしは自分が母のようになるのではないかといつも恐れていた。

ジャイルズもわたしも、母の状態に関連して「広場恐怖症」という言葉を知ったのは三十歳を超えてからだった。でも、この言葉の定義は、何度調べなおしても「広い場所、または公共の空間を怖がること」で、これを母にあてはめるのは納得がいかなかった。だって、わたしが知るかぎりでは、母の症状はこれとはちがっていたから。母はたとえばサッカー場が怖かったわけじゃない。家から出るのが怖かったのであって、わたしの印象ではパニックを起こすのは狭い場所だろうと広い場所だろうと関係なかった。母にとっては、そこがウイスコンシン州ラシーンのエンダービー通り一三七番地かどうかが問題だったの。でも、そんな症状に名前なんかつけられないわよね。エンダービーフィリア？　それに少なくとも、たいていの人はうちの母が「広場恐怖症」だと聞けば、母がしきりに料理のデリバリーを利用する理由をわかってくれるようだった。

なんて皮肉な話なんでしょう！　という言葉を、わたしはたびたび浴びせられてきたわ。わたし自身はあんなに世界中に出かけていっているというのに、というわけ。

でも、正直にいうわ。わたしには母と非常によく似たところがある。たぶん、子どものころに年齢不相応なお使いをさせられて怖じ気づいてばかりいたせいでしょうね。八歳で台所の水道配管用ゴムパッキンを買いに行かされたこともあったわ。母は年端もいかないわたしをお使いに行かせて、その結果、三十二歳の自分が感じていた、外界との接触をできるかぎり少なくしたいという願望を、娘の心にまで植えつけてしまったのね。

正直いって、わたしがいままでに行った海外旅行でどうしても行きたいと思ったものなんてひとつもなかった。いつだって、直前になって怖くなって、できることならやめたいと思った。行くしかないと覚悟を決めるために、前もってしておいたさまざまな準備を思い起こしたりしたものだわ。

航空券は買ったし、タクシーも予約した、ホテルの予約の確認もした……。さらに強く自分の背中を押すために、友だちに旅行の計画を話しまくり、行ってきますの挨拶もあちこちでしてまわった。飛行機に乗っているあいだも、この広胴型ジェット機が永遠に成層圏を漂っていてくれればと願ったわ。ただ、宿で――そこがその晩だけのわたしのエンダービー通り一三七番地になった――休息をとっているあいだだけは天国だった。恐怖を限界ぎりぎりまで感じては、仮のねぐらのベッドに飛びこむということのくりかえし。だから、わたしがこれまでしてきたことは、自分をむりに奮いたたせた結果できたことなのよ。ちょっとパエリアが食べたくなったからマドリッドへ、という感じでわたしが旅をしていたなんて考えないでほしいの。あなたから見ると、わたしは安穏とした家庭生活にとらわれるのがいやで、それから逃れるために出張を利用しているように思えたかもしれない。でも、わたし自身は毎回、決闘の合図の手袋を投げては拾っている気分だった。行った先で楽しい気持ちになることはあったにしても、出かけることがうれしかったことなど一度もなかったわ。

ただ、年月とともに旅に出ることへの嫌悪感もややうすれてきて、軽い不快感にすぎなくなった。それを克服するのはそんなに難しくなかった。問題をうまく処理することを覚えてからは――実践を通して、自分は自立している、自分は能力がある、自分は臨機応変だ、大人なんだ、ということをくりかえし確認してきたあとでは――、恐ろしいという気持ちがむしろ逆の方向に向きはじめた。マレーシアに行くことより、家にいるのが怖くなったの。

つまり、わたしはうちの母のようになることが怖かっただけじゃなくて、母親になることが怖かったのよ。ほら、母親ってどっしりと動かない錨みたいなもので、若い人が世界に旅だつ足場の役を買ってでるでしょう？　でも、そうしておきながら、彼らが旅に出られることをうらやみ、自由で可能性に満ちた未来を持っていることをうらやんでるのよ。わたしには、考えるだけでぞっとする母親のイメージがあるの。玄関口にたたずむ、所帯じみたかっこうをしたぽっちゃりした体つきの女性。バックパックが入った車のトランクが閉められると、その女性は投げキスをしていってらっしゃいといい、走りさる車を見送りながらエプロンのひだ飾りで目をぬぐう。家のなかにもどってわびしげに玄関に鍵をかけ、シンクですっかり数が減った洗い物をしていると、その肩には静寂がのしかかってくる。そう、わたしは自分が出かけることより、出かける人に置いていかれることのほうが怖くなっていたの。でも、そんなわたしが、なんとたびたびあなたをそういう目に遭わせてしまったことか！　出発の前のディナーのテーブルにあなたひとりをパンくずとともに残して、自分は待たせておいたタクシーにすべりこみ……。そんなふうにあなたを打ち捨てていくことで、いったい何度あなたに小さな死を味わわせてしまったことか。申し訳ないと思ってるわ。でも、あなたにはそういえなかった。あなたがときおり口にした軽口も、ひとり置いていかれる寂しさが形を変えたものだったのに、それをわかってあげることもなかった。

フランクリン、わたしは子どもを持つことを心底恐れていたわ。妊娠するまで、子育てなんて完全に他人事《ひとごと》だった。いまからわたしが出会うかもしれない赤ん坊という存在は、もしかしたらわたしのいやなところを全部あばいてしまうかもしれない。わたしの人を寄せつけないかたくなな性格も、わがままで寛容さに欠けるところも、怒りのしつこさ激しさも、すべて。そう思うと、それと向きあうことが怖かった。「新しいページを開く」という考えに夢中になってはいたけれど、そのだれかの物語のなかに自分がとらわれて抜けだせなくなるのは耐えられなかった。わたしが子ども

を持つことを考えるとき、こうした恐れが大きな岩のようにわたしの前に立ちはだかっていたこと
はまちがいないわ。ただ、立ちはだかるものが大きければ大きいほど、人はそこにのぼって飛びお
りてみたくなる。結局は、乗り越えるべきものの大きさ、それから逃げたいという気持ちこそが、
わたしを魅了して引きずっていったということなのかもしれないわね。

エヴァ

二〇〇〇年十二月二日

親愛なるフランクリン

いま、わたしはチャタムの小さなコーヒーショップにいます。この手紙が手書きになってしまったのはそのためです。でも、わたしが送る絵葉書のミミズがのたくったような文字を、あなたはいつもちゃんと解読してくれたわよね。何通も何通も読まされて、私の文字にもすっかり慣れてしまって……。いま、隣の席に座ってるカップルは、フロリダ州セミノール郡での不在者投票申請の扱いについて口角泡を飛ばして議論をしているわ——手続きの詳細に関する話なんだけど、いまやこれで国中がわきかえってる。わたしのまわりでもだれもかれもが選挙手続きの専門家の顔をしてるわ。わたし自身はといえば、自分でもうすら寒くなるほど無関心なんだけど。

このベーグル・カフェはとても家庭的な雰囲気の店で、わたしがコーヒー一杯をちびちび飲みながら書きものをしていてもウェイトレスが気にすることはなさそう。チャタムも店と同じように居心地のいい昔ながらの町なのよ——ストックブリッジとかレノックスといったもっと経済力のある町だったらお金をかけて作りだすだろうと思われる、いかにも中西部の町らしい古風な趣がある。メインストリートに並ぶのは、古本屋（ここにはあなたが読みあさってたローレン・エスルマンの本がずらりと並んでる）とか、端っこに焦げ目のついたふすま《ブラン》入りマフィンを売ってるパン屋さんとか、委託販売のリサイクルショップとか、そのほうが高級そうに見えるだろうという思いこみから入口のひさしにイギリス風のつづりで「theatre」と書いてある映画館とか、地元っ子向けにテイラーのマグナムサイズボトルも置いてるけどよそから来た客のためには驚くほど高価なカリフォルニア・ジンファンデルも仕入れている酒屋といった、昔からよくある取りあわせの店の数々。地元産業のほとんどがとだえてしまっているから、ここに別荘を持つマンハッタン住人の存在がこのまとまりのない集落に活気を与えているわ——この夏季限定の住民と、それからもちろん、町のはずれに新しくできた少年刑務所もだけど。

いうまでもないかもしれないけど、車でここまで来るあいだ、あなたのことを考えていたのよ。で、あなたに出あう前に自分がどういう男性と結婚するつもりだったかを考えてみたの。たぶん、あなたとは正反対の人だったと思うから。頭でっかちのやせっぽち、驚くべき代謝機能でひよこ豆のスープのエネルギーをあっというまに燃やしてしまうような男性だったと思うわ。肘はとんがり、喉仏はつきだし、手首は細い。厳格な菜食主義者。ニーチェを愛読する苦悩の人で、眼鏡を使用、時流に逆らい、車を軽蔑。サイクリングと山歩きは欠かさない。本はかならず欄外に書きこみをする。たぶん陶芸もたしなむ。樹木では硬木を好み、ハーブガーデンを愛する。どちらかというといつもうつ状態。表に出す形は控えめながら辛辣なユーモアの持ち主。よそよそしい乾いた笑い声。背中の指圧。エコ志向。シタール音楽や仏教にあこがれている。甘い言葉をささやきながらのやさしいセックス。わたしが読んではいけないといわれている日記には、この世界がいかにひどい場所であるかを示す新聞の切り抜きがべたべたはりつけてある。政治の本流には冷笑的で、大衆文化には断乎として距離を置いている。そして、いちばんの特徴は？　英語は堪能だけど、わずかに訛りがまじることがある。つまり、外国人ってことね。

住まいはともかく田舎――ポルトガルか、そうでなければ中米の小さな村――家から通りを少し行ったところにある農家では、生乳とか作りたてのバターとか丸々とした種の多いカボチャとかを売ってる。わたしたちは噛みごたえのあるライ麦パンとかニンジンのブラウニーを作って、ご近所さんにも持っていってあげる。

あなたはいつものくつくつ笑いをしているかしら？　そう、ここであなたが登場するの。縦にも横にも大きい肉食人種のあなたが。明るい亜麻色の髪に海岸でこんがり日焼けした肌のあなた。食欲のかたまりみたいな人。遠慮などまったくないばか笑いをし、ホットドッグが大好き。野球ファン。無料でもらった商品ロゴ入りの野球帽を好んでかぶる。語呂合わせ、超大作映画、浄化してない水道水、半ダースパックのビール。食品のラベルを読むのは添加物がたっぷり入っていることを確認するため。走るなら一般道じゃなくちゃといい、愛車はピックアップ、自転車は軟弱な連中の乗り物だと見向きもしない。セックスは激しく、猥談もおおいにする。ポルノを好み、悪びれずに見る。ミステリー、スリラー、SF大好き。『ナショナル・ジオグラフィック』の定期購読者。七月四日の独立記念日にはバーベキューをし、いずれときが来たらゴルフをはじめると明言。ありとあらゆる体に悪いスナック菓子に無上の喜びを感じる。ブルース・スプリングスティーンが好き。とくに初期のアルバムが。ピックアップの窓をめいっぱい開けて、それをがんがんかけて、髪をなびかせながら運転する。調子っぱずれの声でいっしょに歌いながら。でも、新しいものに見向きもしないというわけでもなかったわよね。パール・ジャム（オルタナティヴ・ロックのバンド）がいいといいだしたこともあった。ちょうどケヴィンが彼らに飽きてしまったころだったわ。結局、音さえ大きけりゃよかったってことかしら（あら、気に障ったらごめんなさい）。エルガー（「威風堂々」等で知られるイギリスの作曲家）やレオコッケ（十二弦ギターの名手）をはじめとするわたしが好きな音楽は聴こうとしなかったけど、ただひとつの例外はアーロン・コープランド（アメリカ音楽をクラシックに取りいれた作曲家）だった。タングルウッド音楽祭に行ったときなんか、目に入った虫を取るようなふりをして目をぬぐってた。コープランドの「静かな都会」を聞いて泣いていることを、わたしに悟られたくなかったのね。一般受けする有名観光施設も大好きだった。ブロンクス動物園、ニューヨーク植物園、コニーアイランドのローラーコースター、スタッテン島行きのフェリー、エンパイア・ステート・ビル。わたしの知り合いのニューヨークの住人でほんとにフェリーに乗って自由の女神を見にいっちゃった人なんて、あなたのほかにはだれもいない。わたしも一度連れていかれたけれど、フェリーの乗客で英語をしゃべってるのはわたしたちだけだった。具象芸術――エドワード・ホッパーが好き。そして、これにはまいったわ、フランクリン。あなたは共和党支持者だった。国防は強力に、それ以外の分野では小さな政府と安い税金を、という信条。肉体的にもあなたは驚異だったわ――まさに国と同じくらい力を誇っていた。ちょっと体重がありすぎるとわたしに思われていないかって、あなたが気にしていたころがあったけど、わたしはあなたの大きさが好きだった。すこぶる頑強で、横幅も厚みも並みではなく、わたしの想像のなかの恋人が小手先の技を得意としていたのとは大ちがい。がっちりとしているところはまるでオークの木で、わたしが枕で寄りかかって本を読むこともできた。朝には、その枝のような腕のなかにもぐりこむことができた。

いちばんの驚きはわたしがアメリカ人と結婚したことだったわ。もちろんアメリカ人ならだれでもよかったわけじゃなくて、すばらしい人がたまたまアメリカ人だったということ。いや、あなたはたまたまアメリカ人に生まれただけじゃなく、自らの意志でアメリカ人として生きることに決めた人だった。そう、あなたは愛国者だったわ。わたしにしてみれば、人生ではじめて出あった愛国者だった。もちろん単なる田舎者なら大勢知っていたわ。無学で、旅をしたこともなく、なにもわかってない人たちってことね。彼らにとっては、アメリカはすなわち全世界で、だからアメリカを批判することは世界を批判することであり、空気を批判することにも等しい。でも、あなたは旅行の体験はあった。メキシコと、そしてトマト・アレルギーのあるガールフレンドとの悲惨なイタリア旅行。その結果、自分は生まれたこの国が好きなんだと思うようになった。いや、好きというより、この国を愛している、といったほうがいいわね。この国のスマートさ、効率的なところ、実用性を尊ぶところ、英語の気どらない発音、そして誠実さを大切にするところを。わたしにいわせればーーそして、実際にそういっていたのだけれどーーあなたが愛していたのはじつは古いアメリカなのよ。ずっと昔のアメリカ、いやこれまで実際には存在したことのないアメリカ。そう、あなたはアメリカという理念を愛していたの。あなたにいわせればーーこれも実際にそういっていたのだけれどーーアメリカという国を形作るもののひとつがその理念だということになる。ほかの国が持っているのはつまらない過去と国土だけだけれど、アメリカには理念があるんだって。ここにあるのはすばらしい理念だとあなたはいってた。そして、国民がしたいと思うことがなんであれ、それができるような国民の自由をなによりも大切にする国に、わたしのような人間が魅了されないはずがないって。

わたしが最初のころほど無条件に、あなたがいうことを信じなくなっていたのはたしかだったわ。それでもわたしは、自分の生まれ育った国に目を開かせてもらったことを感謝している。そもそも、わたしたちの出会いからしてそうだったわよね。ウィング・アンド・ア・プレヤー社が、『マザー・ジョーンズ』と『ローリング・ストーン』に広告を載せることにしたとき、制作を依頼した広告代理店がロケーションマネージャーとして寄こしたのがあなただった。うちの事務所に現れたとき、あなたはフランネルのシャツに埃まみれのジーンズというかっこうだったわ。その態度は不遜なのにいやな感じはしなかった。わたしはあなたの広い肩のあたりに目がいってしかたなくて、それでも懸命に仕事に集中しようとしたわ。フランスはどうかしら、とわたしはいった。ローヌ谷あたり。でも、費用の点ですぐには決められなかった。フランスまで行ってもらうとなると、航空運賃もかかるし、宿代もいるし……。するとあなたが笑った。なにを寝ぼけたことを、といった。そして、ローヌ谷だったらペンシルベニア州で見つかるといったの。そして、ほんとうに見つけてきた。

それまでのわたしはアメリカを単なる出発地点だと思っていた。あなたはあつかましくもわたしをデートに誘ったあと――わたしはあなたにとって発注元の会社の社長だったわけだから――、しきりにわたしに認めさせようとしたわ。もしもわたしがほかの国に住んでいたとしたら、アメリカは真っ先に訪ねてみたい国になるだろうって。なにしろアメリカは、すべてを支配し動かしている国で、映画も作ればコカ・コーラも売る、『スター・トレック』なんかはるばるジャワあたりにまで輸出されている。あらゆる活動の中心だし、世界中どこでもこの国と関係せずに生きていくことはできないんだ、たとえそれが憎みあうという関係であったとしても、とあなたはいった。つねに自分を受けいれろと迫ってくる国、それがいやなら拒絶しろと迫る国。無視するという選択肢は許されないんだ。ほかの国にいたら、アメリカはつねに目の前にある。きみが訪ねなくてもアメリカのほうからやってくるんだ、好むと好まざるとにかかわらず、地球上のどこにいても。わかったわ、わかったから、とわたしはいった。わかった、訪ねてみるわ、と。

そして、訪ねてみた。最初のころは、あなたのほうが驚いてばかりいたわね。わたしが野球を見にいくのははじめてだといったから。イエローストーンにも行ったことがなかった。グランドキャニオンにも。それまではばかにしてたのよ。マクドナルドのホットアップルパイも食べたことがなかった(食べてみたらおいしかった)。いつかマクドナルドがなくなる日が来るかもしれないじゃないか、とあなたはいった。どこでも手に入るからという理由でホットアップルパイはたいしたものじゃないと決めつけるのはまちがってる、いくらでも手に入ることは、それが九十九セントで買える時代に生きている幸せを否定する理由にはならないんだって。あなたは、いま現在のこの時間を味わい楽しむことが好きだった。わたしがこれまで出あったなかで、あなたほど、すべてのものが時とともに過ぎさっていくということを意識している人はいなかった。

自分の国を見る見方に関しても同じことがいえた。永遠に続いていくものではないということね。あなたはよくいっていた。もちろんこの国は帝国主義の国だった、でもそれを恥じることはない。歴史は帝国によって作られてきたんだ。そしてアメリカは、これまで世界を支配してきたどの国もはるかに及ばないくらい、偉大で豊かで公明正大な帝国だったんだ。ただし、それもいつかは崩壊する。どの帝国でもそうなんだ。でも、ぼくらは幸運だよ、とあなたはいった。いま、民主主義国家を打ちたてるという、歴史上一度もこころみられたことのないようなすばらしい社会実験に参加しているんだからと。もちろんこの国に問題もないわけじゃないけど、それでも、とあなたは急いでつけくわえた。それでも、自分が生きているあいだに、アメリカが侵略されたり内部から崩壊したりして、なくなったり立ちゆかなくなったりしたら、自分はきっと泣くだろうって。

きっとそうだろうと、わたしも思うわ。でもね、あのころ、ときどき思ったの。あなたにスミソニアン博物館に引っぱっていかれたり、アメリカの歴代大統領の名前を最初からいわされたり、ヘイマーケット事件はどうして起きたのかと問いつめられたりしながら、わたしはアメリカそのものを訪ねているわけじゃないのかもしれないって。わたしが訪ねてまわっているのは、あなたのアメリカなんだって。子どもがアイスキャンディーの棒で丸太小屋を作るように、あなたがこしらえたアメリカなんだって。それでも、できあがったのがとても美しい複製だったことは、わたしも認めるわ。わたしはいまでも、アメリカ憲法の前文のなかの「われら合衆国の人民は」というくだりを目にすると、鳥肌の立つ思いがするの。あなたの声が聞こえてくるような気がして。「われわれは以下の事実を自明のことと……」と独立宣言をそらんじるあなたの声が。

あなたはよくいっていた。この国で美しい妻と育ちざかりの息子がいて、それで豊かな満ちたりた生活が送れなかったとしたら、そんな生活ができる場所などどこにもありはしないんだと。そう、あなたのいうとおりだわ。わたしはいまにしてそう思う——そんな生活ができる場所などどこにもないいんだって。

午後九時（帰宅後）

ウェイトレスは文句もいわずにいてくれたけど、店が閉店時間になってしまいました。それにプリントアウトした手紙はそっけないかもしれないけれど、読みやすいことはまちがいないわよね。そういう理由で、あなたが手書きの部分を拾い読みをして済ませてしまうのではないかと、ちょっと心配です。あのなかに書いた「チャタム」という地名をあなたが目にしたとたん、ほかのことはなにも考えられなくなって、アメリカに対するわたしの気持ちなどどうでもよくなってしまったんじゃないかと。チャタム。わたしがチャタムに行っているかって？

ええ、行っているわ。ことあるごとに。さいわい、クラベラック少年刑務所で面会用に割りあてられている時間はごく短いから、今日は一時間遅く行こうかとか明日にしようかとか迷う恐れはない。その土曜日が来たら、ともかく十一時三十分きっかりに家を出るの。刑務所の昼食終了直後の午後二時に到着しなければならないから。あの子に会いに行くことをどれだけ恐れているかとか、それからこれはほとんどあり得ないことなんだけど、どれだけ楽しみにしているかとか、そういうことはぐずぐず考えないことにしてる。行くことにしてるから行くの。

わたしが行っていると知ってびっくりした？　でも、びっくりなんかしないで。あの子はわたしにとっても息子なんだから。息子が刑務所に入ってたら、母親は会いに行かなきゃいけない。わたしはほんとうにだめな母親だけど、社会のルールにはいつも従ってきたの。もっとも、親のための不文律に一から十まで従ってきたのが、だめな母親だといわれる原因なのかもしれないけど。それがわかったのは裁判――民事裁判のときだった。新聞に載った自分の写真を見たら、あまりに傲然としていてぎょっとしたわ。メアリーの弁護士であるヴィンス・マンシーニには法廷で、わたしが保護者の怠慢で民事裁判を起こされるのを見越して、勾留中のケヴィンにせっせと会いにいっているんだといわれたわ。わたしは演技をしている、形だけそうやっているにすぎないって。わたしは内心、マンシーニは案外いいところをついていると思ったわ。わたしの面会には演技している側面もないわけじゃないと思うから。ただし、ちがうと思ったのは、だれも見ていなくてもやっぱり行くだろうということ。わたしは自分がいい母親だということを証明するために面会に行ってる。しかも、わびしい話だけど、自分自身に証明するために。

ケヴィンも、わたしが熱心に面会に行くのには驚いていたわ。といっても、喜んでいたという意味では、少なくとも最初のころは、けっしてなかったけれど。去年、そう一九九九年当時の十六歳のケヴィンは、まだ母親といっしょにいるところを人に見られるのが恥ずかしいような年ごろだった。最初の数回の面会では、あの子はわたしがそこにいるだけで責められているように感じたみたいで、わたしがひとこともいわないうちにひどく怒りだした。なんで、わたしがあの子に腹を立てられなきゃならないのかと思ったわ。

そんなわけで、あの子が少年刑務所に入れられたばかりのとき、わたしたちはほとんど会話をしなかった。わたしはあの子の前に出るだけで体中の力が抜けていく気がした。あの子に力を吸いとられて、泣くエネルギーさえ残っていなかったわ。もっとも、泣いてもなんのいいこともなかったとは思うけれど。いつも面会時間がはじまって五分ほどたったころ、わたしが声をしぼりだして、そこでの食事のことをきく。あの子はあきれたような顔でわたしを見る。ここでそんなことをきくなんて気が狂ったんじゃないかというように。わたしがこうきいたこともあった。「ここではちゃんとした扱いをしてもらってるの？」ちゃんとした扱いというのがどういうことをいっているのか、自分はほんとうにあの子がちゃんとした扱いをしてもらえることを願っているのかもはっきりわからないままに。あの子はあのめんどくさそうな調子で、ああ、おやすみのキスもしてもらってるよ、という。形だけの母親らしい質問はすぐに底をついてしまって、かえってこれでふたりとも少しほっとするの。

　わたしが、息子が野菜しか食べてないんじゃないかとひたすら心配するような、子ども思いの母親のふりをしていた時期は、じきに過ぎてしまったけれど、ケヴィンはいまだに常人の理解を超えた社会病質人格者《ソシオパス》を演じていて、このふりはなかなかつきくずせそうもないわ。わたしが演じてきたのはどんなひどいことがあろうと息子のそばにいる母親だったけど、これはあまりにも愚かしくて盲目的で理不尽でめめしい役まわりだったから、いつでも喜んでやめることができたわ。でも、ケヴィンにとってはあのくだらないふりが心の支えになってしまっているふしがある。だって、あの子、わたしにいいたがってるみたいなのよ。自分は家にいたら自分で皿も洗わなきゃならないような情けない身分だけど、いまや『ニューズウィーク』の表紙を飾り、主要テレビ局のニュースキャスターに「ケヴィン・カチャドリアン」という摩擦音だらけの名前を口にさせ、タブロイド紙にはザンビアのケネス・カウンダ元大統領ばりに「ＫＫ」と書かれた、有名人なんだぞって。そのあげくに、国家的議題を論じたかと思うと、刑務所での体罰問題や未成年への極刑処分問題やテレビのＶチップ問題に関する持論を披露したりするのよ。あそこに拘束されていることについても、こういいたいみたい。自分は中途半端な悪事しかできなかった刑務所仲間から極悪非道の悪人として尊敬されているんだ、不良少年なんていう甘っちょろいものじゃないんだって。

あるとき(あの子の口が少し軽くなってきてからだった)、訊いてみたことがあったの。「ほかの子は、つまりここにいる子たちちってことだけど、あなたのことをどう思ってるの? 批判的だったりするわけ? その、あなたがやったことについて……」ほんとは廊下で足をかけてつまずかせられたり、スープに痰を吐かれたりしてないかと訊きたかったんだけど、それだけいうのがやっとだった。最初はわたしもびくびくしていたの。あの子が怖かった。なにか痛い目に遭わされるんじゃないかと怖かったの。だから、ぜったいに怒らせたくなかった。もちろん、看守が近くにいることはいるんだけど、あの高校にだって警備員はいたわけよね。グラッドストンには警察もあったけど、なんの役に立った? そう考えると、看守がいるからといって安心はできなかった。

あの子は笑ったわ。耳障りな、なんの楽しさも感じられない、鼻で笑うあの笑い方で。そしてこんなふうなことをいった。「冗談はやめてくれよ。あいつら、おれのことをめちゃくちゃ尊敬してるんだぜ。ここにいる連中はしょっちゅう朝飯前に五十人ほど殺してるよ——ただし、頭のなかだけでな。それをほんとにやってのける根性があったのはおれひとりなんだ。現実の世界でな」。ケヴィンが「現実の世界」というとき、原理主義のキリスト教徒が「天国」とか「地獄」とかいうときのような意固地さが感じられたわ。自分でも信じられないなにかが、そうすることで信じられるようになるとでもいうように。

あの子が仲間はずれにされているどころか、カージャックしたとか商売敵のクスリの売人をナイフで刺したとかで入所している少年たちから伝説的な存在として崇められているという話。あれは、いままでは本人がそういっているだけのことだと思っていた。でも、今日は案外ほんとうにそれなりの名声を得ていたのかもしれないと感じたわ。というのも、例のひねくれた言い方ながら、その名声にかげりが出ていることを本人が認めたから。

「ったくな、何度も何度も、おんなじ話ばっか。もう話しあきたぜ」あの子はそういったの。ということは、ほんとは仲間が聞きあきたってことだと思ったわ。あの子が収監されてから一年半余り。これはティーンエイジャーにとっては長い期間だわ。それが過ぎるうちに、ここの子たちにとってケヴィンは過去の人になってしまったのね。本人もそれだけ年をとって、塀のこちら側の人間と、向こう側にいる人々との大きなちがいに気づいたにちがいなかった。外にいる人たちは同じ話を話しあきたらあきたでかまわないし、話すのをやめるかどうかは本人の自由。でも、犯罪を犯した人間はいつまでも同じ話を話しつづけるほかない。

そんなわけで、あの子はいつも憤慨している。今日はさらに、クラベラックにやってきた十三歳の新入りのことを愚痴りつづけた。そして、わざわざこんなことを教えてくれたわ。「あいつのチンポコなんてトッツィーロールくらいしかないんだぜ。それも、小さいほうの」そういって小指を立てて揺すってみせた。「ほら、二十五セントで三個買えるってやつ」。ケヴィンはその子の名声の理由をうれしそうに話してきかせたわ。その子は、夜中の三時にモンキーズのCDを大音量でかけていたことで隣の部屋に住む老夫婦から苦情をいわれた。つぎの週末、老夫婦の娘がベッドで死んでいる両親を発見した。遺体は下腹部から喉にかけてざっくりと切りさかれていたというわ。

「へええ、それはショックだわね」とわたしはいってやった。「いまどきモンキーズなんか聴く人がいるなんて」

あの子もいちおうせせら笑いをして、これでわたしが一本とった形に。それから、警察が被害者の内臓をいまだに発見できないでいるという話になったわ。メディアはこの話題で持ちきり、もちろんクラベラックで夜通し少年を囲んで開かれたファンクラブでもそうだったんですって。

「なかなかやるわねえ、その坊や」とわたしはいった。「消えた内臓ね——あなたもいつもいってたものね。こういうことを成功させるにはちょっとしたひねりが必要なんだって」

この会話、あなたはショックを受けているかもしれないわね、フランクリン。でも、あの子とはここまでこぎつけるのにこの一年半あまりのほとんどを費やしたのよ。わたしがしれっとブラックジョークで返せるようになっただけでも、たいへんな進歩なんだから。でも、ケヴィンはわたしが攻めの姿勢に転じたのにはとまどってる。たぶん、自分の領分を侵されたと思ってるのね。それに、わたしがよその子を褒めるようなことをいったのにもカチンときたみたい。

「あんなやつ、たいしたことないよ」ケヴィンは見くだしたようにそういったわ。「たぶん、はらわたを見ながらいったんだろうよ。『ラッキー、このソーセージ、ただで食っちゃっていいのかな』なんてな」

そういってから、ケヴィンはこっそりこちらを見た。わたしが平気な顔をしているのを見て、あきらかにがっかりしているようだった。

「ここの連中ときたら、あのぼんくらのこと、かっこいいと思ってやがんの」またそう話しはじめた。「みんな、すげえすげえ、とかいって、『モンキーズだか、サウンド・オブ・ミュージックだか知らねえけど、おめえの好きなだけがんがんかけてやりゃいいじゃんか』なんていって……」あの子の黒人っぽいしゃべり方はますます磨きがかかって、もともとの自分の口調に自在にまぜて使っていた。「でも、おれはすげえとは思わねえ。あんなのただのガキじゃん。自分がなにをやってるかわかってもいない、お子さまささ」

「あなたはわかってたっていうの？」わたしはきつい口調でいった。

ケヴィンは腕組みをして、これでよしという顔になっていた。わたしが母親役にもどったことに満足したのね。「そりゃあ、完璧にわかってたさ」机に両肘をついてもたれかかった。「なんなら、もういっぺんやってやってもいいぜ」

「そりゃあそうよね」わたしは澄ましてそういい、朱色と薄緑色の板張りがなされた窓のない部屋に手を広げて見せた。刑務所をこんなロンパールームみたいな内装にするなんて理解できないと思いながら。「こんなすてきな結果になったんだから」

「ちょっとした住み替えをやっただけさ。クソの穴からべつのクソの穴へな」と右手を振ってみせた。指を二本まっすぐのばしたその慣れた手つきから、彼が煙草を吸っていることがわかったわ。「上出来だよ」

これでこの話はおしまい。いつもどおりだった。でも、ケヴィンが十三歳の新入りにクラベラックでのスターの座を奪われて憤慨していることは、わたしの頭に残った。ケヴィンに意欲がないといってわたしたちはずいぶん心配したけど、あの心配は必要なかったみたいね。

今日どんなふうにあの子と別れてきたかは、じつは書かないでおこうかと思ってた。でも、あなたにいいたくないことこそ、きっとここに書かなければならないことなのね。

顔に泥はねみたいに小さなほくろが散ってる看守が、時間が来たといったわ。時計とにらめっこしないで面会時間を全部使いきったのは、今日がはじめてだった。わたしたちはテーブルをはさんで向かいあって立っていた。だまっているのもなんなので「じゃあ、また」といおうとして、いままで斜《はす》にしか視線を向けてこなかったケヴィンが、まともにわたしを見すえていることに気がついた。わたしは動けなくなり、うろたえ、あの子にまともに目を見てほしいなんてどうして思ったりしたのかと後悔したわ。

わたしがコートを着終えるのを待って、ケヴィンがいった。「あんたがいい母親ぶってここに来てることで、隣近所とか看守とかイエス・キリスト様とかあんたのぼけのきた母親とかは、もしかしたらだまされてるかもしれない。でも、おれはだまされないからな。あんたがごほうびの金星《きんぼし》を取りたくて来るんだったら、いくらでも好きなだけ来りゃあいい。でも、おれのためになんて考えてるんだったら、あんたのその汚いけつを運んでくるのはもうやめろ」。そういってから、つけくわえた。「なぜだか教えてやろうか。おれはあんたが大きらいなんだ」

子どもって「ママなんか大きらい、ママなんか大きらい！」というセリフをよくいうわよね。ふつうは興奮してわんわん泣きながら。でも、ケヴィンはもう子どもじゃない。まもなく十八歳になろうかという年ごろだし、言い方も冷静そのものだった。

一瞬、そういうときにいうべき言葉がいくつか頭に浮かんだわ。たとえ本気でいったことがわかっていたとしても〈あなたが本気でいってるわけじゃないのはちゃんとわかってるわよ〉とか、〈でもわたしはあなたを愛してますからね、あなたが気に入ろうと入るまいと〉とか。でもよくよく考えてみたら、こんなうららかな気持ちのいい十二月の午後を、この暑苦しい長距離バスのトイレのようなにおいのする部屋で過ごすはめになったのは、そういう紋切り型の台本を演じようとしたからじゃないかと思いいたったの。で、代わりに、あの子と同じくらい冷静にいってやったわ。「わたしもね、ときどきあなたが大きらいになるわ、ケヴィン」。そして、そこから出てきた。

これでわたしが元気づけのコーヒーを飲みたくなった理由がわかったでしょう？　お酒を出す店に入らないようにするには努力がいったわ。

車を運転して帰ってきながら考えていたわ。たしかに国民がしたいことはほとんどなんでもしていいといわれて、そのあげくに老夫婦を殺してしまうような国はあんまり住みたい国じゃないけど、それでもいまわたしが結婚するとしたら、やっぱり相手はアメリカ人だろうなって。いちばんの理由は、外国人にのぼせるのはもう卒業したということ。彼らのものの考え方をとことんまで知ってしまうと、あの人たちはあの人たちでやってくれればいいという気になったの。

結婚相手を選ぶときに相手が子どものころにどんなテレビ番組を見ていたかで決めるなんてどうかと思うけど、実際はわたしがやったのはそれに近いことだった。たとえば、やせっぽちでお人好しの小男を「バーニー・ファイフみたい」というために、いちいちバーニー・ファイフというのは海外ではあまり紹介されてないけど楽しいホームコメディー『アンディ・グリフィス・ショー』の登場人物で、ドラマのなかでこの無能な副保安官が自分のうぬぼれのせいでさんざんひどい目に遭うのよ、なんてことを説明するのはいやだった。わたしが『ハネムーナーズ（これもアメリカのテレビホームコメディー）』のテーマソングをハミングしたら、あなたには「うーん、甘いねえ！」という例のセリフを重ねてほしかった。うっかり「レフトから来た《ふいうちの》」という慣用句を使ってしまって、外国では左《レフト》といっても野球のそれをさすとはかぎらないんだと反省するなんていうのもごめんだった。家に入るときに靴を脱ぐかどうかについてその家庭なりのきまりを持った家に住んで、訪れる人にもそれを守ってもらいたかった。あなたのおかげで、家庭というものを見なおそうという気になったのよ。

そんなわたしからケヴィンが奪ったのが家庭だった。いまや近所の人たちがわたしに向ける視線は、不法入国者に対するのと同じ猜疑心に満ちているわ。彼らがわたしに話しかけるときは、英語を第二言語とする人に対するのと同じように、言葉を選びながらゆっくりとしゃべるの。わたし自身も「コロンバインの少年たち（銃乱射事件を起こした高校生たち）の母親」という少数部族が住む居住区に移動させられてからは、世間のそれとはちがうはずの自分の考えを、どんなふうに「一個分の値段でもう一個サービス」の世界の言葉に翻訳したらいいのか、手探りしながら話をする。月二回の面会にわたしがあそこに向かう理由は、もしかしたらこれなのかもしれない。わたしが自分の話す異境の符牒を郊外住宅地の日常用語に翻訳しなくて済む場所は、クラベラック少年刑務所だけだから。家族の文化を共有していることを感じることができるのもあそこだけだから。

エヴァ

二〇〇〇年十二月八日

親愛なるフランクリン

今日はわたしがひとりで残業を買ってでて、閉店までいるつもりでした。でも、クリスマスのフライトのほとんどが満席になったし、それに金曜日だし、特別に全員が早く帰っていいことになったの。わたしとしては、五時にもならないうちにこのアパートに帰ってきて、例の長い長い夜を過ごすのかと思うとちょっと怖かったわ。

しかたがないから、テレビの前に座ってチキンをつつき、ニューヨーク・タイムズの簡単すぎるクロスワードパズルを埋めていった。そのあいだ、くりかえし、なにかを待っているときのあのそわそわした感じに襲われた。といっても、人生が動きはじめるのを待ってる感じとか、みんなに置いていかれたのにいつまでもスタートラインに立って合図を待っているランナーが感じるような気持ちとか、そういうことじゃないの。もっと具体的なものを待っている感じ。たとえば、ドアをノックする音を。

こういうときに思いだされるのが、一九八二年五月なかばのあの夕方のこと。あの日、わたしはあなたが玄関から入ってくるのをいまかいまかと待ちつづけていた。いまとちがって、それは少しもおかしなことじゃなかった。あなたはフォードの広告の仕事でニュージャージー州の荒野にロケハンに行き、七時には帰ることになっていた。でも、八時になっても帰ってこなかった。『ウィング・アンド・ア・プレヤー ギリシャ編』の取材旅行から帰ったばかりだったわたしは、自分に言いきかせたわ、ヨーロッパからの飛行機だって六時間遅れで到着したじゃないのって。

九時近くなってもあなたは帰らず、わたしはイライラしはじめた。お腹もすいてきた。ちょうどエスニック料理に凝っていたから、その日はムサカを作ることにしてた。ナスぎらいのあなたに、ラムのひき肉とまぜてシナモンをたっぷり加えたこの料理を出して、食べおわったらいってやろうと思っていたの。ほらね、やっぱりナスは好きだったでしょう、って。

九時三十分。オーブンの温度は一二〇度にさげていたのに、ムサカの表面のホワイトソースが薄茶色に変色し、端っこが干からびはじめた。ムサカをオーブンから出した。心配と怒りに交互につきうごかされながら、引き出しをガタガタ開け閉めしてアルミホイルを出したり、いまでは黒焦げの固まりになってしまったナスの薄切りを見て、あんなにめんどうな思いをして揚げたのに、とぶつぶついったりした。冷蔵庫から作りかけのグリークサラダを出し、猛烈な勢いでオリーブの種を抜くと、ドレッシングをなじませるために調理台の上に置いた。そのあとすることがなくなると同時に急に心配が押しよせてきた。もう怒りどころじゃなかった。不安で体がすくんだ。ふたつある電話の受話器が、はずれた状態になってないことを確認しにいった。エレベーターが動いていることを、あなたは階段を使ってもあがってこられることはわかっていたけれど、ともかく確認した。十分後、もう一度、受話器を見にいった。

たばこを吸う人の気持ちがわかった気がしたわ。

やっと電話が鳴ったのは十時二十分。わたしは飛びつくようにしてそれを取った。すると、受話器の向こうから母の声が聞こえてきた。がっくりきたわたしは、挨拶もそこそこに、あなたの帰りが三時間も遅れていて、この電話を使っていてはまずいのよといった。母は同情してくれたわ。そのころの母はわたしが外国に出かけるたびに、家から出ようとしない自分へのあてつけと受けとっているようだったから、これはめずらしいことだった。わたしもほんとは気づくべきだったのよ。母自身が二十三歳のとき、これとまったく同じ思いをして、何時間どころか何週間も待ちつづけ、そのすえに玄関ドアの小窓から投げ入れられた陸軍省の薄い封筒を見つけたということに。でも、そのときのわたしは邪険に電話を切ってしまった。

十時四十分、自分にいいきかせた。ニュージャージー州の南部はけっして危険な場所じゃない、森林と農地ばかりの土地で犯罪発生率の高いニューアークとはちがうんだと。でも、あのあたりは、殺人的なまでに考えなしのドライバーが運転するミサイル同然の車が走ってるじゃないの。ああ、どうして電話一本かかってこないのかしら！

まだ携帯電話は普及してないころだったし、けっしてあなたを責めていたわけじゃなかった。こういうことはよくあることだ、というのもわかっていた——夫なり妻なり子どもなりがなかなか帰ってこない、でも結局はちゃんと帰ってきて、遅くなった理由も話してもらえる。わたしが感じていた不安もいままでにまったく覚えのないものではなかったけれど、こんなふうに室内を歩きまわる足が止められず、あなたが動脈瘤破裂を起こしている可能性からバーガー・キングで不当な扱いを受けた郵便局員が自動小銃をぶっぱなしている図まで、さまざまな妄想がわたしの頭をかけめぐったことはかつてなかった。

十一時。グラス一杯のソーヴィニヨン・ブランを喉に流しこんだ。これがあなたなしで飲むワインなんだと思った。ムサカは干からび、量ばかりあって味がしなかった。それはあなたなしでとる食事だった。外国で買ってきたバスケットや彫り物があふれるわたしたちのアパートが、悪趣味で安っぽい輸入雑貨屋みたいに見えた。それはあなたのいないわたしたちの住まいだった。そこらにある品物に生命がないこと、生命あるものの代わりにはならないことを、こんなに思いしらされたことはなかったわ。あなたの置いていった品物にはいやな物まねを見せられている気がした。縄跳びの縄はフックにだらりとぶらさがり、脱ぎすてられたソックスは小さく丸まって、三十三・五センチもあるあなたの足が縮んだかのように見えた。

ああ、フランクリン、子どもが夫の代わりにならないことくらいわたしもわかっていたわ。だって、うちの兄が子どものころから一家の主人の役をさせられて、その重圧に押しつぶされそうになっているのをずっと見てきたから。兄がそれをどんなにうっとうしく思っていたかも知っているから。マントルピースに飾られた写真の、いつまでも若いままの男性の面影を、母が兄の顔を見るたびにさがしていたことも。あれはあまりにも酷だったわ。ジャイルズには三歳のときに亡くなった父の記憶すらほとんどなかった。ネクタイにスープをこぼしていたかもしれない生身のパパは、しみひとつない陸軍航空隊の制服を着たよそよそしい肖像写真となり、マントルピースの上からわたしたちを見おろしていた。子どもの兄にはどう逆立ちしてもなれるはずのない、完全無欠の象徴になっていた。ジャイルズには自信がなさそうなところがいまでも残ってるわ。去年の春にしかたなくわたしを訪ねてきたとき、おたがいにいうこともなければすることもなかったけれど、兄の顔は言葉にできない怒りで真っ赤になっていた。自分が不当な扱いを受けているという子どものころに感じていた思いが、わたしのせいでよみがえってきたんだと思うわ。ケヴィンのせいで世間の注目を浴びていることにも怒っていた。ケヴィンとあの「木曜日」の事件によって兄は自分の穴から引きずり出された。そのことをわたしに怒っていた。人から詮索されることは粗さがしされることと考えている兄の、ただひとつの望みは人目にたたずに暮らすことだったから。

それでも、わたしは自分を呪ったわ。前の晩にあなたと愛しあったとき、いつもと同じように、まったく考えることもなく、ペッサリーを装着してしまった自分を。万が一のとき、あなたの縄跳びの縄や脱ぎすてられたソックスがいったいなにになるというの？　子どもがあなたの代わりになるとはいわないわ。でも、わたしがあなたを失うとしたら、永遠に失ったままでなつかしむことしかできなくなるとしたら、いっしょになつかしんでくれる人、あなたのことを知っている人に、そばにいてほしかった。

真夜中近くなってまた電話が鳴ったとき、わたしは出るのをためらった。ここまで遅くなったら、病院か警察からの連絡かもしれないと思った。ベルがもう一回鳴るあいだ、受話器にそっと片手を置いてじっとしていた。受話器がひとつだけ願いをかなえてくれる魔法のランプでもあるかのように。母によると、彼女は一九四五年にあの封筒を受け取ったとき、それをテーブルの上に置いて、紅茶をいれつづけたというわ。何杯も何杯も苦くて渋い紅茶をいれては、テーブルの上で冷めるにまかせていた。すでにわたしを身ごもっていた母は、何度もトイレに立ち、なかに入るとなにかから隠れるようにドアに鍵をかけて電気も消していた。ためらいがちな話しぶりだったけど、母はその午後のことを、自分とは比べものにならないほど強くて獰猛な敵をにらみつけつづけているようだったと、いっていたわ。しかも、負けるとわかっていながら。

あなたの声は疲れきっていた。あまりにも弱々しかったので、一瞬、母かと思ったほどだった。あなたは心配をかけて悪かったといった。人里から遠く離れたところでピックアップがエンストで動かなくなり、電話があるところまで十二マイルも歩かなければならなかったのだと。

長話をするのは意味がないと思ったけれど、電話を切るのがつらかった。じゃあこれで、といいあったあと、涙がこみあげてきた。いままで別れ際に、ドア口でのキスと同じ軽さで「愛してるわ！」ということで、その言葉にこめられるはずの熱い思いを茶化すようなまねをしていた自分が、恥ずかしくてならなかった。

わたしは命拾いした気分だった。あなたがタクシーでマンハッタンまで帰ってくるには一時間かかるということだった。わたしはそのあいだ、オーブンのなかの料理の心配をしたり、あなたにナスを食べさせることや洗濯をちゃんとするように注意することを考えたりするぜいたくを味わうことができた。その世界では、なにか気になることがあるのなら、子どもを持つかどうかの決断を一日のばしにして少しもかまわなかった。このあともまだまだ夜は何度も来るのだから。

でもそこまでのんびりして、ふだんの無頓着な状態にもどる気にはどうしてもなれなかった。この無頓着さがあるからこそ日常生活が送れるのであり、なくなったが最後、母のように居間に閉じこもりっきりにならざるを得なくなるのだけれど。実際、その数時間、わたしは戦後の母の生活がどんなだったかを、いやというほど味わわされた気がしていた。母に欠けていたのは勇気ではなく、自分を欺くことだったのもわかった。一族をトルコ人に虐殺され、夫を遠く離れた国の小さな黄色人種に奪われた母が、混沌《カオス》が玄関口まで押しよせているのをひしひしと感じていたのに対して、わたしたちそのほかの人間は人工的に作られた書き割りのなかで暮らしていて、そのおかげで全員がこの世の中は安全な場所なのだという妄想を共有している。昨年、わたしが母と同じ世界に生きるようになってからは――そこではあらゆることが起こり得たし、また実際にたびたび起こった――、ジャイルズとわたしがずっと母のノイローゼと考えていたものに対して、わたしもそんなに批判的でなくなった気がしている。

あなたはちゃんと帰ってきた――たしかに、そのときは。でも、受話器をもどして小さなカチャッという音がしたとき、これから先にはあなたが帰ってこない日がくる可能性もあるのだと思った。そう思うと、時間はけっして無限に流れつづけるものではなく、かぎりあるものに感じられた。帰ってきたあなたは、疲労困憊していてまともに話もできないほどだった。わたしは夕食は食べなくていいといったものの、あなたをそのまま眠らせはしなかった。わたしだって自分の欲望が燃えあがったすえのセックスを体験したことはあったけれど、このときわたしをせきたてたものはべつのレベルの問題だった。わたしはコピーをとっておきたかったの、あなたの、そしてわたしの。ちょうどタイプライターでタイプを打つときに、カーボン紙をはさんでコピーをとるように。あなたかわたしのどちらかに万が一のことがあったときに、脱ぎすてたソックスではないなにかが確実に残っているようにしたかったの。その晩だけは、どうしても赤ん坊がほしかった。貯金箱のなかのお金がほしいように、意志の弱いアルコール依存症患者が隠してあるウォッカの瓶をほしがるように。

「いま、つけてなかったのよ」ことが終わったとき、わたしはささやいた。

あなたはあわてた。「それは危ないんじゃないのか？」

「ええ、危ないわよ、とっても」わたしはそういった。実際、九カ月後には見しらぬだれかがやってくるかもしれない。そういう意味では、玄関に鍵をかけないでいたも同然の危ない行為をわたしたちはしたのだった。

翌朝、それぞれが着替えをしているとき、あなたがいった。「ゆうべのことだけど――つけ忘れたわけじゃないいんだよね？」わたしがちょっといい気分でうなずくと、あなたはいった。「よかったのかなあ？」

「フランクリン、これでよかったかどうかなんて、いまの段階じゃわかりっこないわよ。子どもを持つのがどんな感じなのかなんてわからない。それを知る方法はひとつだけ！」

あなたはわたしの体に腕をまわして、頭上高く持ちあげた。その顔はブライアンの子どもに高い高いをしてやって「すごいすごい！」といっていたときと同様、喜びに輝いていた。

床におろされたとたん、わたしはさっきまでの自信たっぷりの口調とは裏腹に急に不安になってきた。平常心がもどるスピードというのは恐ろしいもので、あなたが週末まで無事で生きているかどうかなんてとっくに心配しなくなっていた。なんということをしてしまったんだろう、と思ったわ。その月の下旬になって生理がはじまったとき、あなたには、がっかりしたわといった。わたしがはじめてついた嘘、しかも大きな嘘だった。

それからの六週間、あなたは毎晩その仕事に打ちこんだ。やるべき仕事があることに喜々として、家の書棚をあっというまに作ってしまったときと同じ、〈やると決めたら徹底的にやる〉精神で、せっせとわたしをベッドに誘った。わたし自身は、そんな種まきみたいなセックスは気が進まなかった。セックスは奔放じゃなくちゃと思っていたし、みだらにやりたいほうだった。せっかく気分が盛りあがっていても、アルメニア正教会の司祭にさえも許されるようになった行為なんだと思うだけでその気分がぶちこわしになるくらいだったから。

その一方で、わたしは自分の体をちがった目で見るようになっていた。自分の胸についているでっぱりが、赤ん坊に吸わせるためについているのだとはじめて気づいた。そう思うと自分の胸を見るたびに、牝牛のだぶだぶしてたくさんの乳首のついた乳房や、授乳中の雌犬の大きく張った乳首を思い出した。男だけじゃなくて女まで、自分の乳房がなんのためにあるのか忘れてるなんて、おかしなことだわよね。

股間の割れ目もちがった意味を持ってきた。ある種のいやらしさ、猥褻さを感じなくなった代わりに、べつの猥褻さを感じるようになった。プッシーは行き止まりの狭い小道に通じる扉ではなく、ぽっかりと口を開いたなにかに通じる扉になった。ヴァギナそのものもどこかべつの場所に連れていってくれる道となり、わたしの心の闇に通じる道ではなくなった。クリトリスは種の存続がかかった重労働に甘い味付けをして誘いをかける、巧妙なしかけなのだと思うようになった。子どものころに歯医者さんによくもらったキャンディーみたいに。

こうしてみると、女をきれいに見せるためについていると思っていたものは、すべて母親になるためにそなわっているものだった。わたしは自分が生殖のしくみを最初に解明した女性だなんていうつもりはないけれど、こうした発見はどれもわたしにとってはとても新鮮だったわ。ただ、正直いって、すごくうれしかったとはとてもじゃないけどいえない。むしろ、自分が使い捨てにされようとしている気がしたわ。わたしはいま、生き物の巨大な営みにのみこまれようとしている。その営みはわたしを生みだしたものでもあるんだけど、わたしをしゃぶりつくして、ぽいと捨ててしまうものでもある。自分は利用されるだけという気もした。

お酒のことでずいぶんいいあったのは、あなたもおぼえているわよね？　妊娠中は一滴も飲むべきじゃないというのが、あなたの意見だった。わたしは屁理屈をこねたわ。あなたはわたしに子どもができたことがわかり次第――わたしによ、わたしたちにという気分を楽しむつもりはさらさらなかった――すぐに断酒してほしいわけね。でも、妊娠するまでに何年かかるかわからないし、そのあいだずっと毎晩ミルクでがまんする気はないわよ。女たちはこれまで何世代にもわたって、妊娠中もお酒をたしなんで楽しくやってきたの。それでなにか問題のある子どもが生まれてきた？

あなたはおもしろくなさそうだった。わたしが二杯目のワインをつぐとだまりこみ、非難がましい目で見るものだから、楽しい気分も台無しになった（それが目的だったのでしょうけど）。あなたはふくれっつらのまま、ぶつぶついいだした。自分が代わりに飲むのをやめる、必要とあれば、何年でもやめてやるって。あなたのことだから、きっとやりとげるにちがいないと思ったわ。人の親になることでわたしたちの行動が影響を受けるのは、わたしだってしかたないと思っていた。でも、あなたは、それによって行動のすべてが決まってしまってもしかたないと思っていた。

映画だと吐き気を覚えた女性がトイレに駆けこむシーンが妊娠を表していることが多いけど、わたしには残念ながらそういう徴候はなかった。あなたは自分も妊娠判定の尿検査についていくといってくれたけど、わたしは断った。「癌検査の結果を聞きに行くわけじゃないんだから」そういったのをおぼえてるわ。冗談めかしてこういうことをいうときはたいていそうだと思うけど、どうせできてやしないんだからという気持ちだった。

産婦人科の病院では、自分の排泄物を赤の他人に渡すと思うとつっけんどんな渡し方になってしまったけれど、ともかくアーティチョークの酢漬けの瓶に入れた尿を提出して、診察室で待っていた。十分後に、ラインシュタイン先生——産婦人科医というより、研究室でラットの動物試験をしているほうが似合うような、冷たい感じの若い女医さん——が入ってきたかと思うと、さっと机に向かいカルテになにか書きながらいった。「陽性です」

カルテから目をあげたあと、もう一度わたしの顔を見なおしてからこういった。「だいじょうぶですか？　顔が青くなってるけど」

たしかに血の気が引いたような感じだった。

「エヴァさん、あなた、子どもがほしかったんじゃないんですか？　いいしらせだと思ったんですけど」きびしい口調でそういった。責められている気がしたわ。もしもあなたがうれしくないんだったら、その赤ん坊をこっちへもらいますよ、といわれてるみたいだった。もっと前向きに喜んでくれる人、クイズ番組で車を当てたみたいに跳んだりはねたりして喜ぶ人がいくらでもいるんだからって。

「ちょっと前かがみになって頭を膝につけていたら？」たぶんわたしはふらふらしていたのだと思

う。

しばらくして相手があんまり退屈そうなので頭をあげると、ラインシュタイン先生は、わたしがしてはいけないこと、食べたり飲んだりしてはいけないものを延々とあげていった。それから、つぎはこの日にいらっしゃいと診察日を指定した。会社で『ウィング・アンド・ア・プレヤー西ヨーロッパ編』の改訂に取りかかろうとしていることなどおかまいなしだった。わたしはこのときはじめて知ったのよ、母親になると決まったとたん、自分は公共物になるんだって。公共物、つまり公園の人間版みたいなものよ。よく妊婦にいわれる「あなたはいま、赤ちゃんも含めてふたりのために食べてるんですからね」という言い方は、妊婦の夕食はもう個人的な営みではないといっているにほかならないんだわ。アメリカ国家の「自由の地」という歌詞がどんどん高圧的になっていくように、それはやがて「あなたはわたしたちのために食べてるんですからね」になりかねない。わたしたちというのは、二億何千万のおせっかい焼きのことね。妊婦がジャム入りドーナッツとかを食べたいなんて思ってたら、その人たちが当然のようにしゃしゃり出てきて、それはやめて全粒粉のパンと葉物野菜を中心として五大栄養素を含んだちゃんとした食事をおとりなさいと勧めるわけよ。妊婦にえらそうに命令する権利は、そのうちぜったいアメリカ合衆国憲法に盛りこまれるわね。

ラインシュタイン先生は推奨できるビタミンのブランド名をあげてから、スカッシュテニスを続ける危険性について一席ぶった。

その日の午後は、熱意あふれる未来の母親として登場するための準備をしたわ。着るものはどう考えてもセクシーというより健康的なものにすべきだと思ったから、木綿のサンドレスにした。それから、猛烈に体に良さそうな食材を集めて料理の準備にかかった（サケのソテーはパン粉なしで、サラダにはモヤシをたっぷりと）。一方で、お約束のシーンでとるべきさまざまな態度を試してみた。恥ずかしそうに、ためらいがちに、困惑して、わざとぶっきらぼうに、ほとばしるように——ああ、ダーリン！　でも、どれもそぐわない気がした。

こういうときでなければ、お祝いの準備の最後を飾るのはワイン選びのはずだった。埃をかぶりはじめているワイン・ラックをながめながら、恨めしくてしかたなかったわ。こんなお祝い、あり？と思ったわ。

わたしたちの部屋のある階でエレベーターの止まる音がしたとき、わたしは玄関に背を向けたまま、なんとか表情を整えようとした。そういうときにありがちな、あちこちひきつったわたしの顔を見て、あなたはなにも聞かないうちにこういった。「できたんだね」

わたしは肩をすくめてみせた。「そうみたい」

あなたはキスをしてくれた。つつしみ深い、舌を使わないキス。「で、どうだった？　できたとわかったとき」

「ちょっとくらくらきたわ、ほんというと」

あなたはそっとわたしの髪にふれていった。「きみの新しい人生のスタートだね！」

うちの母は外の世界を恐れるのと同じくらいアルコールを怖がっていた。だからワインはわたしにとっては禁断の飲み物で、禁止されているからこその魅力は色あせることがなかった。わたしはけっしてアルコール依存症ではなかったけれど、一日の終わりにぐーっと飲みほす芳醇なワインはずっと大人の象徴であり、アメリカ版自由の聖杯だった。でも、どうやら究極の大人らしさというのは子どもとそんなにちがわないことにわたしは気づきはじめていた。どちらもつきつめると、きまりに従うことが大切なのよ。だから、わたしは自分用のグラスにはクランベリージュースをついで、明るく「レ・ハイーム」と乾杯したわ。

あなたが（男の子の）名前を考えはじめたとき、わたしはこれから耐えなきゃいけないことに思いをめぐらしていた――おむつとか夜泣きで眠れない夜とかサッカーの練習への送り迎えとか――ふつうこんなことまで楽しみに待つものなのかしらと思いながら。

あなたは自分もなにかしたいということで、わたしの妊娠中はお酒をやめるといいだした。あなたが夕食前の地ビールの一杯をやめたからといって、その分赤ん坊が元気になるわけでもなんでもないのに。手はじめに、あなたはクランベリージュースを一気飲みしてみせたわ。お酒なんか目じゃないという心意気を示すことができて満足そうだった。腹が立ったわ。

あの晩のこと、あなたはおぼえているかしら？　話すべきことはたくさんあったのに、ふたりとも急に口べたになってしまって、なかなか言葉が出てこなかった。わたしたちはもうエヴァとフランクリンじゃない。ママとパパだった。わたしたちがとっているのは、家族でとる最初の食事だった。家族という概念、言葉。それを考えるといつもわたしは落ちつかない気分になった。それで、あなたがスティーブとかジョージとかマークとかいう名前を思いつくたびに、即座に「平凡すぎる」と切りすててしまった。あなたは傷ついたようだった。

わたしはあなたにちゃんということができなかった。押さえつけられている気がした。八方ふさがりだった。わたしはいいたかったのよ、フランクリン。ほんとにこれでいいのかしら、って。でも、もう取り返しはつかなかった。わたしたちはすでにお祝いの最中。わたしは当然大喜びしているると思われていて……。

こういうことのきっかけとなった、「コピー」をとっておきたいと思ったときの切実な気持ちをもう一度感じたくて、わたしはあなたが荒野に行っていた日の記憶をたどってみた。荒野、不毛の地。石女を思わせるその言葉にわたしは触発されたとでもいうのかしら？ でも、あの五月に大あわてで決めたというのは、じつはわたしの思いすごしだった。たしかにわたしは決めたわ。でも、それはもっとずっと前、あなたのいかにもアメリカ人らしい邪気のない笑顔に、わたしがほれこんでしまったときだった。たしかに年齢を重ねるごとに、見知らぬ国のことを書くことにも、日々の生活にも若いころほどのものめずらしさはなくなり、輝きがうすれていってはいたけれど、それでもこれがわたしの愛する生活だった。ここまでそのなかでわたしがいちばん愛していたのが、あなた、フランクリン・プラスケットだった。あなたはほしがるもののごくごく少ない人だった。そんなあなたがただひとつほしがったものが、このわたしに提供できるものだとしたら。ブライアンの子どもたちを抱きあげたときにあなたが見せた、あの輝くような笑顔を否定することなんかわたしにはできなかった。

お酒のない夕食はさっさと終わってしまい、わたしたちは早めに寝室に入った。あなたはセックスしてもいいかどうか自信がないといった。もしも子どもにさわりがあったらというわけ。わたしはかっときたわ。何週間かぶりにやっとまともなセックスができると思ったのに。種の存続のためなんかじゃない、したいからする、セックスがね。あなたはしぶしぶ同意したわ。でも、その愛し方はげんなりするくらい慎重だった。

わたしは最初、自分のどっちつかずの気持ちはいずれ消えてなくなるものと思っていた。でも、それは強くなるばかりで、そのために表に出せないものになっていった。いまだから白状するわ。どっちつかずの気持ちが消えなかったのは、ほんとはそんなものはなかったからなのよ。子どもを持つことに関して、わたしがどっちつかずだったわけじゃない。あなたは子どもをほしがっていたけれど、わたしはほしくなかった。これを足すとどっちつかずにも似てるけど、でも、ちがうわよね。いくら仲のいい夫婦でもわたしたちはひとりの人間じゃないんだから。いくら勧めても、あなたがナスを好きになれなかったように。

エヴァ

二〇〇〇年十二月九日

親愛なるフランクリン

昨日書いたばかりなのはわかってます。でも、チャタムに行ったあとは、せめてあなたに戦況報告でもしないとやっていけそうもなくて……。今日のケヴィンは、とりわけけんかを売りたい気分だったようなの。わたしが行くなり、いきなりつっかかってきたわ。「あんたはおれなんかほしくなかったんだろ?」

噛み癖のあるペットよろしくここに隔離されるまでは、ケヴィンがわたしのことをなにか訊くなんてことはほとんどなかった。だから、こういう質問をすることはむしろいい方向にいっている気もしたわ。どうせ監房のなかをうろうろ歩きまわりながら、退屈しのぎに思いついたことだろうけど、死ぬほど退屈するというのもたまにはいいのかもしれない。あの子はいままでも、わたしにわたしの人生があるということはわかってた。わかってなきゃ、あんなに何度もそれをぶち壊そうとはしないはずだもの。いまはさらに、わたしにも意志があることがわかったようだった。つまりわたしが自分の意志で子どもを持つことを決めたこと、そしてほかにも抱負を持っていて、それは子どもが生まれたらあきらめなければならなくなるかもしれないことだったことも。そこまで人の考えを推しはかれるということは、心理療法士の診断のように「共感性が欠如している」わけじゃないってことよね。だから、ここはきちんと真正面から答えなければと思った。

「わたしは自分もほしいんだと思ってた」わたしはそういった。「でもね、おとうさんが、あなたのことをほしがってたの、すごくほしがったのよ」

わたしは思わず目をそらしてしまった。ケヴィンの表情がさっと冷笑に変わったから。たぶん、わたしは口に出すべきじゃなかったのね。ほかのことはともかく、少なくともあなたが彼を渇望していたということは……。わたし自身はあなたの渇望をいとおしく思っていたわ。わたしがあなたのそばにいられるのも、あなたが癒されることのない寂しさを抱えてるからだと思ってた。でも、子どもはそういう渇望には心をかき乱される。そしてケヴィンの場合は、心をかき乱すものイコール軽蔑の対象なのよ。

「あんたはほしいと思った」ケヴィンがいった。「でも、その後、ほしくなくなった」

「わたしは自分の生活が変わったらいいと思ってた」わたしはいった。「でも、悪いほうに変わるんだったら、それはごめんこうむりたいと思うのがふつうでしょう？」

ケヴィンはしてやったりという顔をしていた。いままでだって、わたしをけしかけてひどいことをいわせては喜んでいたの。わたしは感情的にならずに事実だけを話そうとした。感情も過去の事実として。そうすれば、ほんの少しでも勝ち目があるかもしれないから。

「母親になるということは、わたしが思っていた以上にたいへんなことだった」わたしはそういってきかせた。「空港とか海の景色とか博物館とか、そういうものに慣れた人間が、いきなり家のなかに閉じこめられたのよ、レゴといっしょにね」

「でも、おれはがんばってあれこれやった」ケヴィンはひもでつりあげたあやつり人形のような微笑を浮かべていったわ。「あんたを楽しませるためにね」

「赤ん坊が吐いたものをしまつするくらいは当然考えてたわ。クリスマスにクッキーを焼くことも。でも、考えてもいなかったのよ――」ケヴィンが早くいえよという顔をした。「あなたに親しい感情を抱くようになるという――」できるかぎり感情をまじえない表現でそういったわ。「ほんのそれだけのことがあんなにたいへんだとはね。わたしは思っていたの――」わたしはひと息入れていった。「そういうことはだまっていても自然にできるようになるんだって」

「だまっていても自然に！」ケヴィンはそうあざけった。「毎朝起きるんだって、自然にできるわけじゃないんだぜ」

「たしかに、いまじゃそう思うわ」わたしは憂鬱な気分になりながら認めた。いまやケヴィンとわたしの日常生活は非常に似通っていて、どちらにとっても、時間はヘビが脱皮するようにノロノロとしか進んでいかなくなっていた。

「考えたことがあるか」抜け目なさそうにそういった。「おれがあんたをほしくなかったかもしれないとはさ」

「べつの人が両親でも、あなたが気に入ったとは思えないわね。その人たちがどんな職業に就いていたとしても、あなたはばかみたいだと思ったでしょうからね」

「ちんけな旅行ガイド会社経営とかか？　ジープ・チェロキーの広告のために、外側が高くなったカーブを見つけてくるロケーションマネージャーとかかよ。いわせてもらうなら、そういうのがいちばんばかみたい、だ」

「ほらね」わたしはついに爆発した。「あなたって子はほんとに、ケヴィン――あなただったらあなたをほしいと思う？　いまに天罰がくだって、朝になって目が覚めたら、あなたの横のベビーベッドにもうひとりのあなたが寝てるなんてことになるわよ！」

ケヴィンは反発するでも罵倒するでもなく、急に生気がなくなってしまった。その外観は子どもというより老人みたいだった。目はどんよりして下を向き、あらゆる筋肉が弛緩して……。その無気力さはあまりにも強烈で、うっかりしたら落ちてしまいそうな穴そのものだった。

あなたはわたしがあんまりひどいことをいったから、あの子が引いてしまったと思うでしょうね？　わたしはそうは思わない。あの子はわたしにひどい目に遭わされたがってるのよ。目が覚めていることを確認するために、頬をつねってみるのと同じよ。あの子ががっかりして元気がなくなったというなら、それはせっかくわたしにひどい言葉を投げつけさせたのに、自分がなにも感じなかったからなのよ。それと、朝になって目が覚めたら横にもうひとりのあの子が寝てるといったのが、こたえたんだと思うわ。いまあの子はまさにそういう状態にあるわけだし、だから朝起きるのがつらいんだから。フランクリン、わたしはあれほど自分自身を重荷に感じたり恥ずかしく思ったりする人間はほかに見たことがないわ。もしも、わたしがいじめたことが原因であの子が低い自己評価しか持てなくなったなんて考えてるんだったら、いますぐ考えなおしてもらいたいわ。あの子の目のあのふてくされた表情は一歳のときにもうあったんだから。いいえ、あの子の自己評価は非常に高いわよ。とくにあんな有名人になってからはね。

別れ際に、わたしはちょっと譲歩してみせたわ。「わたしもずいぶんがんばったのよ、あなたにわたしの名字をつけられるように」

「ああ、でも、結局あんたはそれで助かったじゃないか。いつも、いちいち説明してたんだろ？　つづりはケー・エイチ・エー……」ケヴィンはだらしのない発音でそういって続けた。「おれのおかげで、もうつづりを訊いてくるやつはいなくなったんだからな」

あなた、知ってた？　アメリカ人って妊娠している女の人をじろじろ見るのよ。出生率の低い先進国じゃ、きっと妊娠がものめずらしいのね。女性のお尻や胸だったら、やたらフォーカスした臀部の写真とか濡れた局所とかぬらぬらした下腹部なんていう、ほんとうのポルノがそこらじゅうのキオスクにあふれてるというのに。わたしもお腹が大きくなってきたころ、目を伏せて五番街を歩きながら、思ったわ。なによ、ここにいる人たちだって、みんな女性のあそこから生まれてきたくせにって。

昔はミニスカートでみんなをふりかえらせて平気だったわたしだけど、お店に入ったりしたときにチラチラ見られるのはだんだん神経に障りはじめた。その人たちの心惹かれたような、あるいは心を奪われているといった表情に、嫌悪の表情がまじっていることに気づいたのよ。

それはいいすぎだと思ってるんでしょう？　わたしはそうは思わない。だって、あんなにたくさんの映画が異物の体内侵入とか乗っ取りとして妊娠を描いているのよ。『ローズマリーの赤ちゃん』

は小手調べみたいなものだった。『エイリアン』ではおぞましい異星生物がジョン・ハートの胸を破って出てくる。『ミミック』では二本足で歩く昆虫の幼虫が人間の女性から生まれる。ホラー映画とかSF映画では、異星生物を宿した登場人物は、その恐ろしい生物が生き残るために、食いつくされたり引きちぎられたりして、あとに残るのは抜け殻かカスみたいなものだけなのよね。

気分を悪くさせちゃったんだったら悪かったけど、でもわたしが作った映画じゃありませんから、あしからず。それに、出産後に歯がぼろぼろになったり、骨がやせたり、体のラインがくずれてしまった経験のある女性ならだれでも、九カ月間にわたって無賃乗車を許したツケがどれだけのものかはわかってるはず。メスのサケが必死で川をさかのぼって卵を産んだあと、ボロボロになって死んでいく様子――目はうつろ、鱗ははがれ落ち――を描いた自然紹介番組を見たときは、ほんとうに腹が立ったわ。わたしはケヴィンがお腹にいるあいだじゅう、ケヴィンのせいで、自分がドライバーから車に、あるいは家主から家に格下げされたという気持ちと戦っていたの。

肉体的には、心配していたほどつらい思いはせずに済んだわ。第一期にいちばんわずらわしかったのは体のむくみだけど、それはチョコバーを食べたくてしかたない気持ちと同様、すぐになくなった。ボーイッシュといってもよかった私の顔は丸みを帯びてとんがったところがなくなり、ぽっちゃりした感じになってきた。若く見えるのはたしかだけれど、あんまり賢そうには見えないと思ったわ。

うかつにもわたしは長いあいだ知らずにいたのだけれど、あなたは生まれてくる子どもが自分の名字を名乗るものと、なんの疑いもなく決めてかかっていたのよね。名前のほうも意見が合わなかった。あなたがレナードとかピーターを提案する、わたしはエンギンとかガラベットのほうがいいと応ずる。でなければ、うちの父方の祖父の名前をもらってセリム。これを聞いたあなたは、ブライアンの子どもたちにキャベツ人形を見せられたときのわたしと同じ、辛抱強いほほえみを浮かべた。そしてこういったのよ。「ぼくの息子にいくらなんでもその名前はないよ。ガラベット・プラスケットだなんて」

「ちがうわよ」わたしはいった。「ガラベット・カチャドリアンよ。このほうが語呂がいい」

「いくら語呂が良くたって、ぼくと血のつながりのある子どもの名前には聞こえないよ」

「ああら、不思議。わたしも同じことを思ったわ、ピーター・プラスケットって名前を聞いたときに」

わたしたちは、いまはもうなくなってしまったビーチ・ストリートの角のあのこぢんまりしたバー、〈ザ・ビーチ・ハウス〉にいた。ここのチリコンカルネは絶品だったけど、わたしはストレートのオレンジジュースだけにしてちびちびすすっていた。

あなたは指先で神経質にテーブルを叩きながらいった。「でも、プラスケット＝カチャドリアンという名字だけはなしにしてくれよな。こういうハイフンつなぎの名字の連中同士が結婚して、またその子どもが、なんてことになると、空恐ろしい電話帳ができあがるからな。で、どっちかが折れなきゃならないんだったら、伝統に従うのがベストなんじゃないかな」

「いくつかの州の伝統では、一九七〇年代まで女性には財産権がなかったわ。中東の伝統では、女性が外出するときは黒いチャドルを着なければならない。アフリカの伝統では女性のクリトリスは切除される、肉についていた余分な軟骨みたいにね——」

あなたはわたしの口にコーンブレッドを押しこんだ。「講義はそのくらいでいいよ、ベイビー。

ぼくらは女性の割礼の話をしてるんじゃない、子どもの名前を考えてるんだ」

「男の人って、やるべきことはなんにもしないくせに、ずっと昔から自分の名字を子どもにつけさせてもらってきたのよね」コーンブレッドのくずがわたしの口から飛び散った。「いまこそ、こういう不公平は変えるべきなのよ」

「どうしてぼくがその第一号にならなくちゃいけないんだ。まいったな、ほんとに。きみはいつも、アメリカの男が女の言いなりだって批判してたくせに」

わたしは腕組みして、最終兵器をくり出した。「うちの父はデリゾールの強制収容所で生まれたわ。収容所には病気が蔓延していて、アルメニア人の収容者には食べ物も水さえもほとんど与えられなかった――そんなところで赤ん坊の父が生きのこれたのが奇跡よね。実際、父の三人の兄弟は死んでしまったんだから。父の父のセリムは銃殺された。母のほうのサラフィアン一族の三分の二はその痕跡まで徹底的に抹殺されてしまったから、その人たちに関しては逸話さえ残っていない。わたしが自分の特権をふりかざしてるように見えるかもしれないけど、でもアングロサクソン族には絶滅の心配なんかないじゃないの。わたしの祖先は計画的・組織的な虐殺を受けたのに、だれもそれを話題にしようとすらしないのよ、フランクリン！」

「百五十万人ものアルメニア人が！　だよね」大げさな手ぶりとともにあなたが合いの手を入れた。それからさらにいってみせた。「知ってるかしら？　一九一五年に青年トルコ党がアルメニア人にしたことが、ヒトラーがホロコーストを思いつくきっかけとなったのよ！」

わたしはあなたをにらみつけた。

「エヴァ、きみの兄さんにはふたりも子どもがいる。それに、アメリカだけでも百万人のアルメニア人が絶滅するなんてことはないよ」

「でも、あなたが自分の名字を大切に思うのは、それが自分のものだからというだけでしょう？　わたしがわたしの名字を大切に思うのは——ともかく、こっちのほうがもっと重い意味があるのよ」

「うちの両親が腹を立てると思うよ。自分たちのことを無視してると思うんじゃないかな。そうでなければ、ぼくがきみの言いなりになっていると。両親はきっとぼくのことを大馬鹿だと思うだろうよ」

「わたしはプラスケットなんていう名字の子のために静脈瘤になる危険を冒してるわけ？　こんなけったくそ悪い名字のために」

あなたは傷ついた顔をした。「ぼくの名字がきらいだなんて、いままできみの口から聞いたこともなかった」

「プラースケット！　ばかみたいに口を大きく開けてラー。どなってるみたいで、下品で——」

「下品！」

「あまりにもアメリカ的なのよ。ニースあたりにいる、鼻声でしゃべるデブの観光客を思いだしちゃうわ。なにかといえばアイスクリームを食べたがる子ども連れのね。それで『ほおら、あのプラースケットさんをごらんなさい、ハニー』なんていうの。あ、フランス語読みだったら、プラースケになるんだけどね」

「プラースケじゃない、プラスケットだ、このアメリカぎらいのうんちく屋め！　プラスケット家というのは、小さいながらも由緒正しいスコットランドの一族だ。誇りを持ってぼくの子どもに渡したい名字だ。そうか、結婚したとき、きみがこの名字を名乗ろうとしなかったのはそういうわけだったのか。きみはこの名字がきらいだったんだ」

「いや、そうじゃなくって。あなたの名字は好きに決まってるじゃないの、でもそれはあなたの名字だからで――」

「こうしよう」あなたがいばっていった。この国では傷ついた側がより強い立場に立てるのよね。「男の子だったらプラスケットにする。女の子だったらカチャドリアン」

わたしはパンの籠を押しのけてあなたの胸をついた。「へええ、あなたは女の子なんかどうでもいいわけね。あなたがイラン人だったら学校に行かせないところね。インド人だったら牛一頭と交換で売ってしまうし、中国人だったら飢え死にさせて裏庭に埋めて――」

あなたは両手をあげていった。「わかった、わかった。じゃ、女の子だったらプラスケットだ。ただし、条件がある。男の子の名前だが、ガーラ・スブラキみたいなわけのわからんのはぜったいだめだ。アメリカ風の名前にする。これでいいな?」

わたしはいいといった。そして、いま考えると、わたしたちがこう決めたのはまちがいではなかったと思う。一九九六年、十四歳のバリー・ルーカイティスがワシントン州モーゼズレイクで、一クラス全員を人質にとって教師一人と生徒二人を殺害した。一年後、十三歳のトロニール・マンガムが自分の通う中学校で彼に四十ドルの借金をしていた少年を殺害。翌月、十六歳のエヴァン・ラムジーがアラスカ州ベテルで生徒一人と校長を殺害し二人を負傷させた。同年秋、十六歳のルーク・ウッドハムがミシシッピ州パールで母親と二人の生徒を殺害し七人を負傷させた。その二カ月後、十四歳のマイケル・カーネルがケンタッキー州パデューカで三人の生徒を殺害し五人を負傷させた。翌一九九八年の春、十三歳のミッチェル・ジョンソンと十一歳のアンドリュー・ゴールデンがアーカンソー州ジョーンズボロの自分たちの高校で銃を乱射し教師一人と生徒四人を殺害し十人を負傷させた。その一カ月後、十四歳のアンドリュー・ウォーストがペンシルベニア州エディンボロで教師一人を殺害し生徒三人を負傷させた。翌月、オレゴン州スプリングフィールドでは十五歳のキップ・キンケルが両親を殺害したあと、生徒二人を殺害し二十五人を負傷させた。一九九九年には、あの「木曜日」からわずか十日後、十八歳のエリック・ハリスと十七歳のディラン・クレボルドがコロラド州リトルトンで自分たちの高校に爆弾をしかけたあと、銃を乱射して教師一人と生徒十二人を殺害し二十三人を負傷させ、その後、自分たちも銃で自殺した。これに並ぶと、ケヴィン――あなたが選んだ名前だった――という名前は、たしかにアメリカらしい名前だということがわかったわ。スミス＆ウェッソンと同じくらいに。

名字に関しては、わたしたちの息子は、わたしの家族のだれよりもカチャドリアンという名前が生きつづけるのに役立った。

わたしはたぶん、赤ん坊が自分のものだという実感がほしかったんだと思う。自分の体が勝手に使われているという印象を、どうしてもふりはらうことができないでいたから。超音波検査を受けて、ラインシュタイン先生が画面で動いているかたまりを指さしたときも、これはいったい何者なのかと思ったもの。まぎれもなくわたしの体のなかにいて、そこで漂っているのだけれど、はるか遠くにあるように思われた。あんな胎児にも感情があるのかしらね？　ケヴィンが十五歳になっても、わたしがその同じ疑問をまだ問いかけることになろうとは思いもしなかったけど。

ラインシュタイン先生がその影の足のあいだにあるでっぱりをさしてみせたとき、正直いってがっかりしてしまった。わたしたちの取り決めによるとわたしはカチャドリアンを名乗る子を産もうとしていたわけだけど、重要書類にわたしの名前が使われるからといって、それだけで子どもが母親のものになるわけじゃない。そして、わたしは男の人といっしょにいるのは楽しいと思ったけれど、男の子となるとどうなのか自信がなかった。

八歳か九歳のころ、母にいわれて大人でないとできないようなめんどうなお使いをしに出かけたとき、男の子たちの一団に襲われたことがあったの。年もわたしとそんなにちがわない子たちだったわ。いいえ、レイプされたわけじゃない。その子たちはわたしのスカートをまくりあげて、パンティーをずりおろしてから、土塊《つちくれ》を何回か投げつけて逃げていった。それでもやっぱり怖かった。もう少し大きくなると、公園にいる十一歳くらいの男の子たちをいつも避けて歩いてた。その子たちはズボンの前を開けてヤブのほうを向き、肩ごしにこっちを見てにやにやするの。自分に男の子ができる前から、わたしは男の子というのが怖くてしかたなかったのよ。いまのわたしにとってはだれが怖いかといえば、だれもかれもという気がするけれど。

そういう恐るべき存在がわが家にもうひとり増えそうだというニュースがもたらされたとき、あなたは少し興奮を隠さなきゃならないほど喜んだ。そして、赤ん坊の性がわかったことで、あなたの赤ん坊は自分のものだという思いはどんどん強くなっていった。

それにしても、フランクリン、あなたの「赤ん坊はぼくのもの」意識には正直イライラさせられたわ。わたしが急いで道路を渡りでもしようものなら、わたしの身の安全を心配してくれるどころか、きみは無責任だと怒りだした。わたしがこういう危険を冒すということは——わたし自身はいままでどおりに暮らしているつもりだったんだけど——、あなたにとっては、自分の所有物に対して不遜な態度をとっているということだった。わたしが外出するたびに、ぼくの大切な宝物を勝手に持ちだすのかいという目でにらんだわよね。

わたしにダンスさえさせてくれなかったわ！　ある日の午後、わたしはひさしぶりにどうしても踊りたい気分になって、トーキング・ヘッズの『スピーキング・イン・タンズ』をかけ、家具が少ないのをいいことにはでに体を揺すりながら部屋じゅうを踊りまわりはじめた。でも、まだ一曲目の「バーニング・ダウン・ザ・ハウス」で、わたしが汗もかかないうちだったわ。エレベーターの止まる音がしたかと思うと、つかつかとあなたが入ってきた。そしてせっかちに針を持ちあげたものだから、レコードの溝に傷をつけてしまった。それ以来このレコードは音飛びして〝ベイビー、きみはなにを期待してたんだい〟をくりかえすようになり、〝炎に—包まれる—〟に進ませるにはアームをそっと押さえてやらなければならなかった。

「ちょっと！」わたしはいった。「いったいなんなのよ」

「きみこそ、どういうつもりなんだ」

「たまには、わたしだって楽しませてもらうわよ。そうしちゃいけないっていう法律でもある？」

あなたはわたしの二の腕をつかんでいった。「流産をたくらんでたのか？　それとも、危険なまねをしてスリルを楽しんでたのか？」

わたしはあなたの手をふりほどいた。「妊娠したからって、家にこもっている必要はないといってたじゃないの」

「あんなに跳んだりはねたりして、椅子やテーブルにぶつかりそうになって——」

「なにを寝ぼけたことをいってるの、フランクリン。ちょっと前まで女は出産ぎりぎりまで農作業をして、野菜畑の畝《うね》のあいだにしゃがんで産んでたのよ。いまはキャベツ人形なんてものがはやってるけど、昔はほんとにキャベツ畑で人間が生まれたんだから――」

「そんなに昔のことをいいたいんなら、昔は母親も子どもも死亡率がとてつもなく高かったんだ」

「あら、あなたには母親の死亡率なんてどうでもいいんじゃないの？　わたしの心臓が動いているうちに子どもが取りだせさえすれば、わたしなんか死んじゃっても満足でしょ」

「なんてひどいことをいうんだ」

「ひどいことをいいたい気分なの！」そういって、わたしはどさっとソファに座りこんだ。「パパ先生が帰ってくるまでは、すごーくいい気分だったのに」

「あと二ヵ月じゃないか。もうすぐやってくるもうひとりの健康と幸福のために、しばらくのあいだむりをしないようにするのは、そんなに大きな犠牲じゃないと思うがね」

もうひとりの健康と幸福をふりかざされるのはもううんざりだった。「どうやら、わたしの健康と幸福は豆粒くらいあればいいみたいね」

「音楽を聴くのがいけないなんていってないよ――下の階のジョンが天井を叩いて文句をいわない程度の音量ならね」あなたはそういってまたレコードに針をおろしたけれど、デヴィッド・バーンの声をミニー・マウスの声と聞きまちがえるほど音量をさげてしまった。「ふつうの妊婦さんがやるように、きみはそこに座って、足でリズムを取って楽しめばいいじゃないか」

「それは考えものじゃないの？」わたしはいった。「足を動かせば振動するわ。それがうちの小公子様のところまであがっていって、おねむの邪魔になるんじゃないの？　それに、モーツァルトとかじゃなくていいわけ？　あなたのあの本にはトーキング・ヘッズがいいとは書いてないと思うけど。『サイコ・キラー77』なんか聴かせたら、よこしまな考えを植えつけることになっちゃうかもよ。ちゃんと調べてくれなくっちゃ」

うちではあなたが育児書の担当で、わたしがポルトガルの歴史の本を読んでいるそばで、子どもの発語から、乳歯のこと、乳離れのことまで、精力的に読みあさっていた。

「いじけるのはやめろよ、エヴァ。親も子育てをしながら成長していくんだ」

「あなたがこんなに大人ぶって人の楽しみをぶち壊してまわるなんてね。そうとわかってたら、このことは考えなおしたほうがよかったわね」

「そういうことは二度と口にするな」あなたは顔を真っ赤にしてそういった。「ここまできて、考えなおすなんてことはもうできるわけがない。これからは口が裂けてもいうんじゃないぞ、ぼくらの子どものことを後悔しているなんて」

ここでわたしは泣きだしてしまった。あなたとの性的な関係がみだらなセックスというだけでよかったころは——どんなにみだらだったかは、それを共有して返してくれるはずのあなたがいまここにいない以上、口にするのもはばかられるけれど——わたしたちのうちのどちらにしろ、ぜったいにいってはならないことなどなかったのだから。

ベイビー、きみはなにを期待してたんだい——ベイビー、きみはなにを期待してたんだい——。

レコードが飛びはじめた。

二〇〇〇年十二月十二日

親愛なるフランクリン

今日の職場には、さすがにいつまでもぐずぐずしていたいとは思いませんでした。いままでは職員がそこここで個人戦をやっていたんだけど、それが全面戦争に発展してしまったから。あのちっぽけな事務所でどっちの肩も持たずに勝負の行方を見てるのって、音を消してテレビのコメディー番組を見てるみたいな不思議な感じよ。

わたしが納得できないのは、例のフロリダでの出来事が人種問題にすりかわったこと。まあ、この国ではどんなことでも、遅かれ早かれ——というか、たいていの場合はすぐに——人種問題になっちゃうんだけど。で、事務所では三人の民主党支持者が二人の共和党支持者を包囲して、「黒人差別主義者《ジム・クロウ》」なんて言葉を投げつける、投げつけられた共和党支持者は奥の部屋に引っこんで、そこでこそこそなにか話しこんでる、それをまた民主党支持者が差別主義者の密談ととる、といった次第。おかしな話よね。人種問題というのは首をつっこむとろくなことにならないとだれもが知ってるし、この事務所にも選挙前にはだれひとりそんなことを論議したがっている人はいなかったのに。

ともあれ、今日は連邦最高裁判所の判決が出ることになっていたから、ラジオは朝からつけっぱなし。職員同士がすさまじい勢いで非難の応酬をくりかえしていたから、カウンターでほったらかしにされたお客さんのうちの何人かは、だまって帰ってしまったわ。最後にはわたしもそうした。ちなみに、共和党支持の二人があからさまに自分たちの党に有利になるような意見をいうのに対して、民主党支持者は真実とか正義とか人間愛とかのために意見をいうの。わたし自身、かつてバリバリの民主党支持者ではあったけれど、はるか昔に人間愛を擁護するのはやめてしまった。自分自身を擁護するのが精いっぱいで、とてもそんなところまで手がまわらなかったから。

この手紙のことだけど、自己弁護の叫びになっているんじゃないかとちょっと心配です。そうなっていないことを心から願っているけれど、一方でケヴィンがああなったのがすべてわたしのせいだといずれ認めるために、地ならしをしていると思われるのも心外です。わたしもときには、もういいやという気になって思いきり自分を責めることもあるわ。でも、そういうときはそれに心酔してるのよね。自分がすべて悪かったのだと悔恨にまみれるのは、ある意味では自分をより強く見せること、つまり虚栄でもあると思うの。だれかに責任を負わせるという行為はものすごい力を生みだすわ。単純化ももたらす、傍観者にも被害者にも、またとくに加害者にも。その前では秩序もなにも関係なくなる。人を責めるということは、すなわち、あのときもしも彼女があありさえしなかったら、といっているわけで、これはほかの人には、やりようによっては悲劇は防げたのかもしれないという希望さえ与える。また、逆に全面的に責任を引きうけると、束の間の平和が得られることさえあるわ。わたしはときにケヴィンにそういう穏やかさを感じることがあるの。刑務所の人たちには、おそらく彼の冷酷さ、反省のなさと映っているでしょうけど。

でも、わたしはいくらすべてに目をつぶってなにもかも自分が悪いのだと思ってみても、全然穏やかな気持ちになんかなれない。わたしは自分のなかにある物語を完全に理解することは永遠にできないんじゃないかと思うの。わたし自身よりずっと大きい、その物語を。それはあまりにも多くの、これから会うこともないだろうし会ったとしてもだれだかわからない人々に、その叔母に、そのいとこに、その友人に苦しみを与えてしまった。たったひとりが夕食のテーブルに欠けているためにそんなにも多くの家族にもたらされた悲しみ。それをいちどきに背負うなんて、わたしにはとてもできない。わたしはこれまでほんとうには知らなかった。ピアノの上に飾られた写真がいくつもの新聞社をまわされているうちに汚れてしまったものだったり、その両脇に立つ兄弟姉妹には大学卒業とか結婚といった節目の写真が増えていくのに、中学卒業の写真集からとったその写真はどんどん色あせていったりする悲しみを。かつては揺るぎなかった結婚が日を追うごとに壊れていくという体験もしたことがなかったし、かつては勤勉な不動産業者だった隣人がどんどん昼間の早い時間に飲むようになったジンの、すえたような甘いにおいをかいだこともなかった。オークが若葉の季節を迎え、静かに流れる小川がたてる水音、よその子どもたちの元気な笑い声のする近所が一夜にして耐えがたいものになったあと、引っ越し業者のバンに積みこまれる荷物の重さを感じたこともなかった。わたしの頭のなかに詰まったそうした悲しみ、苦しみをいったん忘れることができなければ、わたしがちゃんと罪悪感を感じることはできないんじゃないかという気がする。

もちろん、わたしがなにもかも自分が悪いと思えなくても、他人がそう思っていることに変わりはない。わたしがそれを受けいれることで、彼らにとってなにかいいことがあるのなら、わたしは喜んでそうすると思うわ。こういうときわたしは、メアリー・ウルフォードのことを考えずにはいられないの。メアリーに起こされた民事裁判のあいだ、彼女をわきに呼んでいってやりたくてしかたなかった。「勝ったとしても、それであんたの気持ちが楽になるわけじゃないでしょう？」ってね。メアリーはなにがほんとうの問題なのか、わからなくなってるのよ。ほんとうの問題は責任がだれにあるかなんてことじゃない。彼女の娘が死んでしまったことよ。わたしだって彼女にはとっても同情してるわ。でも、その苦しみを代わりに人に背負わせられるなんて考えるほうがまちがってる。

ハーヴィーは最初からわたしが和解をすべきだという意見だったの。ハーヴィー・ランズダウン、おぼえてるでしょ？　あなたはあの人のこと、うぬぼれ屋だといっていたわね。たしかにうぬぼれ屋だけど、彼がする話はとってもおもしろかった。あの人いまじゃパーティーに行っては、わたしの噂話をして聞かせてると思うわ。

ハーヴィーはさっさと核心の話だけをして済ませたいタイプで、これにはちょっとまごついたわ。彼の事務所でわたしは考えこんだりわき道にそれたりし、その間、彼は書類をいじくりまわして、暗に彼の時間とわたしのお金をむだにしているということをほのめかしていた。彼とわたしとでは、真実とはなんなのかということに対する考え方がまるでちがうのよ。彼はまず要旨を示したがる。一方、わたしは、要旨というのはそれ自体には結論のない小さな逸話を、たくさん集めて整理することではじめて導きだされるものだと思ってる。ディナーの席でもてはやされるような逸話じゃないかもしれないし、山のように集めてみるまではたがいに関係ないように見えることばかりなのだけれど。もしかしたら、わたしはこの手紙で、そういうことをしようとしているのかもしれないわ、フランクリン。

いまになって思いかえすと、ハーヴィーのいうとおりだわ——経済的なことが、ということだけど。そしてそれ以来、わたしは考えつづけている。法律の専門家のしごく堅実なアドバイスに逆らってまで、メアリーがわたしに裁判を起こすように仕向けてしまったのは、いったいどうしてだったのかって。わたしが腹を立てていたのはたしかだと思う。わたしがなにか悪いことをしたとしても、その罰はもうじゅうぶんに受けていると思っていたから。どんな判決が出ようと、いまの無味乾燥な暮らしよりひどいものであるはずがないと思ってたから。いいえ、それよりもっとひどい罰があったわね。わたしという母親をほしくなかった息子、わたしが彼をほしくないと思うようなことを毎日のようにしでかす息子との、十六年間の暮らしという罰が。それでも、わたしにもわかっていた。たとえわたしにとってひどい判決が出たとしても、それがメアリーの悲しみをやわらげることはないのと同じように、少しはましな判決が出たとしても、自分は共犯者だというわたしの思いを軽くしてくれることはないんだって。あさはかなことに、わたしは世間から自分に非がないと認めてもらいたくて、裁判という形を選んだのかもしれない。

ああ、でも、わたしがほんとうに求めていたのは、世間から私に責任はないと認めてもらうことではなかったんだわ。だからこそ、こうして毎晩毎晩、自分の非を認めるようなことをことこまかに書きつらねている。分別があり幸せな結婚をしていた三十七歳の女性が、はじめての妊娠を告げられて恐ろしさのあまり気が遠くなりかける。自分がそんな反応を示したことは大喜びの夫にはいえないから、木綿のサンドレスで出迎えてひた隠す。新たな命という奇跡に恵まれたというのに、彼女は飲むのをひかえなければならなかったワインや脚にできた静脈瘤のことばかり考えつづける。生まれてくる子どものことなど考えもせず、低俗なポップミュージックに合わせて、居間じゅうを踊ってまわる。わたしたちのものという言葉の意味を理解する絶好の機会に恵まれながら、赤ん坊が彼女のものなのかで気をもむ。その後さらに教訓を得るべき時が続いたにもかかわらず、巨大なイモムシが人間の腹のなかから出てくる映画のことをしゃべりつづける。

　いまここに書いた人物像が魅力的でないのはよくわかってる。でも、それをいうなら、自分が最後に魅力的だったときがいつだったのか、それももう思いだせないわ。じつは妊娠する何年も前に、グリーンベイの大学でいっしょだった女の子とばったり会ったことがあったの。わたしたちは卒業以来話をしたこともなかったけれど、その子は最初の子どもを産んだばかりで、わたしが挨拶するが早いか、延々と愚痴をいいだした。彼女、リタはひきしまった体つきに驚くほど広い肩幅、すごく短く切ったカーリーヘアという魅力的な子だった。こちらから訊くまでもなく、妊娠前の申し分ない体型のことを話してくれたわ。ノーチラスのマシンを毎日使いに行ってたみたいで、筋肉はしまりまくってるし、体脂肪率の低さはありえないほど、酸素消費効率はグラフから飛びだしそうだったそうよ。それから妊娠。悲惨だったといってたわ。ノーチラス・マシンは気分すっきりどころじゃなくなったから、やめるしかなくて——。そして出産後の彼女はゴミになってしまった。腕立て伏せはほとんどできないし、腹筋なんか三セットがいいとこで、ゼロから、いやマイナスからまたはじめなきゃならなかった。彼女、湯気を立てて怒ってたわ、フランクリン。ものすごい勢いでいっしょに道を歩いていきながら、まちがいなく腹筋の話はしたけど、子どもの名前も性別も年齢も父親のこともまったく話に出てこなかった。わたしは用事があるからと説明して、さよならもいわずに別れたわ。わたしがげんなりして逃げだしたくなったのは、彼女がナルシシズムに凝りかたまった冷たい女に思えたからというだけじゃなかった。そういうところがわたしとそっくりだったからなのよ。

わたしはあの子が生まれもしないうちから、もう後悔していたのかしら。いまとなってはわたしにもよくわからない。この時代のことを、その後の恐ろしくて大きな後悔の記憶と切りはなして思いだすのはとても難しいから。あの子が生まれてからの後悔はあまりにも強烈で、その記憶は時を超えて、まだケヴィンがいなくて、いなければいいとも思わなかったはずの時代にまで流れこんでしまうのよ。でも、このひどい物語のなかでわたしが果たしてしまった役割を、なかったことにして口をぬぐうことだけはしたくない。だから、わたしはわたしに責任があるのならそれを認めるわ。わたしが抱いたすべてのわがままな考えに対して、わたしが起こしたすべてのかんしゃくに対して、わたしが自分のことしか考えなかったすべての出来事に対しての責任を。でも、これはすべての責任をひっかぶるためじゃなくて、あれとこれとこれはわたしの責任です、ということをはっきりさせるため。そして、その先に線を引いて、これとこれとこれはわたしの責任ではないということもはっきりさせるためなのよ、フランクリン。

ただ、線を引くためには、そのぎりぎりのところまで行ってみなければならないのね、きっと。そう、臨月のころには、妊娠は楽しいといってもいいくらいになってきた。わたしの体型はすばらしくぶざまで、かえって笑ってしまうほどだったわ。いつもぬかりなく身ぎれいにしてきたわたしには、もうみっともないデブでもいいんだというのはかえって気楽でありがたかった。

ケヴィンは予定より二週間遅れて生まれた。あとからこのことを思いだして、あの子がわたしの子宮から生まれ出ることにさえたてついたということに、わたしは妙に納得したわ。たぶんこのころみに気が進まなかったのは、わたしだけじゃなかったのね。

わたしたちふたりからこんなに不吉な前兆が出ていたのに、あなたは気にかける様子もなかった。生まれる前から、ウサちゃんだのベビーカーだの、ベビーカーにかけるアフガン編みのカバーだのを、やたら買いこんできて、もうやめてと何度もいわなければならなかった。なにかまずいことが起きたらどうするの、とわたしはいった。そしたら、よけいに悲しい思いをするのはあなたなのよ、と。あなたは、災難が来たときのことばかり考えているとほんとうに災難が来るぞと、文句をいったわ。わたしはいわゆる高齢出産をしようとしていたから、ダウン症検査を受けたいと思っていた。でも、あなたは断乎として反対した。単にそうなる確率がわかるにすぎないんだから、といって。五百分の一だったら産んで、五十分の一だったらやめにして最初からやり直すというのか、と。もちろんそんなことはないと、わたしはいった。じゃあ、十分の一だったらどうだ。三分の一だったら？　どこで線引きをするんだ？　どうしてそんな選択をしなきゃならなくなるようなまねをするんだ？

あなたのいうことには説得力があったわ。でも、そのかげに障害のある子どもに対する無責任なあこがれがあるようで気がかりだった。そういう子たちは、賢くあるだけが人生じゃないと両親に教えてくれる神の使いだとか、家族の愛情を一身に受ける純真な存在だとかいうようなあこがれ。あなたはわたしたちのＤＮＡが作りだすカクテルが、どんなとんでもないしろものであっても飲みほそうと身構えながら、自己犠牲に対するボーナスポイントを期待してにんまりしてたんじゃないの？　ケヴィンが靴のヒモを結べるようになるまでの六カ月間、毎日練習をしているあいだにあなたが見せた辛抱強さときたら、まさに超人的だった。あなたは出し惜しみすることなく、ねばり強く保護の手を差しのべた。最後には、わが家の三歳児にフルタイムで尽くすためにロケハンの仕事に出るのをやめてしまった。近所の人たちはそろって褒めたたえたわ。あなたが〈どうせやるならベストを尽くそう〉の精神で、人生から配られた手札に従ったことを。でも、あなたは自分を殺して親ごっこという仕事に身を投じたかっただけじゃないの？　崖から身を投じるように、火葬用に積まれた薪の上に身を投じるように。あなたにとってわたしとの生活はそんなにも耐えがたかったのかしら？　そんなにもわびしいものだったのかしら？

あなたにはいわなかったけれど、じつはわたしはこっそり検査を受けていた。結果はあまりにも楽天的なもので（百分の一だったわ）、ここでもまたあなたとわたしの性格のちがいをそんなに気にせずに済んだ。でも、ふたりの性格が全然ちがっていたことはまちがいないわ。わたしは注文が多かった。つまり、親になることを考えるときにいろんな条件があって、しかもそれがかなりきびしい条件だった。知能や身体に障害のある子の母親になるのはごめんこうむりたかった。ただし、いま思いかえすと、わたしが失敗したのは、あなたにだまって検査を受けたことじゃないわ。それより、結果を見てこれならだいじょうぶと安心してしまったこと。だって、ラインシュタイン先生の検査項目には、悪意、冷淡さ、性格の悪さ、なんてものは入ってなかったから。

出産に関していうと、わたしはそれまで痛みにはめっぽう強いふりをしてきたわ。でも、それはわたしが大病も骨折もしたことがなければ、四台の車の玉突き事故現場から這いだしたこともないからこそできたことだった。正直いって、フランクリン、わたしが自分を痛みに強いなんてどうして思いこんだのか不思議でしょうがないわ。あなたはわたしが台所で指を切っても騒がないのを見て、痛みに耐えるタフさがある証拠だと考えた。これだったら、もともとソーセージが通るくらいの幅しかない開口部をリブロースのブロック肉くらいのものが縦になって通っても耐えしのぶことができると思いこんだ。あなたの頭のなかでは、そんなわたしが麻酔による無痛分娩を選ぶはずがなかった。

わたしたち、いったいどういうつもりであんなことをしたのかしらね？　あなたは、もしかしたら、目の前にいるわたしこそ、自分が結婚相手として夢見ていたとてつもなく勇敢な女性なのだと思いたかったのかもしれない。わたしはもしかしたら、出産に関して女性たちがくり広げる自慢合戦に自分も参加したいと思ったのかもしれない。ブライアンの奥さんのあのおとなしそうなルイーズでさえ、ケイリーを産んだとき、痛みをやわらげるものとしてはラズベリーリーフティーを飲んだだけで二十六時間の陣痛に耐えたと自慢していたもの。この話は彼女から三回も聞かされたわ。わたしが母親学級で受けた無痛分娩の講座では、これのさまざまなバリエーションに出あった。ここに通ってきてた妊婦さんたちは「ぜひぜひ試してみたいわ」なんていってたけど、実際に出産となると、たぶん最初の収縮がきた時点で硬膜外麻酔を所望したと思う。

わたしはそんなことはしないと思ってた。だって、自分に勇気があるとはいわないけど、頑固で誇り高いことだけはたしかだったから。

そういうわけで、はじめて濡れシーツをよじるような痛みが下腹部を襲ったとき、わたしは若干目を開け、唇を堅く結んだだけだった。あなたはわたしの冷静さに感心しているようだった。感心してもらわないとね、わたしもそのつもりだったんだから。わたしたちは、またあの〈ザ・ビーチ・ハウス〉で昼食をとっている最中だった。わたしは食べかけのチリコンカルネを残すことにした。わたしの様子が落ちつくのを待って、あなたはコーンブレッドをひとかけ急いで口に押しこみ、トイレから三十センチほどもの厚みがあるペーパータオルの束をとってきた。わたしは破水し、三、四リットルとも思える羊水でベンチがびしょびしょになっていたわ。あなたは勘定を済ませ、チップを置く余裕すら見せたあと、わたしの手を引いてアパートまで連れてかえった。あまり早く入院してもしかたないという話だったので、陣痛が頻繁になるまでベス・イスラエル病院に行くのは待つことにした。

午後遅くなって、あなたは空色のピックアップにわたしを乗せ、カナル・ストリートを越えて運転していきながら、しきりに、だいじょうぶだ、だいじょうぶだとつぶやいていた。ほんとうにだいじょうぶかどうかなんてわからないくせに。受付でわたしは看護師のあくびに迎えられ、自分の状態がごくごくありきたりなものであることを思いしらされて、こうなったら模範的な患者になってやると決心したわ。ラインシュタイン先生には愛想もなにもなく、これがだれでも通る自然の過程であることはわかっているから、大騒ぎをするつもりはないといって驚かせた。だから、つぎの収縮がきたときも、右フックを食らったボクサーのように体を折り曲げて痛みに耐え、小さなため息をもらしただけだった。

まったくなんという的外れで滑稽なことをしたのかしら。ラインシュタイン先生がとくに好きなわけでもないんだし、先生を感心させようとがんばってもなんの意味もなかったのに。あなたに誇りに思ってもらいたかったからかといえば、わたしに多少わめかれたり乱暴に扱われたりしても、あなたには息子ができるんだから、それでご褒美としてはじゅうぶんなはずだった。むしろあなたには、妻も人並みに楽をするのが好きで苦しむことはいやな女性なのだとわかってもらい、ふつうに考えたら麻酔をしてもらいたがるはずだと気づいてもらったほうがよかったのかもしれない。ところが、わたしは廊下に置かれたストレッチャーの上で、あなたの手を握りながら弱々しくジョークまでいった。その後、その手をわたしが骨折させそうになったと、あなたはいっていたわね。

ああ、フランクリン、もう見栄を張らなくていいからいうんだけど、あの痛みは尋常じゃなかった。時間がたつにつれて、わたしは心配しはじめた。自分が年をとりすぎていてだめなんじゃないか、四十近くにもなってしなやかさが失われ、こんな肉体と心じゃ子どもを産んで新しい生活に突入するなんてむりなんじゃないかって。ラインシュタイン先生はわたしの体がきゃしゃだといったわ。まるでそれが欠陥ででもあるかのような冷たい言い方だった。それから十五時間ほどたったころ、今度は容赦ない言い方で、エヴァさん、あなた、もっとがんばらなきゃだめじゃないの、といった。もう感心させるどころじゃなかったわ。

二十四時間ほどたったころ、涙が数滴こめかみにこぼれ落ちた。でも、あなたには見せたくなくて、急いで拭きとったわ。一度ならず麻酔をしようかといわれたけれど、ぜったいそれなしでやりとげるというわたしの決意は一種狂気を帯びたものになっていた。自分の目的が息子をこの世に送りだすことではなく、この苦痛テストに合格することであるかのように、断乎断りとおした。麻酔の注射をしりぞけているあいだは、まだわたしの勝ちだとでもいうように。

ついには帝王切開をすると脅され、それで目が覚めた。ラインシュタイン先生はほかの患者が待っていることをためらいもなく口にし、わたしがやる気がないのにはうんざりしたといってのけた。

一方、わたしは体にメスを入れられることには異常な恐怖心をもっていた。傷が残るのもいやだったし、ここだけの話、リタのように腹筋がだめになるのもいやだった。それに、お腹を切り開くと思うと例の一連のホラー映画が思いだされてしかたなかった。

そこで本気でがんばってみると、いままで産むことに抵抗していたのだと気づかざるを得なかった。わたしのなかでその大きなかたまりが小さな管に入ろうとするたびに、いきむのをやめていたの。だって痛かったのよ。ものすごく痛かったの。母親学級で受けた講座では、痛みは良いものだと叩きこまれた。痛みに抵抗せず、痛みに合わせていきみなさいって。こうしてあおむけになりながら、わたしはなんてばかなアドバイスかとこれを思いだしていた。痛みが良いものですって？　わたしはこの軽蔑に思いきり身をまかせたわ。これはあなたにはいってなかったけど、わたしがいきみつづけて関門を越す気力を出すためにしがみついていたのは「いやだ」という気持ちだった。品評会の出品物みたいに手足を広げて寝かされて、知らない人に立てた膝のあいだをのぞかれるなんていやだった。ラインシュタイン先生のネズミみたいなとがった小さな顔と、ぶっきらぼうで非難がましいしゃべり方がいやだった。元気だったらいまごろフランスに行ってるはずだったのに、こんな屈辱的な場面に身を置くことに同意した自分がいやだった。女友だちの顔をつぎつぎに思いうかべてはいやだと切りすてていった。彼女たちは、かつては供給側重視の経済学への疑問をともに語ったり、お義理にではあってもこの前の旅行はどうだったかと訊いてくれたりしていたのに、この数カ月というもの、妊娠線とか便秘の解消法とかの話をするか、重度の妊娠高血圧腎症とか生まれた子どもが自閉症でといった恐ろしい話を楽しそうにひけらかすことしかしなくなっていた。あなたの終始変わらず希望に満ちた顔にも、その顔がわたしを励ますようにこっちを見ていることにも腹が立った。あなたはこんなに気楽にパパになろうとしているのに、あんなにウサちゃんだのなんだのを買いこんできてのんきにしているのに。雌ブタみたいにふくれあがるのもわたし、お酒を断ったりビタミンを飲んだりしなきゃならなかったのもわたし。かつてはあんなに真ん中に寄ってきれいだった乳房が醜く腫れていくのを見ていなきゃならなかったのもわたし。ホースほどの広さしかない管のなかにスイカの大きさのものを押しこまれて、ズタズタになるのもわたしなのよ。そうよ、そうなのよ。わたしはあなたを憎んだわ。あなたがわたしにやさしくささやいたりつぶやいたりするのがいやだった。ほんの少しでもちがいが出るかのように、濡らしたタオルでわたしの額をなでるのもやめてほしいと思った。あなたの手をつかんで痛い目に遭わせていたのも、たぶんわかってやってたと思う。それから、そう、赤ん坊のことも憎んだわ。いまだに将来への希望も物語も満足も「新しいページ」も与えてくれない一方で、わたしに抵抗し、わたしを困らせ、わたしの自分像を根底からくつがえすような地震を起こしている赤ん坊を。

でも、関門を越そうといきむうち、ついに目の前が真っ赤になるほどの痛みが襲ってきた。それがいやなことを思いうかべることで自分を鼓舞する限界だった。わたしは泣きわめいた。もうどうでもいい。その瞬間、痛みを止めてもらうためだったら、なんでもしたと思う。旦那を質に入れる、赤ん坊を奴隷商人に売り飛ばす、悪魔に魂を売りわたす、その他のなんでも。「すみません――」わたしは激しい呼吸のあいまにいった。「麻酔を、麻酔をお願い、します」

するとラインシュタイン先生がいった。「遅すぎますよ、エヴァさん。がまんできないんだったら、もっと早くいってくれないと。赤ん坊の頭が出かかっているの。お願いだから、ここで中断させないでちょうだい」

そして、いきなりすべてが終わった。あとになって、わたしたちはそれを冗談の種にして笑いあったわね。わたしがいやというほど長いあいだがんばって、やっと麻酔をといったのに、断られたという話を。でも、そのときは笑いごとじゃなかった。あの子が生まれたこの瞬間、わたしのなかでわたしにも限界があるのだという思いとケヴィンとが分かちがたく結びついてしまったの。苦しんだあげく負けたという記憶とともに。

エヴァ

二〇〇〇年十二月十三日

親愛なるフランクリン

今朝事務所に入っていくと、民主党支持の職員たちが不機嫌にだまりこんでいたので、フロリダの騒ぎが終わったのがわかりました。どちらの支持者たちのあいだにも出産後さながらの虚脱感が漂っていたわ。

彼らが活気あふれる大論争の終結を惜しんでいるそばで、わたしは両陣営を結びつけている共通の喪失感からも取りのこされて、ひとりやるせない思いを味わっていた。たかがやるせない思いとはいえ、こういうことがたび重なるうちに、母が終戦のときに味わった孤独感につながっていくんじゃないかと思ったわ。母がわたしを産んだのは、ヒロヒトが日本の国民に敗戦を告げた八月十五日だった。病院の看護師たちは戦勝の喜びにわいていて、陣痛が起きるたびの母の世話もおざなりになった。廊下の先の部屋でシャンペンのコルクが飛ぶ音を聞きながら、母はひとり取りのこされた寂しさをかみしめていたはずだわ。看護師たちの夫は帰ってくるかもしれないけど、わたしの父が帰ってくる可能性はゼロだったんだから。

後に働きに行っていたグリーティングカード会社でも、この会社の商品が象徴するお祝い気分に対して母は同じような疎外感を感じていたにちがいないわ。毎日、「記念日おめでとう!」のカードを箱詰めしているのに、そのなかから一枚持ちかえる必要はなかったんだから。その後、母はこの会社での経験からヒントを得て、手作りのグリーティングカードの会社を立ちあげた。これが良かったのかどうかはなんともいえないわね。だって、それでエンダービー通りに閉じこもっていられるようになったわけだから。でも、これだけはいっておくわね。母がわたしのために特別に作ってくれた「はじめての赤ちゃんおめでとう!」のカードは――青と緑のぼかし染めにした薄紙を重ねて貼ったもので――、ものすごくきれいだった。

一九八三年四月十一日までのわたしは、自分が人とはちがうんだと思っていた。でも、ケヴィンが生まれてからは、人間はだれでも基本のところではいくつかの決まった法則に従って生きているだけだと思うようになった。

でも、法則どおりにいかない場合のこともわたしはよく知ってる。サプライズパーティーの話だろうって? そうよ、そのとおり。十歳になる一週間ほど前のことだったわ。わたしはなにかあるなと感づいたの。しきりにひそひそ話が交わされていたし、わたしが近づいてはいけないクローゼットもあった。ウィンクしたりうなずいたりするだけじゃ足りないとばかりに、ジャイルズが耳打ちしにきたりするのよ。「おまえ、いまに驚くぞ」ってね。八月の第二週に入ると、そろそろXデーだとわかっていたから、期待で胸がはちきれそうになった。

誕生日の午後、わたしは裏庭に出るようにいわれた。

「サプラーイズ！」そういわれて家に入ってみると、わたしが台所のカーテン越しになかをのぞいているあいだに玄関から入ってきた五人の友だちがいた。その子たちは小旗がたくさんぶらさげられた居間で、レースペーパーで覆われたトランプ用テーブルを囲んでた。テーブルの上には派手な色の紙皿が並べられ、そのそばには母のお得意の飾り文字で友人たちの名前を書いた席札が置いてあった。そのほかにも、小さな紙の傘とか、いろんな音が出る笛やカスタネットとかいった既製のパーティー用品もあったわ。ケーキはわざわざパン屋さんから買ってきたものだったし、レモネードもお祝いの雰囲気にふさわしく濃いピンクに着色してあった。

わたしががっかりした顔をしたのは、母も気づいたと思うわ。子どもって感情を隠すのがへただから。パーティーのあいだじゅう、わたしは上の空であまりものもいわなかった。紙の傘はいちおう開いたり閉じたりしてみたけど、すぐに飽きてしまった。じつは、ちょっと前にわたしが呼んでもらえなかったパーティーに行った子が、それとまったく同じピンクとブルーの傘をもらって学校に持ってきて、そのときはものすごくうらやましかったのに。でも、それがビニールの袋に十個ずつ詰めこまれて届けられたのを見てしまっていたし、うちでも買えるようなものなんだとわかったとたんに、たいしたものじゃないように思えてきたの。やってきた友人のなかには、わたしがあんまり好きじゃない子がふたりまじっていた。親は子どもの友だち関係のことにはうといのよね。ケーキはまわりの砂糖衣が固くてアイスホッケーのパックみたいだったし、甘いだけでちっともおいしくなかった。母の手作りのケーキのほうがずっとよかった。バースデープレゼントもいつもよりたくさん用意してあったけど、どういうわけかどれも全然気に入らなかった。わたしは、子どものくせにひと足早く大人が感じるような「出口なし」の気分に襲われていた。せっかくこの部屋にみんなそろって座ってるのに、なんでなんにもいうことがないの、なんでなんにもすることがないの、と思った。子どもがそういう気分になることってそんなにないはずなのにね。パーティーが終わった瞬間、床じゅうに食べ物のくずや包み紙が散らかっているなかで、わたしは泣きだしてしまったわ。

こういう話をすると、わたしが甘やかされて育ったように思われるかもしれないけど、全然そんなことはなかった。誕生日にいろいろしてもらったのもそのときだけだった。いま思いかえすと、ひどいことをしたものだと思うわ。母がすごく苦労して用意してくれたにちがいなかったのに。わが家のごくごくつましい経済状態から考えると、たいへんな出費だったにちがいない。母はなにがなんだかわからなかったと思う。母があういう人でなければ、わたしのお尻のひとつもぶったたいたところね。じゃあ、わたしはいったいなにを期待していて、そんなにがっかりしたのかしら。

それに対しては、なにも、というしかないわ。とくになにも、というべきかもしれない。具体的なことはなにも考えていなかった。それがいけなかったのよ。はっきりこんなことということはできないけど、すごいことが起こるんじゃないかと期待していたの。ものすごくすてきで、すてきすぎて想像もつかないようなことがね。それに対して、母が用意してくれたものは、パーティーならこれというようなあまりにも予想がつきやすいものだった。

わたしがいいたかったのは、ケヴィンをはじめて抱いたとき、どういうことになると自分が期待していたのかよくわからないということなの。たぶん、具体的なことはなにも期待していなかった。というか、わたしは自分に想像もつかないようななにかを手に入れたかったんだと思う。自分を変えたかった。どこかちがうところへ連れていってもらいたかった。ドアが開いて、いままで見たこともないような景色がそこに広がっているのを見たかった。けっして前もっては知ることができないもの、知ることができるはずのないもの、まったくふれたことがないものを、手に入れたかったの。

いま書いたことはちょっと誤解を生みそうだわね。わたしに迷いや懸念がなかったかというとそれは嘘になる。でも、母親になることへの期待がものすごく大きかったのも事実なの。そうでなければ、産む気にはならなかったはずだから。それまでも「自分で子どもを持ってみなきゃ、わからないわよ」という友人たちの言葉には熱心に耳を傾けてきた。わたしが赤ん坊や子どもがかわいいと思えないでいることを打ちあけると、「わたしもそうだった！　よその子が騒いだりしたらもうがまんできなくて。でも、ちがったのよ、全然ちがうんだから、自分の子となると」といわれて安心したものだった。これから行こうとしている新しい世界では、わたしのような傲慢な不信心者でもあなたのいう「人はなぜ生きるのか」の答えにふれることができるんだ。そう思うと、すごく待ちどおしかった。

「きみにはわかってないんだよ」と、あのころブライアンがいったことがあったの。「自分の子どもには『心を奪われる』っていう感じなんだ。単に愛情を抱くというのとはちがう。まさに心を奪われるんだ。はじめて自分の子どもを見たその瞬間に、もう、ぼくは――ああ、やっぱり口ではいいあらわせないや」。あのとき、彼がいいあらわしてくれていたらと思うわ。難しくても、せめていいあらわす努力をしてみてほしかった。

ラインシュタイン先生は赤ん坊を両手で抱えてきて、その小さな体をそっとわたしの胸の上に置いた。はじめて見た先生のやさしいしぐさにちょっとほっとしたわ。ケヴィンはじっとり湿っぽく、腕や足のつけ根にまだ血がついていた。わたしが彼の体をおずおずと両手でつかむと、顔をしかめて不機嫌をあらわにした。体の動きが鈍いのはやる気がないからかしらと思ったわ。母乳を吸うことは本能だといわれているけれど、彼の口をわたしの黒ずんで大きく張った乳首に持っていくと、いやがって顔をそむけてしまった。

すぐに母乳が出るとはかぎらないといわれていたけれど、わたしは何度も飲ませようとした。ケヴィンは抵抗しつづけた。反対の乳房でも試してみたけれど、やっぱりだめだった。そのあいだ、わたしは希望にすがりつづけた。息は浅くなり、それでもまだすがっていた。だって、みんながいってたじゃないの、と思った。でも、それからわたしのなかでちがう声が聞こえてきた。『みんながいっている』というのは要注意なのよ」

フランクリン、わたしは——なにも感じることができなかったの。自分の心のなかを引っかきまわして、ブライアンがいった「口ではいいあらわせない」感情をさがしたわ。皮むき器をさがして台所の引き出しを引っかきまわすみたいに、ぜったいここにあるはずだ、あれを動かしてみたら、これを動かしてみたら、って。

「とってもすてきな子だわね」わたしはようやくいった。前にテレビドラマで聞いたセリフだった。

「ぼくもいいかな？」あなたが遠慮がちにいったわ。

わたしは赤ん坊を差しだした。わたしの胸の上ではむずかってじっとしていなかったケヴィンが、自分の保護者はこっちだといわんばかりに、あなたに体を預けてじっと抱かれていた。あなたはじっと目を閉じてケヴィンに頬を押しつけている。こんなたとえはなんだけど、あなたはさがしもせずに皮むき器を手にしているんだと思ったわ。ずるいと思ったわ。あなたは感激のあまりものもいえないでいた。あなたひとりがアイスクリームをなめていて、きみにはあげないよといわれたようなものだった。

わたしがベッドの上に起きあがると、あなたはしぶしぶケヴィンを返してよこした。すると、ケヴィンは火がついたように泣きだした。乳を飲もうとしない赤ん坊を抱えて、わたしは十歳の誕生パーティーの最中に感じたあの感覚をまた感じていた。せっかくこの部屋にみんなそろって座ってるのに、なんでなんにもいうことがないの、なんでなんにもすることがないの。時間がのろのろと過ぎていき、ケヴィンは泣きわめいたり、ぐったりとおとなしくなったり、癇が立って上半身をそらしたりをくりかえした。そのうち、わたしはある感情がわき起こってくるのを感じた。ぞっとすることだけど、それは退屈としか呼びようのない感情だった。

いわなくてもわかってるわ、フランクリン。あなたがいおうとしてたのはこういうことよね――わたしは三十六時間もかかって出産したばかりでくたびれて呆然としてた。なんの感情もわかないのはあたりまえだ。それと、けたはずれの感動をさせてもらえると思うほうがまちがってる。赤ん坊は赤ん坊でしかないんだから――。

それに、とあなたはいう、親になるというのは一瞬にしてできることじゃないんだ。赤ん坊がいるという事実――ほんの少し前までは影も形もなかったのに――はだれでもめんくらうようなことだから、きみも現実のものと思えないでいるんだよ。きみは呆然としてしまってる。そう、呆然としてるんだよ。きみは薄情なわけでも欠陥があるわけでもない。それに、あまり自分の気持ちのことをつきつめて考えると、するりと気持ちが逃げてしまうこともある。きみは自意識が強いし、考えすぎたんだ。それで感情が麻痺してしまったんだよ。きみに必要なのはもう少し力を抜いて、なにもかも自然に起こるにまかせることだ。そして、お願いだから、いまはゆっくり休んでくれ。あなたがこんなふうにいおうとしていたことはよくわかってる。わたしが自分にいいきかせたのもまさにそういうことだったから。でも、なんの役にもたたなかった。わたしは思っていたの。なにもかも最初からまちがってたんだ、わたしは自然のプログラムからはずれた人間で、わたしはわたしたちふたりの期待に添うことも、赤ん坊を満足させることもできないんだって。わたしはできそこないなの、そうなのよ。

わたしが局所の縫合をしてもらうあいだ、あなたはまたケヴィンを預かろうかといったわ。ほんとは渡したくないそぶりをすべきだったんでしょうね。でも、わたしはそうしなかった。あの子から解放されるのがこんなにありがたいものかと思うと、気が滅入ったわ。あなたがほんとのことを知りたいというのなら、教えてあげる。わたしは怒っていた。それから不安にかられていた。自分を恥じてもいた。でも、だまされたとも思ってた。わたしはサプライズパーティーを楽しみにしていたのに。ベッドに横たわり、脚を大きく広げたまま、わたしは自分に誓っていた。わたしは自分の恥ずかしい場所を人前にさらしてしまったけれど、出産で感動しなかったという事実だけは人にさらすまいと。あなたにはあなたのいってほしくないことがあったわね。「ぼくらの子どものことを後悔しているなんて口が裂けてもいうな！」。このとき、わたしにもわたしのこれだけはいうまいということができてしまったのよ。いま事務所でそんなことを思いだしながら、ブライアンがいったことをもう一度考えてるところ。彼がいった「口ではいいあらわせない」ことの中身がわかったらなあと思うわ。ブライアンはいい父親だった。彼のやさしさを思いだしながら、今日一日を乗りきることにするわ。

エヴァ

二〇〇〇年十二月十八日

親愛なるフランクリン

今晩、事務所のクリスマスパーティーがありました。六人もの人間がいろんなことをいってくるから、それにうまく受け答えしていくのは楽じゃなかったわ。彼らとは共通点なんてほとんどないけれど、たいがいのときはいっしょにいられてうれしいと思ってる。それに、パーティーで狭い場所に彼らとひしめきあっていると、動物同士がくっつきあってるような安心感があったわ。

この事務所には経営者の厚意で雇ってもらえたの。あの「木曜日」の出来事がこの地域に残した傷跡はけっして小さくなかったから、経営者も最初は本気で心配していたわ。事件を思いだすのがいやでお客が店に来なくなるんじゃないかって。でも、この地域にいるのはそんな薄情な人たちだけじゃなかった。季節の変わり目にやけに心のこもった挨拶をしてもらって、ああ、この人はわたしがだれかわかってるんだなと思ったこともよくあったわ。同僚には、わたしは期待はずれだったみたい。あの人たちはきっと、有名人と親しくなって自分も目立ってやろうとか、わたしからあっと驚くような話を聞きだして友だちとの夕食の席で話してやろうとか、そういうことを考えてたのよ。でも、彼らとは個人的なつきあいはほとんどなかったし、彼らの友人が感心するなんていうこともなかったと思うわ。わたしはごくごくふつうのことしか話さなかったから。あの人たちが聞きたかった話はただひとつ。でも、それについてはわたしが来る前にすでに、何から何まで知っていたはずなのよ。

経営者のワンダはどっしりしたお尻をしていて、けたたましい笑い声をあげるバツイチ。わたしとはいきなり親友になれるとでも思ってたのかもしれない。最初にいっしょに行った昼食が終わるころにはもう、別れた旦那が彼女の放尿でエレクトしてたとか、痔をゴムで結わえる手術をしたばかりだとかいう話をしてきたわ。三十七歳のとき、デパートで警備員につかまりそうになるまで、万引きがやめられなかったという話も。お返しにわたしは、アパートに入って六カ月でやっとカーテンを買ったという話をしてあげた。彼女はマンハッタン全部を提供したようなものなのに、ほんの少しの見返りしかなかったわけだから、たぶん気を悪くしたことでしょうよ。

今晩もファクシミリのそばでつかまって話に誘われた。彼女はわたしのプライバシーを詮索する気はないといったわ。でも、そもそもわたしがいつ精神的サポートをしてほしいなんていったかしら？　彼女がどういうつもりだったかはもちろんわかってるわ。グラッドストン高校でも、全校生徒が無料のカウンセリングを受けられるようになっているんだもの。なんと一九九九年にはあそこにいもしなかった今年の新入生まで、何人かがトラウマを抱えているということで精神分析医のもとへ送られたのよ。わたしは他人にわたしの悩みを話したところで悩みが減るとは思わないし、カウンセリングというのは短期間に生じた悩みを抱えている人が逃げ場として利用するにはいいかもしれないけど、長期間かかって形作られた悩みの場合はそうはいかないと思ってる。でも、角が立つからワンダにはそこまで正直にはいわなかった。で、代わりにこういったわ。わたしはこれまでカウンセリングではあまり愉快な思いをしたおぼえがないんです、それにうちの息子が全米でトップニュースになるようなことをしたのはカウンセリングに行かなかったせいじゃありませんからって。それとね、フランクリン、わたしが唯一有効な精神的サポートと考えてるのがあなたに手紙を書くことだなんて、いくらなんでもいえないじゃない？　精神分析医から渡される試してみるべき治療のリストに、こういう手紙が入っているとも思えないし。だって、あなたのことは、わたしが自分の気持ちに「けじめ」をつけるために、まっさきに乗りこえて過去のものにしなければならない問題のはずだから。

一九八三年といえばひと昔前だけど、「産後うつ病」という病名は精神科医がつけたレッテルとしてはすでに広く知られていた。思うに、この国の人たちは症状に名前をつけることがものすごくだいじだと考えてるみたい。まあ、いってみれば、名前がついているということはよくある病気だという証拠だから、自分はひとりじゃないんだと思えるし、インターネットの掲示板や自助グループで愚痴大会に参加するという選択肢にもつながるわけではあるんだけど。

ラインシュタイン先生からは、産後うつ病という病名をまるでプレゼントでも差しだすような調子で告げられたわ。あなたは不幸せですと教えてもらったら、元気が出るとでもいうように。でも、わたしはそんなわかりきったことを教えてもらうため、自分の状態に単に名前をつけてもらうために、専門家にお金を払っているわけじゃない。第一、こんな病名、症状を説明しているというより、あまりにもまんまじゃない。ケヴィンを産んだあとのわたしはうつ状態です、なぜならケヴィンを産んだあとのわたしはうつという状態になったからです、って感じ。ばかばかしい！

　さらにラインシュタイン先生は、ケヴィンがこれからも母乳を飲もうとしなかったら、わたしは拒絶されたという感情を抱くようになるだろうといったわ。わたしは頭に血がのぼるのを感じたわ。あんなまだ完全な人間とさえいえないようなちっぽけな生き物の好き嫌いを、わたしがまともに取りあうだろうだなんて。

　でも、もちろん、先生のいうとおりだった。最初は、単にやり方がまちがっているのだと思っていたわ。赤ん坊の口を上手に乳房に近づけられないのがいけないんだって。でも、そうじゃなかった。彼の唇のあいだにしっかり乳首を入れて、さあこれでもうだいじょうぶだと思う。ところが、あの子は一、二回吸ったと思ったら、おっぱいが顎に垂れるにまかせてすぐに顔をそむけてしまう。そして、咳こむ。これはわたしの思いこみかもしれないけど、お乳を吐きだそうとしているようにも見えたわ。ラインシュタイン先生に急いで診てもらいにいくと、あっさりと「ときどきあることです」といわれた。親になったばかりのときに、こういうこともときどきあるなんていわれたら、いったいどうしたらいいの？　わたしは頭が混乱してしまったわ。いままでこの診察室では、赤ちゃんの免疫システムを作るためのパンフレットを山のように渡され、自分でもいろいろ努力してきた。お酒もやめたし、乳製品もとらないようにした。自分を犠牲にしてタマネギもニンニクもチリソースもやめた。肉も魚も食べないように心がけた。グルテン抜きの食事療法も取りいれたから、最後には食べられるのは炊いた米一杯とドレッシングなしのサラダだけになってしまった。

その結果、わたしは飢死寸前になり、ケヴィンはというとレンジで温めた粉ミルクを例のやる気のなさそうな飲み方で飲みつづけていた。しかも、あなたが飲ませないとだめだった。母乳は哺乳瓶に入れたものさえ飲もうとせず、吸うそぶりもなく身をよじって離れてしまった。においでわかったんだと思うわ。きっとわたしのにおいがしたのよ。かつては小さく締まっていたわたしの乳房は、ぱんぱんに張って痛み、つねにお乳が沁みだしていた。ラインシュタイン先生は母乳を止めることには断乎反対だった。この忌避行動——忌避行動といったのよ、フランクリン！——はおさまることもあるからって。あなたはわざわざ病院で使っているような品質のメデラの搾乳器をさがして買ってきてくれたけど、痛いのと慣れないので最後まであまりうまく使うことができなかった。赤ん坊の口が乳を吸う温かい感触とはまったくちがう、あの冷たいプラスティックの感触もいやだった。わたしはケヴィンに、なんとか人間の温かみのある乳を飲ませられないかと思っていた。でも、あの子はいやがった。わたしの乳を飲むのをいやがったといったほうがいいかもしれない。

むきになるべきじゃなかったのかもしれないけど、それはむりな話だった。あの子がいやがっていたのは母乳じゃなくて、母親だったんだから。実際、わたしたちの小さな息子はわたしのことを驚くほどよくわかってたんだと思うわ。小さな子どもというのは直感だけで生きているようなものだから、鋭い直感を持っている。あの子は、自分を抱きあげたわたしの腕が不自然にこわばっていたことに気づいていたと思う。わたしが話しかけたりささやきかけたりするとき、その声にわずかにまじるいらだちから、わたしがむりをしてそうしていることに気づいていたと思う。あの子の早熟な耳は、わたしがかけつづけるとりとめもないあやし言葉のなかに、思わず知らず皮肉がまじっていたのを聞き分けていたと思う。子どもにほほえむことを教えるには、まず大人がやってみせることだと、本で読んだから——実際に読んだのはあなただったけれど——わたしはともかくやたらほほえんでみせた。ほほえみすぎて最後には顔が筋肉痛になったけれど、あの子はその筋肉痛に気づいていたと思う。わたしがほほえんだ顔を作って見せているとき、ほんとうはそんな気分じゃないことを知ってたと思う。だって、けっしてほほえみかえしはしなかったもの。生まれてから見てきたほほえみはまだけっして多くはなかったけれど、あなたのほほえみを知ってたから、母親のほほえみはどこかおかしいとわかったのよ。わたしのはむりやり顔の筋肉をつりあげたようなほほえみで、わたしがベビーベッドに背を向けたとたんに消えてしまった。もしかしてケヴィンはこれをまねしているのかしら？　刑務所でのあの、ひもでつりあげられたあやつり人形のようなほほえみは。

あなたが信じてくれてないのは知ってるけれど、わたしはわたしなりに、あの子に強い愛情を持ちたいと思って努力したのよ。でもね、わたしはたとえばあなたに対する感情を、ピアノで音階を弾くときみたいに練習したことはなかった。そして、わたしが努力すればするほど、努力していること自体があの子の嫌悪を招いた。まちがいなく、この猿まねの愛情表現のせいでいくら叩いてもドアは開かなかったんだと思うわ。だから、わたしの気持ちの落ちこみがケヴィンのせいだけだというのは当たっていないし、あなたの愛情が急速によそへ向けられていったことだけが原因だというのもまちがってる。わたし自身のせい、不正直なことをしていることに対するわたしの罪悪感のせいでもあったのよ。

ケヴィンが母乳を飲みたがらないのは自分がとっている食べ物のせいではと考えたわたしは、必死でその犯人さがしをしたけれど、結局、乳腺炎にかかってそれもやめざるを得なくなった。栄養不足で感染症に弱くなっていたのね。それと、ケヴィンに吸わせようとしてさんざん試したもんだから、乳首が傷だらけになって、そこからあの子の口のなかの菌が入りこんだ。あの子はわたしにあらがうだけじゃ足りなくて、わたしに病気までもたらした。わずかゼロ歳にして、母子のうちでより抜け目がないのは自分のほうだといわんばかりに。

乳腺炎の最初の自覚症状は疲労感だというから、わたしがそれを見逃してしまってもむりはなかった。ケヴィンのせいで何週間ものあいだ、ずっと疲労困憊した状態だったから。あなたはケヴィンが怒りの「発作」を起こすようになっていたことを、いまだに信じていないかもしれないわね。赤ん坊が六時間から八時間も怒って泣きわめくなんて、発作としか呼びようがない状態だったけれど、あなたは全然ちがう穏やかな様子のあの子しか見たことがなかったから。おとなしくなる「発作」を起こしたあの子しかね。ほんとに、わたしとふたりきりのときは子どもらしくない頑固さであんなにしつこく泣きつづけるくせに、あなたが帰ってくるとヘビメタがかかってたラジオのスイッチを切ったみたいに突然静かになるのよね。わたしにはわざとやっているとしか思えなかったわ。わたしの耳のなかではまだ泣き声が響き、あの子が丸一日の奮闘のすえに眠りについたばかりだとは知らないあなたは、わたしたちのまどろむ天使の上にかがみこむ。わたしだって、あなたがわたしと同じようなひどい目に遭えばいいなんてことは思わなかった。でも、ケヴィンとの経験があまりにもちがうことで、おたがいのあいだに不信感がつのっていくのがたまらなかった。いまでもあのころのことを思いだすと、ケヴィンがベビーベッドのなかにいるときから、わたしたちが争わざるを得なくなるように正反対の性格を演じ分けてたんじゃないかと思うことがあるわ。ケヴィンは赤ん坊にしてはシャープな目鼻立ちをしていたけれど、わたしの顔はいつまでたってもお人好しなお嬢さんという感じから元にもどらなくて、わたしの持っていた鋭さが子宮のなかであの子に吸いとられてしまった気がした。

子どもができる前のわたしは、赤ん坊の泣き声にそんなにちがいがあるとは思っていなかった。大きな声で泣いているか、そう大声ではないか、程度だった。でも、母親になると耳が肥えてきた。言葉への手探りの最初の一歩として、なにかを訴える泣き声があるのもわかってきた。おむつが濡れているとか、お腹がすいたとか、どこかが痛いとか。怖いときにあげる悲鳴のような泣き声もある——だれもいなくなって、もう二度ともどってこないかもしれないというようなときの声ね。気が抜けたようなフワッフワッという泣き声もある。中東で耳にするモスクに人を呼び集める声やスキャットにもちょっと似ているのだけれど、これは泣いて遊んでいるとき。赤ん坊は泣くことをいやな感情を表すだけのものとはとらえていないわけね。いちばん心が痛むのは、みじめな状態にありながらそれが終わることはないのを知っていて、声にもならない小さな声でずっと泣きつづけている子。そういう子は子どもでありながら、生きることは苦しむことだと悟っているんだわ。

生まれたばかりの赤ん坊が泣く理由は、大人が泣く理由と同じくらいたくさんある。そんなことはわたしだってわかってるけど、ケヴィンはそういったふつうの泣き方はしなかった。たしかにあなたが帰ってきてからは、お腹がすいたりおむつを変えてほしいときに赤ちゃんらしい泣き方をすることはあったわ。すると、あなたがそれに対応してやって、ケヴィンは泣きやむ。で、あなたが、ほらね、こうすればいいんだよ、という顔でわたしを見るの。それをやられるたびに、わたしは本気で殴ってやろうかと思ったわ。

あなたが出かけてわたしとふたりだけになると、ケヴィンはミルクを飲ませるとかおむつを替えるなんていうささやかなことでは、ぜったいおとなしくならなかった。電動ノコギリかと思うほどの泣き声の大きさがひとりにされることへの恐怖のせいだったとしたら、ケヴィンの孤独感はものすごいものだったってことになるわね。やつれた母親が彼がきらう母乳のにおいを漂わせながらつきまとったくらいで、おさまるようなものじゃなかったから。彼の泣き声は、なにかをしてほしいと訴える哀れっぽい泣き声でもなければ、絶望の悲鳴や、漠然と不安を感じたときの喉の奥を鳴らす泣き声でもなかった。泣き声という爆弾を投げつけている感じで、すさまじい音量のそれがアパートの壁にがんがんぶつかって響いた。それに合わせて、彼の足は毛布を蹴りつけ、拳はベッドの上につりさげられたモビールを叩きつづけていた。わたしはなでたりさすったりおむつを替えたりしてやったあと、あの子の体の動きのあまりの激しさにしばらく見とれていることさえあったわ。こうなるともう疑いようがなかった。これだけの働きをするエンジンの燃料となっているのは、蒸留濃縮され無限に再生される怒りだった。

なにに対する怒りかって？　わたしが訊きたいくらいだわ。

おむつは乾いている、ミルクも飲んだばかり、眠りも足りている。毛布だってかけたりはずしたりしてみるけれど、暑いわけでも寒いわけでもない。げっぷもちゃんとさせたし、腹痛でないことは見ればわかった。ケヴィンが泣くのは痛いからじゃなかった。彼は怒ってたのよ。でも、頭の上にはおもちゃ、ベッドにもゴムの積み木があり、母親のわたしは六カ月の産休をとってずっとそばにいて、腕が痛くなるほどしょっちゅう抱いてやっていた。世話の焼き方が足りなかったとは、ぜったいにいえないはずよ。十六年後に新聞が好んで使った表現を使わせてもらうなら、ケヴィンは「なに不自由ない暮らしをしていた」のよ。

思うに、人はだれでもある物差しのどこかにいて、それによってその人の性格とかも全部決まってくるんじゃないかしら。つまり、この世に存在していること、生きていることを、その人がどのくらい気に入っているかという物差しね。ケヴィンは生きていることがいやだったのよ。物差しからはみ出してしまっていたの。この世に存在していることをそれほどまでにきらっていた。もしかしたら受胎前の記憶なんてものも多少残っていて、わたしの子宮のなかよりもその無の世界を恋しく思っていたのかもしれない。ケヴィンは怒ってたんじゃないかしら、彼にとっておもしろいものなんかなにもないベビーベッドに、前もってなんの相談もなく連れてこられ、延々とそこにいなければならないということに。わたしは、あの子ほどなににも興味がない子どもに会ったことがないわ。そして、例外的に興味を持ったのは、わたしが考えるだけでぞっとするようなことばかりだった。

その午後、わたしはいつもよりもっと体がだるい気がした。ときどきめまいもした。ここ数日、ちょっと体を冷やしたからかもしれないと思った。五月の末で、ニューヨークではみんながショートパンツで外出するような気候だったから。ケヴィンはひとしきり泣き声のリサイタルをし終えたところだった。わたしは毛布にくるまってソファにうずくまり、最近のあなたがいままでになかったような量の仕事をとっていることを考えて、ちょっとおもしろくない気分になっていた。理屈だけでいえば、フリーランスで仕事をしているあなたは長年仕事をもらってきた受注先を逃がしてしまうのをいつも恐れていたし、わたしの会社は部下にまかせておいて問題ない状態で、どこに逃げていくわけでもなかった。でも、その結果、わたしが一日中、地獄の苦しみを押しつけられているのに対して、あなたは空色のピックアップで心も軽く走りまわって指定の色の牛をさがしたりしている。この立場が逆だったとしたら――あなたが儲かっている会社の経営者で、わたしがフリーのロケマネだったら、まちがいなくわたしが仕事をやめるはめになっただろうと思ったの。

エレベーターが止まる音がしたとき、ちょうど右の乳房の下のほうにへんに固くなった部分があるのに気づいたところだった。赤く腫れてさわると痛かった。左の乳房にも同じような部分があった。あなたは格子戸を開けて入ってくると、ベビーベッドに直行した。あなたが世話好きな父親になってくれたのはうれしかったけれど、家で待っていたふたりのうち、どっちが「ただいま」という言葉がわかって喜ぶかといったら、それはわたしなのにと思ったわ。

「お願いだから、起こさないでね」とわたしは小声でいった。「二十分前に寝たばかりで、今日はいつも以上にすごかったんだから。眠っているというより、くたびれはてて気絶しちゃってるんじゃないの？」

「ミルクは飲ませたのか？」あなたはわたしの毒舌もどこ吹く風で、ケヴィンを肩にかつぎあげ、眠っている彼の頬をつついた。ケヴィンはほんとはどうだかわからないけど、満足そうな顔をしていた。無の世界にいる夢でも見ていたのかもしれない。

「ええ、フランクリン」わたしは懸命に自分を抑えながらいったわ。「四時間か五時間、かわいいケヴィンちゃんのリサイタルを聞かされたあと、そろそろミルクかなと思ったの。あら、ガスコンロでなにをするつもり？」

「電子レンジだと栄養が壊れてしまうんだそうだ」あなたはその日もマクドナルドで昼食をとりながら育児書を読んできていた。

「どうやら、ことはそんなに単純な話じゃないらしい。赤ん坊はなにかをしてほしいといえないから、察してやらなければというだけじゃなくて、そもそもなにがほしいか本人もわかってないことが多いそうだ」

わたしはそれに食いついた。「あなたはわたしが大げさにいっていると思ってるのね」

あなたは天を仰ぎ、ああ、またかよ、勘弁してくれよ、という表情になった。

「そうはいってないよ」

「あなたはあの子がご機嫌ななめになるというでしょ。じれることもあるという。お腹がすいたときなんかにね」

「いいかい、エヴァ、あの子はたしかに、ちょっとばかり気むずかしくなることはあるよ、でも——」

「やっぱり。ちょっとばかり気むずかしくなるですって？」わたしは毛布を体に巻きつけたままよたよたと台所に歩いていった。「わたしがいったことを信じてないのね！」そういいながら、どっと冷や汗が吹きだしてきた。赤くなったか青くなったか、ともかく顔色が変わっていたと思う。歩くと足の裏が痛み、その痛みは左腕にまでビリビリとのぼってきた。

「きみがいまの状態をどんなにたいへんに思ってるかはわかったよ。でも、そもそもどういうつもりだったんだ？　公園をお散歩する程度の楽な仕事だとでも？」

「お散歩だなんて、そんなに楽じゃないことはわかってたわよ、でも、これじゃ、公園でレイプされてるようなもんだわ！」

「いいかい、あの子はぼくの息子でもある。ぼくもあの子を見てる。それも毎日。そりゃあ、ときどき泣くことはあるさ。でも、だからどうしたっていうんだ。泣かなかったら、逆に心配だよ」

わたしの証言は感情に左右されてるってわけね。だったらほかの証人を、と思った。

「下の階のジョンも部屋を出ていくといってるのよ」

「ジョンはゲイだ。ゲイは赤ん坊がきらいだからな。ぼくにも最近わかってきたよ。この国の人間はそろいもそろって子どもを目の敵にしてるんだ」手厳しい言い方はあなたらしくなかったけれど、あなたが星条旗つきの神の殿堂《ワルハラ》ではなく、現実のこの国を論じたのはこれがはじめてだった。「ほおらごらん」あなたの肩に頭をもたせかけていたケヴィンが目を覚まし、半分目をつぶったまま差しだされた哺乳瓶をつかんだ。「悪いけど、この子はぼくにはたいてい、すごくいい子にしてるんだけどなあ」

「いまはいい子にしてるんじゃなくて、くたびれちゃってるのよ！　わたしもだわ。もう、くたくた。それだけじゃなくて、なんだか気分が悪い。めまいがするし、寒気もする。熱でも出てるのかしら」

「そいつはよくないな」あなたはおざなりにそういった。「じゃあ、少し休んだらどうだ。夕食はぼくが作ろう」

わたしは目を見張った。あなたとは思えない冷たさだったわ。いつもはわたしが自分の具合が悪くても平気なふりをして、そうするとあなたが大騒ぎをして心配してくれていたのに。いつものあなたのやさしいしぐさを思いだしてほしくて、わたしは哺乳瓶をこちらに取ってあなたの手をわたしの額に押しつけた。

「少し熱いな」さっさと手を引っこめながら、あなたがいった。

わたしはこれ以上立っていられない気がした。毛布のあたっているところがどこもかしこも痛かった。いま気づいたばかりのことにショックを受け、そのことから遠ざかるようによろよろとソファまで行って座った。そう、あなたは怒っていた。せっかく期待していたとおりの父親役ができるようになったのに、母親のほうがろくでなしだったから。結婚した相手は勇気のある女だと思っていたのに、ほんとうは弱虫で、だだばかりこねていることがわかってしまったから。あなたはケヴィンがわたしの乳房を吸おうとしないことまで、わたしのせいだと思っているようだった。あなたが夢見ていた母親のいる風景も、わたしのせいで実現しなかった。うっとりするような日曜の朝、ベッドのシーツの上にはバタートースト、息子が乳を吸い、妻は光り輝き、乳房からこぼれた母乳が枕を濡らし、あなたは思わずベッドから飛びだしてカメラをとってくる、はずだったのに。

わたしはそのときまで母親であることに対する嫌悪感を上手に隠してきたつもりだった。自分でもほんとうにそういう気持ちがないのではと思いはじめるくらい上手に。結婚生活のなかでは、だまっていることがそのまま嘘になってしまうことが多いのよね。わたしはあの「産後うつ病」という麗々しい診断結果もあなたに告げることなく、自分の胸にしまっていた。その一方で、会社から山のように編集の仕事を持ち帰っていたのに、まだ数ページしかできていなかった。食べ物もろくに食べず、睡眠も足りず、シャワーはせいぜい週に三回しか浴びられなかった。知り合いと会うこともなく、ケヴィンの泣き声のことがあるから公の場に出ていくことはほとんどなく、来る日も来る日も、正気の沙汰とは思えない怒りに向きあっていなければならなかった。「わたしはこの子を愛さなければならない」と唱えながら。

「そんなにたいへんなんだったら、うちには金がないわけじゃないだろ」ケヴィンを抱いたあなたがソファに座っているわたしの前に立ちはだかっていった。ソ連の壁画などでよく見かける、家族と母国に身も心も捧げているたくましい農夫の図みたいに。「ベビーシッターを雇えばいいじゃないか」

「そういえば、あなたにいうのを忘れてたわ」わたしはおずおずといった。「会社と電話で会議をしたんだけど、旅行ガイドのアフリカ編のために現地調査が必要なのよ。『ウィング・アンド・ア・プレヤー アフリカ編』」

「ぼくがいったのはだね――」あなたはわたしの上にかがみこんでいった。その声は重々しく耳に痛かった。「ぼくらの子どもを人に育てさせて、きみがベルギー領コンゴにニシキヘビ狩りに行っていいということじゃないんだ」

「ベルギー領コンゴじゃなくて、ザイールね」わたしはいった。

「子育てはぼくらが一心同体でやっていくんだ」

「ぼくらが一心同体でですって？　じゃあ、どうしていつもその子の肩ばかり持つのよ」

「この子は生まれてまだ七週間なんだよ！　肩を持とうにも、この子が自分でなにか主張できる年じゃないだろ」

わたしは身をよじって立ちあがろうとした。あなたはわたしがめそめそしていると思ったかもしれなかったけど、わたしの目は気持ちに関係なくうるんでいた。あなたが取ってきてくれればいいのにという気持ちからのろのろと、体温計を取りに浴室に歩いていった。体温計を口につっこんでもどってきたとき、気のせいか、あなたがまた天を仰いだように見えた。

体温計を明かりの下で見ながらあなたにいった。「何度になってるか、見てくれない？　なんだか、なにもかもがぼやけてよく見えないの」

あなたは気のない様子で体温計を明かりにかざした。「エヴァ、これじゃわからないじゃないか。電球かなにかに近づけすぎたんじゃないか？」。あなたは体温計を振ってから、またわたしの口の端につっこみ、ケヴィンのおむつを替えにいった。

わたしは足を引きずっておむつ替えの台まで行き、体温計を差しだした。あなたは目盛りを読むと、むっとした顔でわたしを見た。「全然笑えないよ、エヴァ」

「え、どういうこと？」目からあふれたのは、こんどこそ涙だった。

「体温計をあっためただろう？　つまらないジョークはよせよ」

「あっためたりなんかしてないわ。いま口から出したばかりなんだから――」

「ばかな。エヴァ、水銀が四〇度まであがってるんだぞ」

「まあ」

あなたはわたしの顔を見た。それからケヴィンを見て、はじめて忠誠心を引き裂かれた顔をした。それから急いでケヴィンを抱きあげ、適当にベッドに寝かせた。あまりにおざなりな寝かせ方をしたせいか、いつもだったら夜は静かにしているケヴィンが、このときばかりは例の「この世界全部が大きらい！」という泣き声を上げはじめた。あなたはわたしの大好きな男らしさで、ケヴィンを完全に無視した。

「ぼくが悪かった！」あなたはわたしの体をさっと抱きあげ、ソファに運んでいって座らせた。「きみはほんとに病気だったんだね。ラインシュタイン先生に電話しなくちゃ。そして、病院に――」

わたしは突然眠気に襲われ、意識が遠のきはじめていた。でも、意識を失っていきながら、ずいぶん時間がかかったわねえと思ったのはおぼえている。それからこう思ったのも。もしも体温計に示された温度が三八度だったら、この冷たい布は額に当ててもらえたかしら、冷たい水とアスピリンは持ってきてもらえたかしら、ラインシュタイン先生への電話はかけてもらえたかしら……。

エヴァ

二〇〇〇年十二月二十一日

親愛なるフランクリン

今日、ちょっとギョッとすることがありました。電話帳に載っていないうちの番号をどうやって調べたのか知らないけど、ジャック・マーリンという人からいきなり電話がかかってきたの。NBCテレビのドキュメンタリー番組のディレクターということだった。その人がやっているシリーズの『課外授業』という皮肉が感じられる題名もまともに思えたし、話しぶりから少なくとも例のフォックス・テレビの緊急特番とはちがうスタンスをとってるんだとわかった。『グラッドストン高校の苦悩』というタイトルのあの番組、ジャイルズによるとほとんど全編すすり泣きと祈祷会だけだったという話だもの。とはいえ、マーリンにはやっぱりいったわ。わたしにとって人生の終わりにも等しいあの日のことをセンセーショナルに取りあげようという検証番組に、どうしてわたしが出演したがるなんて思うんですかって？　そしたら、その人、あなたがあなたの側から見た話をしたいんじゃないかと思って、というの。

わたしは思わずいいかえしたわ。「それって、わたしの側の話ってこと、それとも息子の側？」。ケヴィンとわたしは生後七週目から敵同士だったみたいに報じられてるっていうのに……。

「あなたの息子さんが性的虐待の被害者だった、なんてことはありませんか？」マーリンはかまわずそうつっこんできた。

「被害者？　あなた、どこかよその子の話をしてるんじゃないの？」

「例の抗うつ剤、プロザックについてはどうですかね？」わかりますよというように少しだけ声を低くしてそういった。「裁判では彼の弁護に使われて、それでかなり有利な展開になりましたよね」

「あれは弁護士がしたことなのよ」わたしは消えいりそうな声でいった。

「もっと一般的な話でも――たとえば、あなたの考えでは、ケヴィンが人に誤解されているとか」

ああ、フランクリン、わかってるわ、わたしは電話を切るべきだったのよ。でも、このところ、職場の人たち以外、だれともまともに話をしていなくて……。なんといったかって？　こんなふうなことよ。「それに関していうと、この国じゅうをさがしたって、ケヴィンほどよく人に理解されている若者はいないと思います。ほら、よくいうじゃありませんか？　行動は言葉よりものをいうって。あの子は自分の世界観を十二分に世間に知らしめたんです。どうやらあなた、これまで自己表現ができなくて苦労してる子ばかりインタビューしていらしたみたいね」

「彼はわれわれになにを伝えたかったんだと思いますか？」興奮気味にマーリンがそういった。

電話が録音されているのはまちがいなかったから、ほんとはよほど言葉を選んで話すべきだった。

でも、わたしはさっさとこういってしまった。「あの子がなにをいいたかったにしろ、聞くに値しない話に決まってるじゃないですか、マーリンさん。そんなメッセージをいまさら蒸しかえして、わざわざ世の中に知らせてやる必要がどこにあるというんですか？」

マーリンが、問題のある子どもを理解することができれば、将来「それが起こりそうな気配」が感じられたときの役に立つはずだ、とかなんとかいいかけたから、「わたしはちゃんと感じてました」といってやったわ。

「ええ、わたしは十六年前からずっと、それが起こりそうな気配を感じていましたけどね、マーリンさん、なんの役にも立ちませんでしたよ」そういい終えると電話を切ったわ。

あれがあの人の仕事なんだとはわかっていたけれど、その仕事が気にくわなかった。肉のにおいに吸いよせられるようにマスコミの人間が集まってきて、わたしのまわりをかぎまわってる。もうそういうことはいや、マスコミの食い物にされるのはもううんざり……。


ラインシュタイン先生は、両方の乳房がかかることはあまりないことだけどといったあとで、わたしの乳房はたしかに左右とも急性化膿性乳腺炎にかかっていると認めた。わたしはそれを聞いてほっとしたわ。ベス・イスラエル病院で抗生物質の点滴を受けながら過ごした五日間はつらかったけれど、母親になることにともなうわけのわからない苦しみに比べたら、肉体の痛みはわかりやすい分だけ耐えやすかった。静かな環境で寝ていられるというのもありがたかった。

一家の大黒柱としてここは自分が手を打たなければと思ったのか、それよりもうちの息子がいい子にしていない場面に遭遇するのを避けたかっただけなのか知らないけど、あなたはわたしの留守中にベビーシッターをひとり、いえ、正確にはふたり雇っていた。というのも、退院したときには、ひとりめはすでにやめていたから。

ただし、あなたが自分からそう説明してくれたわけじゃなかった。ピックアップにふたりで乗って家に帰る途中、あなたがいきなり、シボーンという子がすばらしいベビーシッターだという話をはじめたのよね。わたしはちょっと待ってといわずにはいられなかった。「ベビーシッターの名前はカーロッタじゃなかったの?」

「ああ、カーロッタね。まあ、シッターをやってる子のなかには、ビザが切れたらだまって来なくなるようなのがいっぱいいるからね。子どものことなんか、考えちゃいないのさ」

車が大きく揺れるたびに、乳房が痛んだ。乳腺炎を治すために、たとえ捨てることになっても四時間おきに搾乳するようにいわれていたのだけれど、家に帰ってそれをやるのかと思うと気が重かった。「カーロッタは続かなかったってこと?」

「最初にいっておいたんだよ。赤ん坊なんだからって。うんこもすれば、おならも、げっぷも――」

「――泣きわめくことも――」

「あるってね。でも、カーロッタは簡単に考えてたみたいでね。たとえば、赤ん坊は自動クリーニング装置がついたオーブンみたいなものと――」

「で、クビにしたの?」

「正確にいうと、そういうわけでも……。でも、シボーンはほんとによくできた子だ。なにしろ、出身地が北アイルランドだから。爆弾のなかをくぐり抜けてきた連中は、赤ん坊が多少泣いたくらいじゃ動じないんだよ」

「つまり、カーロッタは自分からやめたってことね。たったの数日来ただけで、ケヴィンが――あなた、なんていってたっけ――ご機嫌ななめになってばかりいたから」

「数日じゃない、一日だ。信じられないことにね。ぼくが昼食どきに念のために電話を入れてみたら、もうケヴィンの面倒はみられないから、いますぐ帰ってこいというじゃないか。まったく、あつかましい。あんなシッターには一セントも払いたくなかったけど、派遣会社のブラックリストに載せられるのも困るからな」（これが予言になったみたいに、二年後、うちはこの会社のブラックリストに載せられたわ）

シボーンはたしかによくできた子だった。第一印象はどちらかというと不器量。ボサボサの黒い髪、いかにもアイルランド人らしい白すぎる肌の色、そして幼児体型というか、ずんどう型の体つきをしていた。そんなに肉付きがいいわけではないのに、体にも脚にもくびれがないために実際より太って見えた。でも、とても気立てのいい子だったから、しばらくつきあううちにちっとも不器量だと思わなくなっていた。最初に会ったときに、彼女がアルファ・コースというキリスト教の宗派の信者だと聞いたときは、たしかにちょっと心配したわ。ああいう宗派の人たちは愚かな狂信者だと思ってたから、毎日のように宗教的体験の告白を聞くはめになるんじゃないかと恐れていたの。でも、わたしの偏見だということがわかった。実際、それ以降、彼女が宗教の話をすることはほとんどなかった。この宗派に入ったのは、故郷のアントリム州でのカトリックとプロテスタントのごたごたから抜けだすための、彼女なりの選択肢だったんじゃないかしら。シボーンはこの故郷のことをいっさい口にしなかったし、あいだに大西洋があるのをさいわい、完全に縁を切っているようだった。

あなたはよくわたしをからかってたわね。わたしがシボーンを気に入ったのは、彼女が『ウィング・アンド・ア・プレヤー』シリーズの愛用者で、ヨーロッパ旅行をしたときもこれを手放さなかったといったからだろうって。たしかにシボーンはいったわ。いまだに天職が見つからないでいる自分からすると、世界を旅してまわるのが仕事だなんてこんなすばらしいことはない気がするって。この話を聞いて、わたしは遠い昔のことになっていたあの生活が無性になつかしくなった。ケヴィンにも、大きくなったらぜひ両親の仕事を誇りにしてほしいと思った。これは前からずっと夢見ていたの——成長したケヴィンがわたしのアルバムの上にかがみこみ、これはなに？　これはどこ？　わあ、アフリカにも行ったんだ！　と息を切らせて叫ぶのを。でも、シボーンの賛嘆でさらにふくらんでいったこの幻想は現実にはならなかった。大きくなったケヴィンはたしかにアルバムの上にかがみこみはしたけれど、それは写真に灯油をかけて火をつけるためだったから。

乳腺炎は、退院後さらに一クール分の抗生物質の点滴をしたところですっかり良くなった。ケヴィンは粉ミルクで育てるしかないと見切りをつけたわたしは、乳をしぼらずにおいて断乳した。またシボーンが留守を守ってくれるようになったおかげで、その秋、ようやくウィング・アンド・ア・プレヤー社への復帰を果たした。服装をきちんと整えて、きびきび動きまわって、トーンをさげた大人向けの声で人に指示を出して、それをやってもらえるということが、こんなにうれしいとは！　わたしはいままであたりまえと思っていたさまざまなことのすばらしさをあらためて味わうと同時に、あなたとわたしのあいだに溝ができたりしたのも、ちょっとした混乱のせいなのだと自分にいいきかせた。昔に近いパワーを取りもどし、あっというまに元の自分にもどれたことに大きな喜びを感じながら、わたしは最悪の時期は通りすぎたと思っていた。そして、今度、友人のだれかがはじめての子どもを産んだときは、この経験を生かしてそのだれかの気持ちに寄りそってあげなくてはと思った。

しばらくすると、会社から帰って、シボーンに少しゆっくりしてコーヒーでも飲んでいかないかと勧めることが多くなった。自分の年齢の半分ほどの年の彼女と話をしていて、世代を超えた交流の楽しさもあったけれど、ともかくだれかと会話できることがうれしかった。ふだんなら口にしないような胸の内も打ちあけたわ。あなたにそれができなかったから。

「よっぽど赤ちゃんがほしかったんですね」あるとき、シボーンがそういったことがあった。「いろんな国を見てまわって、すてきな人たちにたくさん会って——それを全部犠牲にしたくらいなんだから！　わたしには信じられないわ、そういうことをあきらめるだなんて！」

「あきらめたわけじゃないわ」わたしはそういった。「あと一年か二年したら、またもとどおりに仕事をするつもりなの」

シボーンはコーヒーをかきまわしながらいった。「ご主人も、それでいいと？」

「それでいいと思ってもらわなくちゃ」

「でも、この前、いってましたよ。あのお——」告げ口みたいになるのがいやなのか、口ごもってからこういった。「奥様が何カ月も外国に行くことは、——もうない、って」

「そう思ってた時期もあったわ。わたしも疲れきってたし。何日も汚れた下着を着なきゃならなかったり、フランスに行くたびに鉄道のストに遭ったり。そう思われてたとしたら、わたしの言い方が悪かったのね」

「そうなんですか」シボーンは気の毒そうにそういった。このときの彼女は自分からもめごとを起こすつもりなどなかったと思うけど、やがてそれが起こるのはわかっていたのかもしれない。「たぶん、ご主人は寂しかったんですね。奥様が長いあいだいなくなるのが。でも、奥様がまた外国に行ってしまったらたいへんですね。わたしが来なければ、ご主人がひとりでケヴィンちゃんの面倒をみることになって。それとも、アメリカ人は気にしないんですか？　お母さんが働きに出て、お父さんが家にいても」

「ひと口にアメリカ人といっても、人によっていろいろだから。フランクリンはそういうタイプじゃないしね」

「でも、奥様が会社をやってるから、お金の心配は――」

「お金の問題だけじゃないの。『フォーチュン』に妻の紹介記事がでんと載っていて、夫のほうはその反対側のページに載ってる広告のロケーションマネージャーにすぎないというのは、なかなかつらいものがあると思うわ」

「ご主人から聞きました。奥様は前は一年に五カ月も旅に出てたんですってね」

「もちろん、それは――」わたしは重々しくいったわ。「減らすことを考えなくてはいけないわね」

「あのお、ケヴィンちゃんにちょっと困ったところがあるのは、奥様もわかってますよね。なんといったらいいのか――扱いにくい子、なんです。まあ、大きくなったら、そうでなくなる子もたくさんいますから」そういってからこんな恐ろしいことをつけくわえた。「大きくなっても同じという子もたまにいますけど」

あなたはあのころ、シボーンがケヴィンに尽くしてくれていると思ってたみたいね。でも、わたしの考えでは、彼女が尽くしていた相手はわたしたち夫婦だった。ケヴィンの話題はほとんど口にせず、たまにいっても、なにかものが足りないというようなときだけだったから。ケヴィンちゃんの新しい哺乳瓶を消毒しておきましたとか、紙おむつがなくなりかけてます、とか。あんなに情にあふれた子がそれしかいわないというのは、どう考えてもおかしかった（一度だけこういったことがあったわね。「ケヴィンちゃんって、いつも目を皿のようにしてますね。ほんとにいつも！」そういって神経質な笑い声をあげてから、いい直した。「つまりその、よくじっと見てるってことですけど」。わたしはできるかぎりさりげなく共感を伝えたわ。「ええ、ああいうふうに見つめられるとイライラするわよね」）。でも、彼女はわたしたち夫婦のことはほんとうに尊敬していたの。夫婦がそれぞれ自分の城を持って仕事をしているのにあこがれていたし、逆に家族の大切さを説く宗教を信じていながら、わたしたちがそのすばらしい自由を損ねてわざわざ子どもという重荷を負う気になったことには、ちょっととまどいを感じていた。将来のことを考えるうえでも、わたしたちのことは励みになってたんじゃないかしら？　わたしたちって、すでに中年なのにカーズ（八〇年代に人気のあったニューウェイブのロックバンド）も聴けばジョー・ジャクソン（ロック・ピアニスト、歌手）も聴くじゃない？　汚い言葉は良くないといつもいっているシボーンだったけれど、四十近い熟年の夫婦がしょうもない育児書のことを「馬のクソ」とののしるのを聞いたときは、おおいに感激していた。わたしもよく彼女にちょっとしたものをプレゼントしたわ。タイ製のシルクのスカーフとかなんだけど、彼女があんまり大げさに喜ぶもんだから、こっちが気恥ずかしくなっちゃった。あなたのことはすごい美男子だといって、たくましい肉体と亜麻色の髪に見とれていた。もしかしたら、あなたのこと、ちょっと好きだったんじゃないかしら？

どう考えてもシボーンは喜んでうちで仕事をしていたから、何ヵ月かたって彼女が妙に憔悴しているのに気づいて、わたしは首をかしげてしまった。肌の敏感なアイルランド人の多くが年齢より老けて見えるのは知っていたけれど、それにしても彼女の年ではまだ眉間から額にかけてああいうしわが寄るはずはなかった。わたしが仕事から帰って、買ったばかりのベビーフードがまたなくなりかけていると驚いたのに対して、彼女が「全部口に入るわけじゃありませんからっ！」と叫んだこともあった。すぐにすみませんでしたといい、しばらく涙ぐんでいたけれど、その理由はとうとういわずじまいだった。コーヒーに誘っても、早くうちのアパートから離れたがっているかのように、なかなか応じなくなった。そして、うちに住みこまないかと声をかけたときの彼女の反応は、じつに不可解なものだったわ。あなたもおぼえているでしょうけど、わたしはそれまで物置代わりに使っていた一角を仕切って、小さなお風呂もつけようと思っていたの。彼女はイースト・ヴィレッジに、たいして好きでもないだらしなくて酒飲みで不信心な女友だちといっしょに部屋を借りていたのだけれど、わたしが用意する部屋はそれよりずっと大きいものになるはずだった。お給料をさげるつもりもなかったから、家賃分のお金を貯金にまわせるはずだった。にもかかわらず、住み込みのベビーシッターになるという話に彼女は尻込みした。そのあげくに、Cアヴェニューのあばら家は解約できないことになっているなんていう、それこそ「馬のクソ」みたいな言い訳をもちだして断った。

その後、体調不良で行けないという電話をしょっちゅう入れてくるようになった。最初は月に一、二回だったのが、そのうちに喉が痛いとか胃の調子がおかしいとかで週に一度は休むようになった。実際の見た目もかなりやつれていた。たくさん食べられないのか、ずんどうだった体型がそのまま細くなって棒きれのようになってしまい、もともと白すぎる肌の色がさらに青ざめてまるで幽霊のように見えた。そうした様子を見ると、ずる休みだと責めるわけにもいかなかった。そこで婉曲に、ボーイフレンドの問題でもあるのか、もしかしてキャリクファーガスにいる家族になにか心配なことでも起きたのか、それとも北アイルランドに帰りたくてしかたなくなったのか、とたずねてみた。「北アイルランドに帰りたくてしかたなくなった！」と皮肉な調子でいって彼女は続けた。「からかってるんですね」最近ほとんど冗談もいわなくなっていたなかで、めずらしくかすかなユーモアが漂う言葉だった。

シボーンに突然休まれるのは、わたしには大きな痛手だった。あなたはフリーランサーで単発の契約で仕事をしていたから、つぎの仕事の保証はなにもなかったのに対して、わたしはＣＥＯを務めてはいるけれど、いなくても会社がまわっていくうえに失職の恐れもなかった。そうなると結局、わたしが急遽休みをとって家にいることになった。会議の日程を変えたり、電話会議で済ませたりしなければならないのに加えて、わがまま放題のうちのお子様と過ごす一日が重なるごとに、せっかく手に入れた心の安定がまた危うくなってきた。夕方になるころには、ケヴィンがそばにいるというだけで恐ろしくて、彼がしでかすことに立ちむかう元気が出なくなっていた。わたしはシボーンがいったとおり「ノイローゼ」状態だった。そんな耐えがたい一日をまた過ごしたあと、わたしはほじめてシボーンと、はっきりと言葉に出したわけではなかったものの気持ちを通じあわせることができた。

わたしの考えでは、シボーンの超人的な辛抱強さはたぶん信仰から来ているものだった。だって苦難は神から与えられた贈物だから、喜んで受けとりなさいと教えるのが宗教じゃない？　そうなると、怒らないからといっていくらうながしても、彼女が金曜ごとに寝こまなければならない理由を話してくれるはずはない。なんとか彼女が自分で話してもかまわないのだと思ってくれないものかと、わたしは考えあぐねていた。

「わたしはね、旅行ばかりしていたことに後悔はないのよ」その日、夕方近くなって帰りじたくをはじめた彼女に、わたしはそういってみた。「でも、もっと早くフランクリンに出会っていればと、それだけが残念なの。夫婦水入らずの生活がたった四年じゃね。彼に飽きるヒマもなかったわ。あなたは二十代のうちにパートナーとめぐりあえたらいいわね。そうすれば、子どものいない生活がじゅうぶん楽しめて、もしかしたら少しは相手に飽きるかもしれない。でもそのおかげで、きっと三十代になったときには、変化を喜べるようになってる。子どもができてもうれしいだけというのはいいわよね」

シボーンはじっとわたしを見つめた。わたしのいったことをとがめる視線であっても不思議はなかったけれど、実際ははっとしただけのようだった。「まさか、ケヴィンちゃんができてうれしくなかったという意味じゃ――」

いいえ、そういう意味なのと、早くいわなければならないのはわかっていたけれど、いつもの癖でだいじなことだと思えば思うほどすぐに言葉が出てこなかった。

「あのね、シボーン」わたしはようやくそういったわ。「わたし、ちょっとがっかりしたの」

「ああ、わたしが上手に子守りできなくて――」

「ちがうの、あなたのことじゃないの」もしかしたらシボーンはわたしのいいたいことを完璧にわかっていながら、取りちがえたふりをしてみせたのかもしれなかった。こんな若い子にわたしの秘密を話して負担を感じさせてはいけないとも思った。でも、やっぱりどうしてもいわないわけにはいかなかった。「一日じゅう聞かされる泣き声、そこらじゅうに散らばったつまらないプラスチックのおもちゃ……。自分がどういうものを期待していたのかわからないんだけど、少なくともこれではなかったのよ」

「たぶん奥様はちょっと産後うつの状態で——」

「なんという病名で呼ばれるかはともかく、わたしはうれしい気持ちになれないの。ケヴィンもそう。ちっともうれしくなさそうだわ」

「だってまだ赤ちゃんなんですよ！」

「もう一歳半になるわ。大人は赤ん坊に向かって、いい子だね、幸せでいいね、というわよね。でも、その瞬間、赤ん坊は不幸せなのかもしれないじゃないの。それに、わたしがなにをしてやっても、あの子の気分は変わらなかった」

シボーンはデイパックをいじりまわし、やたら手間をかけて残りの荷物をそのなかに詰めていた。彼女はケヴィンのお昼寝中に読む本をいつも持ってきていたのだけれど、それが何カ月も同じだったことにそのとき気づいたわ。聖書だったら読むのに時間がかかるのはうなずけるけれど、彼女が持っていたのは警句を集めたような本で、すごく薄くて表紙にはひどいしみがついていた。彼女は前に自分は本を読むのがすごく速いんだといっていたこともあったのに。

「シボーン、わたしは赤ん坊に関してはほんとにだめな人間なの。赤ん坊とうまくコミュニケーションがとれたためしもない……。それでも、母親になれば自分のちがう面が出てくるんじゃないかと思ってた」落ちつきなくあちこちを見まわすシボーンと、一瞬目があった。「でも、そうはならなかった」

シボーンは居心地悪そうにもじもじしていた。「ご主人には話したことがあるんですか。奥様の気持ちを」

わたしはそれを一笑に付していった。「話したら、話すだけじゃ済まなくて、どうにかしなきゃならなくなる。でも、いったいなにができるというの？」

「たいへんなのは最初の一、二年だけじゃないんですか？　それが過ぎたら、楽になると思えば」

わたしは唇をなめて湿した。「すごくいやな言い方なのはわかってるんだけど、わたしは精神的な見返りをずっと待ってる気がしてるの」

「でも、見返りを受けとるには、まずこちらからなにかを捧げないと」

そういわれてわたしは恥じいったけれど、よく考えたらちょっとちがうと思った。「わたしは自分の週末や夜は全部あの子に捧げてるわ。夫まで取られてしまっている。その夫ときたら、話すことといえば息子のことばかり、でもベビーカーを押してバッテリーパークを散歩する程度のことしかいっしょにはしてくれない。なのに、ケヴィンは憎しみのこもった目でわたしを見る、わたしが抱くのをいやがる、いいえ、わたしが知るかぎり、わたしがするありとあらゆることをいやがるのよ」

シボーンはそわそわしていた。所詮これはよその家庭の内輪のもめごと。でも、シボーンは心のなかで堰を切ったように、これ以上傍観者の立場にとどまっているわけにはいかないと悟ったようだった。それで、ケヴィンが大きくなったらどんなに楽しいことが待っているかとささやく代わりに、暗い声でこういった。「はい、わたしにもおっしゃってることはわかります」

「ねえ、ケヴィンは――あなたにはちゃんと応えてくれる？」

「応えてくれるかですって?」そこに込められた皮肉はいままでの彼女にはないものだった。「まあ、そういえないこともないですね」

「昼間、あなたといっしょにいるとき、あの子は笑う? 気持ちよさそうに喉を鳴らす? 眠る?」

こう訊きながら、この何ヵ月ものあいだ、彼女が文句をいわないのをいいことに、たったこれだけのことさえたずねたことがなかったのに気づいた。

「わたしの髪を引っぱります」シボーンが静かな声でいった。

「でも、まあ、赤ん坊だったら——」自分がなにをしてるかわからずに——」

「ものすごく強い力で引っぱります。あれだけ大きくなってるわけだし、痛いのもわかってるみたいです。それに、奥様からいただいただいたあのきれいなシルクのスカーフ! ビリビリになってしまいました」

キンコン、キンコン、キンコン。ケヴィンが目を覚ましたのだった。ガラガラをあなたが新しく買ってきたおもちゃの鉄琴にぶつけていたけれど、音楽の才能など期待できそうもないぶつけ方だった。

「あの子、わたしとふたりきりのときは——」わたしは騒音に負けまいと声をはりあげた。「フランクリンの言い方を借りると、ご機嫌ななめになるの」

「ベビーサークルからおもちゃを全部放りだして、泣きわめいて、全部がサークルのなかにもどるまで泣きやみません。もどったら、また放りだして。放るというより、投げつけるんです」

キンコン、キンコン、カンコン、キンコン、キンキンキンキンキン! それから、ガチャンガチャンという音がした。ケヴィンがベビーベッドの柵のあいだから鉄琴を蹴りおとしたにちがいなかった。

「ほんとうにひどいんです」シボーンがいった。「ベビー用の椅子に座っていても同じで、チェリオは投げるわ、オートミールは投げるわ、クリームクラッカーは投げるわ……目の前にある食べ物を全部床に落としてしまって。ほんとにどこからあのエネルギーがわいてくるのか」

「というか……」わたしはシボーンの手にそっとふれていった。「あなたのエネルギーがもたないってことなのね」

うぃーん……うぃーん……だだだだ……。ケヴィンが芝刈り機としかいいようがない声を出しはじめた。シボーンとわたしは顔を見あわせた。うぃーん……うぃーん……うぃーーーーーーん！　わたしたちはふたりともじっと椅子に座ったままでいた。

「もちろん」シボーンが希望を込めた声でいった。「自分の子どもだったら、たぶん全然ちがうと思いますけど」

「そうね」わたしは答えた。「全然ちがうわ」

うぃーーーーーん、うぃーーーーーーん、うぃーーーーーーん！

「わたし、いままで、子どもはたくさんほしいと思ってました」わたしから目をそむけながらシボーンがいった。「でも、いまはどうなんだか、自分でも」

「わたしがあなただったら」わたしはいった。「考えなおすわね」

ふたりのあいだの沈黙にケヴィンが出す声と音が充満するなか、わたしは高まる焦りと戦っていた。いまから起ころうとしていることが起こらなくて済むように、なにかをいわなければならなかった。でも、どんな言葉を持ってきても、ぜひとも食いとめたいと思っていることが起こって当然という発言にしかならない気がした。

「奥様」シボーンが口を開いた。「わたし、もうくたくたです。ケヴィンちゃんはわたしのこと、好きじゃないんだと思います。一生懸命、神様にお祈りもしました――わたしに辛抱をください、愛を、力をくださいって。これは神様に与えられた試練だと思ったから――」

「キリストは『幼き子らよ、我がもとへ』といったらしいけど、」わたしはそっけなくいった。「ベビーシッターをするつもりがないからいえた言葉よね」

「神様ががっかりなさったと思うと悲しいです。奥様もですよね。でも、もういっぺんチャンスをもらえないでしょうか――ウィング・アンド・ア・プレヤー社で使ってみてもらうとか。ガイドブックを作るには、たくさん大学生を雇って調査をさせるっていう話だったでしょう？　わたしがヨーロッパとか、アジアとかに行くというのはだめでしょうか？」

わたしは呆然としてしまった。「ベビーシッターをやめたいということ？」

「奥様にもご主人にも、ほんとに良くしてもらいました。わたしのこと、恩知らずだと思われるでしょうね。でも、お宅が郊外に引っ越したら、いろんなことがきっとちがってきますよ。ね？　わたしはここじゃないと来られないんで。ニューヨーク以外のところに住む気はありませんから」

「あら、わたしだってそうよ！　だれが郊外に引っ越すなんていったの？」

「ご主人です、もちろん」

「うちは郊外には引っ越さないわ」わたしはきっぱり否定した。

シボーンは肩をすくめただけだった。わたしたちから距離を置くことになったいま、わたしたち夫婦のあいだで意思の疎通ができていようといまいと彼女の知ったことじゃなかった。

「もっとお金がほしいんだったら、いってちょうだい」わたしは必死で食いさがった。長いあいだ海外に出ないでいたせいで、この国の拝金主義に毒されてしまったのかもしれなかった。

「お給料はじゅうぶんいただきました。もうこれ以上、やっていけないんです。それだけです。毎日、毎日、目が覚めると……」

毎朝目が覚めてどういう気がするかは、いやというほどわかっていた。これ以上、彼女に無理強いすることはできないと思ったわ。あなたはいまでも、わたしのことをだめな母親だと思ってるでしょうね。いつもそうだったから。でも、わたしにも母性はあるのよ。この娘はもう限界に来ていると思ったわ。神様による救いはいざ知らず、この娘にとってのこの世での救いは、その気になればわたしにも差しだすことができるものだった。それがどんなにわたしたちにはうれしくないことであったとしても。

「うちの会社で『ウィング・アンド・ア・プレヤー　オランダ編』の改訂を進めているの」そういったわたしの声は暗かった。シボーンがいなくなったらすぐに影響が出るのがわかっていたから。「やってみたい？　アムステルダムのホテルのランク付けなんだけど」

シボーンはわれを忘れてわたしの首にかじりついてきた。そしていった。「ケヴィンちゃんをおとなしくさせられるかどうか、やってみましょうか？　ちょっと眠いのかも――」

「ちがうんじゃないかしら。そのくらいわかりやすいといいんだけどね。あなたは一日働いたんだから、ゆっくり休んで一週間の疲れを取ってちょうだい。くたびれはててるみたいじゃないの」

わたしは、代わりの子が見つかるまでなんとかシボーンにいてもらえるようにと、もうそればかり考えていた。

「最後にもうひとつだけ」シボーンが、『ウィング・アンド・ア・プレヤー オランダ編』の編集長の名前を書いたわたしのメモをしまいながらいった。「もちろん、子どもによって成長はいろいろですけど。でも、ケヴィンちゃんは、もうそろそろ言葉が話せてもいいころだと思うんです。ほんのひとことか、ふたことでもね。一度、お医者様に相談なさったらどうでしょう。そうでなければ、もっと話しかけてみるとか」

わたしはそうすると約束し、ベビーベッドのほうを浮かない気持ちで見てからシボーンをエレベーターまで送っていった。「さっきの話だけど、これがあなたの子どもだったら、やっぱり全然ちがうわ。子どもをここに置いて家に帰ることはできないもの」

わたしたちはかすかにほほえみあい、シボーンはエレベーターのなかから手を振ってみせた。家の正面の窓から見ていると、彼女が走ってハドソン・ストリートを遠ざかっていくのが見えた。あのぶかっこうな脚で走れるだけ速く走って、わたしたちのアパートから、ケヴィンちゃんから、遠ざかっていくのが。

ケヴィンのところにもどると、彼は身をよじりながら怒りの泣き声をあげていた。わたしはそれを見ても、抱きあげてはやらなかった。そうしろという人はだれもいなかったし、抱きたくなかったから。シボーンはおむつをチェックしたほうがいいといったけれど、それもしなかった。ミルクを温めることもしなかった。わたしはケヴィンが泣くだけ泣かせておいた。自分はベッドの柵の上で指を組み、そこに顎をのせて見ていた。ケヴィンは四つんばいになって足を踏んばっていた。そういえば、こういうのを母親学級で分娩のために力をいれやすい姿勢のひとつとして教わったっけ。子どもというのは泣くときは目を閉じているものだけれど、ケヴィンは薄目を開けて泣いていた。

目が合ってふたりでじっと見つめあったとき、わたしはついに彼とわかりあったのを感じた。彼の瞳はまだほとんど真っ黒で、そこに浮かんだ冷ややかな表情から、母親が今日だけはどんなことがあってもあたふたすることはないと見てとったことが伝わってきた。

「シボーンは、わたしがあんたにもっと話しかけたほうがいいと思うんですって」うるさい泣き声のなかでじらすようにそういった。「ほかには話しかける人なんかいないものね。あんたがシボーンを追いだしちゃったから。そうよ、あんたが泣きわめいて追いだしちゃったのよ。ねえ、どういうつもりなの、このクソがき。マミーの人生をこんなにめちゃくちゃにしてうれしい？」声だけは専門家ご推奨の猫なで声でそういった。「あんたは、パパはうまくだましたつもりなのよね？　でも、マミーはあんたがほんとはなにを考えてるか、ちゃんとわかってるんですからね。あんたはほんとにクソがきよ。ちがう？」

ケヴィンは両手をついて立ちあがったけれど、泣くのもやめなかった。ベッドの柵をつかみ、わたしの顔からほんの数インチのところで泣き叫ぶので、わたしは耳が痛くなってきた。顔はくしゃくしゃで老人のよう、そして刑務所にとらわれながらすでに爪でトンネルを掘りはじめている囚人のように「いまに見ておれ」という表情を浮かべていた。動物園の世話係への注意事項と同じ意味で、あまり近づいたままでいるのは危険だった。シボーンがいった髪の毛の話は冗談として聞ける話じゃなかった。

「マミーはケヴィンちゃんが来る前はとっても幸せだったの。あんたもわかってるでしょ？　でも、いまは朝になって目が覚めると、いつもいまフランスにいたらなあって思うの。どう、ひどい人生でしょう？　死んだほうがましだと思うこともあるのよ、あんたのギャーギャーをこれ以上聞くより、死んだほうがましだって。いっそのことブルックリン・ブリッジから飛びおりようかと思うことだって――」

ふりむいたわたしは真っ青になった。あなたの顔がこのときほど無表情になったのは見たことがなかった。

「言葉はしゃべれなくても、人がいうことはちゃんとわかってるんだぞ」ケヴィンを抱きあげるためにわたしのそばをすり抜けていきながらあなたはいった。「こんなに泣いてるのに、だまってつっ立って見ているきみの気がしれないよ」

「フランクリン、落ちついてちょうだい。ちょっとふざけてただけなんだから」抱かれて向こうへ行くケヴィンを、わたしはギロリとにらんでやった。エレベーターのドアが開く音が聞こえなかったのは泣き声のせいだと思いながら。「わたしはストレス解消してたのよ。シボーンがやめたわ。聞こえた？　シボーンがやめたの！」

「ああ、ちゃんと聞こえたよ。残念だな。また新しい子を雇うんだな」

「彼女はこの仕事を最初からずっと、ヨブ記（旧約聖書の一書。義人ヨブが罪なくして苦悩を味わい信仰により救われる）の現代版だと思ってたことがわかったわ。さあ、ケヴィンに着替えをさせるから」

あなたは近づこうとするわたしからケヴィンを遠ざけた。「きみはまともな精神状態になるまで、あっちへ行っててくれ。なんなら、ブルックリン・ブリッジから飛びおりてくれてもいい。どっちでも好きにしろ」

わたしはあなたのあとからついていった。「ところで、郊外に引っ越すって、どういうことなのよ。いつからそんなことになったの？」

「いつからか？　きみの言葉を借りさせてもらうなら――うちのクソがきが、立って歩きはじめたときからだ。エレベーターが死の落とし穴になりかねない」

「柵を作ればいいじゃないの」

「この子には庭がなくちゃな」神妙な顔で汚れたおむつをバケツに投げいれながらそういった。「そこでキャッチボールしたり、プール遊びをしたりさせるんだ」

ぞっとすることに、そのときわたしにもわかってきた。あなたは自分の子ども時代のこと――理想化した自分の子ども時代のこと――を考えていたのね。アメリカという国の理想像と同じことで、これにもまた痛い目に遭わされるだけなのかもしれないのに。

「わたしはニューヨークが大好きなのよ！」わたしはそのままステッカーとしてバンパーに貼りつけられそうなセリフを吐いた。

「ここは空気が悪いし、ばい菌だらけだ。子どもは七歳になるまで免疫システムが完全にできあがっていないんだ。それに将来のことを考えると、いい学校のある学区に引っ越したほうがいい」

「この町の私立学校は全国的に最高レベルじゃないの」

「ニューヨークの私立学校はお高くとまっているうえにひどい競争社会だ。ここの子どもたちはみんな、六歳のときからどうやったらハーバードに入れるかで頭を悩ましてるんだ」

「ごくごくささいなことかもしれませんけどねえ、あなたの妻がこの町を離れたがらないという問題はどうなるわけ？」

「きみは二十年ものあいだ、自分の好きなことをしてきた。ぼくだってそうだ。それにきみもいってたじゃないか。自分はなにか価値のあることに使うために金を稼いでるんだって。いまこそ、そのチャンスなんだよ。ぼくらは家を買うべきだ。土地つきで、タイヤブランコのある家をね」

「うちの母はなにか大きなことを決めるときに、わたしのためを考えてくれたことなんか一度もなかったわ」

「きみのおかあさんは四十年間も家のなかに閉じこもってる変人だ。ふつうの人じゃないんだ。あの人を手本にしてどういう母親がいいかなんて考えられるわけがない」

「そうじゃないの。わたしが子どものときは、なんでも親が思いどおりにしていた。ところが、自分が親になったと思ったら、今度は子どもの思いどおりにするわけ？ それじゃ、ぶったくられっぱなしじゃないの。信じられないわ」わたしはどさっとソファに座った。「わたしはアフリカに行きたいのに、あなたはニュージャージーに行きたいという……」

「なんでここでアフリカなんだ？ まったく、その話ばっかりしつこく蒸しかえして」

「うちの会社は『ウィング・アンド・ア・プレヤー アフリカ編』を出すことに決めたの。うちはヨーロッパでは、『ロンリープラネット』や『ラフガイド』にかなり危ないところまで押しこまれているのよ」

「その本の企画がどうしてきみと関係してくるんだ」

「アフリカ大陸は広いわ。だれかが事前調査をして方針を決めなきゃならないのよ」

「きみ以外のだれかがね。きみはいまだにわかってないみたいだね。もしかしたら、母親になることを『べつの国』になぞらえたあたりがまちがいのもとだったのかもしれない。子どもを育てるということは外国に観光旅行に行くのとはちがうんだ。ケヴィンがエレベーターのドアにはさまれて手を失ったら、きみはどんな気がすると思う？ こんな空気の悪いところにいて喘息にでもなったら？　きみがスーパーで買い物をしているあいだに、誘拐でもされたら？」

「ほんとうは、あなたが家がほしいだけなのよ」わたしはそう決めつけた。「あなたが庭がほしいだけなの。あなたはノーマン・ロックウェルが泣いて喜びそうな父親像と、リトル・リーグのコーチになる夢を後生大事に持ってるのよ」

「そのとおりだ」あなたはおむつ替え台のそばで仁王立ちになっていた。替えたばかりの真っ白なおむつをしたケヴィンを小脇に抱えて、勝ち誇った顔をして。「そして、ぼくらはふたりなのに対してきみはひとりだ」

ふたり対ひとりというこの構図。この先わたしはこれに何度も直面させられることになったわ。

エヴァ

二〇〇〇年十二月二十五日

親愛なるフランクリン

クリスマスを母のところで過ごすことにしたので、この手紙はラシーンからです。ジャイルズは最後の最後になって――わたしが行くことを知ったあと――この休暇を一家で奥さんの実家に行って過ごすことになりました。わたしとしては、そう聞いておおいに傷ついてもよかったし、いっしょに母をからかって楽しむ相手がいないというだけの理由でも兄に会えないのは残念だった。でも、七十八歳になってだいぶ弱ってきた母を、わたしたちがえらそうに批判するのもちょっと酷かなと。それに、ジャイルズの気持ちもわからないではないの。彼や彼の子どもたちがいるところでは、わたしはケヴィンのこともメアリーとの裁判のこともけっしていわないのよ。それから少し申し訳ないと思いながら、あなたのことも。でも、雪のこととかサルマには松の実を入れるべきかとかいった、あたりさわりのないことを話していても、兄にとってわたしは家に入りこんできた恐怖の化身なのよ。母がドアに鍵をかけ窓に目ばりをして、懸命に防ごうとしたにもかかわらずね。

ジャイルズはわたしが家族の悲劇をひとりで背負ってるつもりだと思ってる。だから、怒ってるの。そうでなくても自分は家から離れたくてもせいぜいミルウォーキーみたいな近場どまりだったから、いつでも会えるということで母に軽んじられているという思いがあった。それに対して、わたしは何十年ものあいだラシーンから離れられるだけ遠くに離れていた。彼の考えでは、デビアスのダイヤモンドが出荷量の制限のおかげで高値を維持できているように、わたしはわざと家に寄りつかないようにすることで、ありがたがられようとしているというわけ。さらにこのさもしい妹は、息子をだしにして世間の同情を一身に集めようとしている。バドワイザーに勤め、いいたいこともいわずに生きてきた兄は、だれであれ新聞に名前が載った人には尊敬とねたみのまじった気持ちを抱くの。わたしが有名になったといっても、その名声なんてなんの価値もないものなんだって、いつか兄にいってやりたいと思っているんだけど。こんな名声だったら、どんな平凡な親だって突撃銃で百発撃つのにかかる六十秒もあればいくらでも手に入れられる、だからわたしも自分を特別な存在だなんて思ってないんだって。

わたしは何年ものあいだ、母にはわたしの生き方なんてわかりっこないんだと思っていた。でも、あの「木曜日」以降、わたしこそ母の生き方をわかろうとしてなかったんだと思いしらされたわ。母とわたしは何十年も疎遠だったけど、それは母の広場恐怖症のせいじゃなくて、わたしがよそよそしかったせい、寛容さが足りなかったせいだった。わたしは人のやさしさに飢えるようになってはじめて、自分も人にやさしくできるようになった。だから、いまのわたしたちは驚くほどうまくいってるわ。旅行ばかりしていたころのわたしは、たぶん思いあがった生意気な娘だったと思う。そんな娘も必死で心の安らぎを求めるうちに幼子にもどって、母に甘えられるようになったのかもしれない。

インターネットが使えるようになったことが、良かったのか悪かったのかはわからないけど、いまの母はストッキングからブドウの葉にいたるまでのあらゆるものをネット販売で買っている。おかげで、以前は家に帰るたびにわたしが出かけていってしてこなければならなかった用事が、すべて片づいてしまっている。わたしとしてはちょっと寂しいことにね。まあ、この新しい技術のおかげで母が自立を――これを自立といっていいのならだけど――手に入れたのなら、それはそれでいいことだとは思うわ。

母はね、ケヴィンの話題を避けようとしないのよ。今朝、母がネットで買った貧相なクリスマスツリーのそばで、それぞれがわずかばかりのプレゼントを開けてたとき、母がいったの。ケヴィンはふつうのいたずらってものをほとんどしなかったねえ、子どもというものはだれでもいたずらをするものだけどね、って。母はそれで落ちつかない思いをしたそうよ。だって、子どもがわかりやすいいたずらをしているあいだはかえって安心していられるから。それから母は、十歳くらいになったケヴィンを連れていったときのことを話しだした。そのとき母は地元大手企業のお偉いさんからの注文で、一点ものの グリーティングカードを二十五枚仕上げたところだった。ところが、わたしたちが台所でクラビアにお砂糖をかけたりしているあいだに、ケヴィンがカードにはさみを入れてすべて紙吹雪のようにしてしまった(あなたはいつものように「きっと手伝いをしたかったんだよ」といったわ)。十歳といえばもう善悪をわきまえていたはずだけど、どこか欠けたところのある子だったねえ、あの子は、と母はいったわ。過去形でね。まるでケヴィンがもうこの世にいないかのように。母としてはわたしの罪悪感を少しでも軽くしようと思ってこういったのかもしれなかったけど、わたしはその欠けたところ、欠けたものというのは、母親だったんじゃないかという気がしたわ。

母との関係がこんなふうに変わったのは、あの「木曜日」の夜、すがるような思いでかけた電話からだった。だってああいうとき、母以外のだれを頼れるというの？　それだけの絆が母とはあるんだと思うと胸をつかれたわ。ケヴィンとの関係では、あの子がわたしに助けを求めたことはただの一度もなかったから。膝をすりむいても、遊び友だちとけんかをしても。

「はい、こちらソーニャ・カチャドリアンです」電話を取ったときの母の受け答えは型どおりで、いつものように落ちついていた。それを聞いて、夕方のニュースを見てないことがわかったわ。

「お母さん――」小学生みたいな涙声でそういってわたしは絶句してしまった。しばらくいたずら電話と疑われかねないほど激しい息遣いをしながら、どうしても言葉が出てこなかった。急に心配になったの。ウォルグリーンズに雑貨を買いにいくのさえ怖がっている母が、孫が殺人をおかしたなんていう恐ろしい話をちゃんと受けとめることができるだろうかって。とんでもない、とわたしは思った。母はもう七十六歳で、すでに玄関ドアの郵便物用の小窓から外をながめるような生活をしている。こんなことを聞かせたら、寝こんで永遠に起きあがれなくなるかもしれない。

でも、アルメニア人には悲しみに対する特別な才能があるのね。母は驚きもしなかったのよ。沈鬱な声ではあったけれど落ちついていた。そして、あの年になってはじめて親ならではのふるまいをしてくれた。自分に頼っていいから、といったの。以前のわたしだったら、一笑に付したにちがいない言葉だけど……。母にとっては、以前からの自分の恐れがついにほんとうになったというだけだったのかもしれない。ほっとした一面さえあったかもしれない。いつくるかわからない時化《しけ》に備えてハッチを閉めっぱなしにしている自分の生き方が、根拠のないものじゃなかったとわかったわけだから。ラシーンに帰ってくるようにという母の誘いを、警察の事情聴取があるかもしれないと考えて断ると、母が、あの家に閉じこもりきりの母が、憂鬱そうにいったのよ。自分が飛行機でそちらへ行くと。

シボーンがやめて（結局、彼女はあれきり姿を見せず、最後のお給料の小切手はアムステルダムのアメックス気付で送るはめになった）何日もたたないうちに、ケヴィンは泣かなくなった。あんなに泣き叫んでいたのが嘘のようにぴったりと。ベビーシッターを追いはらって任務完了ということだったのかもしれない。あるいは、ベビーベッドの上の幽閉生活のなかでじりじりと時間が過ぎていくのは、泣いたくらいでは変えられないとわかり、エネルギーのむだと見てとったのかもしれない。あるいはまた、車の警報装置が鳴りつづけると人の注意を引かなくなるのと同じで、泣き声に慣れた母親の気を引けなくなったから、そろそろべつの手を考えようということだったのかもしれない。

あなたにはほとんどいわなかったけれど、ケヴィンが静かになっても、これはこれでうっとうしかったわ。まず、だまり方が徹底していた――完全にだまりこくり、口はむっつり閉じたままで、たいていの子どもがベビーサークルのなかの三フィート四方の世界を探検してまわるときにあげる、ため息や小さなつぶやきさえもらさなかった。そのうえ、あの無気力さがたまらなかった。ケヴィンはすでに歩けるようになっていたにもかかわらず――ほかの能力と同様、これもわたしたちが見ていないところでひとりで覚えた――、とくにどこかに行きたいとは思わないようだった。だから、ぼんやりした目に不満の色を浮かべながら、何時間もベビーサークルのなかや床にじっと座っている。ああやってずっと座っているのに、床に敷いてあるアルメニア絨毯の毛羽をむしることさえしないのが不思議でしょうがなかったわ。もちろん、カラフルな輪投げを出して投げてごらんと誘ってもだめ、ビジーボックスについているハンドルをまわして音を出してみようと誘ってもだめ。わたしはあの子のまわりにいつもたくさんのおもちゃを並べておいたけど（なにしろあなたがおもちゃを買ってこない日はなかったから）、それもだまって見ているか蹴とばすだけで、けっして遊ぼうとはしなかった。

あなたがあの時期のことでいちばんおぼえているのは、家を買う話とわたしのアフリカ行きの話でけんかばかりしていたことでしょうね。でも、わたしがおぼえているのは、ベビーシッターがいなくなってから来る日も来る日も家にいて、のろのろと時間が過ぎていったこと。なぜか、時間の過ぎ方が遅いのは、ケヴィンが泣き叫んでいたころとまったく変わらなかった。

母親になる前のわたしは、子どもが家にいるというのは、賢くてよくいうことをきく犬がいるようなものかと思っていた。でも、ケヴィンの存在感を知ると、ペットと比べるなんてとんでもないことだとわかった。わたしはいついかなるときでも、ケヴィンがそこにいるのを感じた。彼は積極的になにかをするわけではなかったから、前より家で編集の仕事ができるようにはなったけれど、いつも彼に見られている気がして、ゆっくり座っていられなかった。だから、ボールをケヴィンの脚のあいだにころがしてみたりした。あるとき、めずらしくケヴィンが乗ってきて、それをころがし返した。わたしは大喜びで、自分でも恥ずかしくなるくらいうれしくて、もう一度ボールをころがした。ケヴィンがころがし返した。でも、もう一度ころがしても、もう同じことは起こらなかった。脚のあいだにころがったままのボールを、ケヴィンは気のない顔でながめるだけだった。このとき、この子は頭が良すぎるんじゃないかと本気で思ったわ、フランクリン。だって、たったの六十秒ほどで全部を理解してしまったんですもの。ボールをあっちとこっちでころがしあうゲームだということ、そしてそれがどう考えてもばかげた遊びだということまで。いくらやってみても、二度とこの遊びをさせることはできなかったわ。

この手のつけようのない無気力さに加えて、あなたが買ってきた育児書のすべてが言葉を覚えはじめるころとしてあげている時期をかなり過ぎてもまったく言葉が出てこなかったから、小児科医に相談せずにはいられなかった。フォーク先生は、子どもの発達には個人差があって「正常」といわれる範囲でも早い子と遅い子がいるのだというどこかで聞いたような説明で、安心するようにいったけれど、いちおう簡単なテストを受けさせてくれた。わたしはケヴィンの反応が鈍いのは耳がよく聞こえてないからではないかと、疑問をぶつけてみた。名前を呼んでもすぐにはこちらを見ないし表情も変わらないので、聞こえているのかどうかわからなかったから。でも、耳に障害はなかった。赤ん坊のときに大声で泣きすぎて声帯を痛めたのではないかというわたしの質問は、医学的には考えられないと一蹴された。わたしはケヴィンが人とのかかわりがへたなのは自閉症の初期の症状ではないか、という疑問まで思いきってぶつけてみた。でも、体を揺すりつづけたり何度も同じ行動をくりかえすといった、自閉症児に特徴的な行動はケヴィンには見られないし、たとえ閉じこもりがちだとしても、彼がいる世界は自閉症児のようにわたしたちのそれとはちがう世界ではない、といわれた。結局、フォーク先生がいちばん問題にしたのは、ケヴィンが「ぐにゃぐにゃしている」、つまり体に力がないことだった。実際、先生がケヴィンの左手をもって上にあげ、手を離すと、だらりとおりてきてしまった。

わたしがなにがなんでもケヴィンに病名をつけてもらいたがったから、先生はわたしのことをノイローゼ気味の母親と思ったかもしれないわね。自分の子どもは特別だと思いたいものの、欠陥とか病気の形でしか特別さを思いつかないような母親のひとりだと。正直にいうと、わたしはケヴィンがなにか具体的な問題を抱えていてくれたらと思っていた。小さな障害とか欠陥を持っていてくれれば、もっと彼に心を寄せてやれるような気がしたから。わたしだって血の通った人間なんだから、病院の待合室で頬に白斑のある子や手が水かき指になっている子を見かけると、学校でどんなにかいじめられているだろうと、その子のことを思いやらずにはいられなかった。ケヴィンのこともせめてかわいそうだと思えたら。そうすれば、そこからなにかがちがってくる気がしたの。

ケヴィンの体重は標準を下まわっていて、その体には二、三歳児らしい丸っこさがなかった。ふつうならそのくらいの年齢の子はぽっちゃりした体型をしているのがかわいくて、どんなに不器量でも不思議と写真に撮りたくなるわよね。でも、ケヴィンの顔は赤ん坊のころからフェレットのようにとんがっていた。せめて幼いころのころころ太った写真を見ながら、こんなにかわいかったのになにがいけなくてこんなふうになったんだろう、と思えたらよかったのに。現実には、わたしの手元にあるスナップ写真からわかるのは（あなたが山のように撮ったから）、あの子の油断のなさと、見ていて憎たらしくなる落ちつきだけ。写真の細くて浅黒い顔には、いやというほど見なれた特徴がある。深くくぼんだ目、ほんの少しかぎ型になった広くて高い鼻すじ、きっぱりと結んだ薄い唇。

スナップ写真の顔に見覚えがあるのは、それが高校のクラス写真からとってたくさんの新聞に載ったあの顔に似ているから。いや、それ以上に、わたしの面影を宿しているからなの。

わたしはケヴィンにはあなたに似ていてほしかった。でも、あなたの顔が四角なのに対してあの子の顔の形は逆三角形。四角い顔には安定感があって頼りにできそうだけど、三角形の顔はずる賢くて油断ならない感じがするのよね。フランクリン・プラスケットのクローンがほしかったとはいわないけれど、あの子の顔を見るたびにあなたの広い額を受け継いでいることがわかったら、どんなにうれしかったかと思うの。実際には、彫りの深い顔といえば聞こえはいいけれど、年をとるとともに目が落ちくぼんで見えてしまう(自分がそうだからよくわかるの)つきだした額をしている。あの子がひと目でアルメニア系だとわかる容貌をしているのは、もちろんうれしかった。でも、あなたのアングロサクソンの活発な気質がまじっていれば、粘着質なオスマンの気質もいくらかはよどみが少なくなったかもしれないのにと思ったわ。浅黒いだけのケヴィンの頬にもフットボールの選手を思わせる赤みがさし、陰気くさい黒髪にも独立記念日の花火を思わせる色味が咲いたかもしれないのに。さらにいうなら、あの子のこちらを盗み見るような視線と徹底した沈黙に接すると、わたし自身の猫かぶりのミニチュア版を見せられている気がした。あの子に見つめられると、同時に自分自身に見つめられているようで、わたしはますます自意識過剰になっていった。ケヴィンの計算高そうな落ちつきはらった顔つきが気になる一方で、鏡をのぞくと、それとそっくりのなにを考えているかわからない顔に見かえされたのよ。

わたしはケヴィンをテレビの前に座らせておくのはいやだった。子ども向け番組は、アニメは騒々しいし、教育番組は嘘くさくて人をばかにしている感じで、どちらも好きになれなかったから。でもケヴィンにはあまりにも刺激が足りない気がしたので、ある日の午後、わたしは「さあ、ジュースの時間よ！」と勢いよく宣言すると同時に、放送中のアニメをつけてみた。

「これはやだ」ケヴィンがいった。

わたしは夕飯のためにすじをとっていた豆を放りだしてふりむいた。わたしは急いでテレビの音を小さくし、ケヴィンのほうに身をかがめて訊いた。「いま、なんていったの？」

ケヴィンがなんの抑揚もなくくりかえした。「これはやだ」

彼とのぎくしゃくした関係のなかで、わたしがこんなにてきぱき動いたことはなかったわ。さっそくケヴィンの両肩をつかんで訊いた。「ケヴィン、いい？ ケヴィンはなにが好き？」

これはケヴィンには答えることができない質問だった。ちなみに彼は十七歳になったいまでも、この問いに対してわたしを満足させるような答えはおろか、自分を満足させるような答えさえ見つけられないでいる。わたしは、彼がいやなことに話をもどすことにした。すると、これの答えは際限なくあることがわかった。

「ねえ、ケヴィン。あなたがやめてほしいのはなに？」

ケヴィンはテレビを叩きながらいった。「これはやだ。これ、やめて」

わたしは立ちあがって驚きを噛みしめた。ああ、もちろんテレビは消したわよ、いい趣味の子を持ってよかった、と思いながら。わたし自身がまるで子どもに返ったように、この新しいわくわくするようなおもちゃをあれこれいじってみずにはいられなかった。

「ケヴィン、クッキー食べる？」

「クッキーはきらい」

「ケヴィン、パパが帰ってきたら、パパにもお話ししてみせてくれないかな？」

「やりたくなくなければね」

「ケヴィン、マミーっていってくれる？」

じつは、子どもに自分をなんと呼ばせるかについては散々迷っていた。マミーだとあまりにも赤ん坊じみているし、マーは田舎くさいし、マムはおべんちゃらに聞こえる。ママだと電池で動く赤ちゃん人形かなにかがいってるみたいだし、マームはくそまじめに聞こえるし、マザーは一九八六年にはもうよそいきすぎる呼び方になっていた。いまから考えると、わたしがこうした一般的な呼び方のどれでも呼ばれたくなかったのは、やはり抵抗があったからじゃないかと思うわ——そのときになってもまだ母親になることへの抵抗がね。でも、呼び方を決められないでいたのは結局、たいした問題じゃなかったのよね。この質問への答えも「やだ」しか考えられなかったんだから。

あなたが帰ってきたとき、ケヴィンはいくら頼んでもしゃべってみせようとはしなかった。でも、わたしが彼との会話をそのまま再現して聞かせると、あなたは有頂天になったわ。

「話しはじめたばかりなのに、最初っから完璧な文章になってるじゃないか！ 晩生《おくて》の子はとても賢いと、たしかどこかに書いてあったぞ。完全主義者なんだ。ちゃんと完璧にできるようになるまで、ためしにいってみるなんてことはしないんだよ」

わたしは内心、まったくちがうことを考えていた。ケヴィンは何カ月も前にしゃべれるようになっていたのに、それを隠して、わたしたちが彼の前でしゃべることを盗み聞きしていたんじゃないかと。それに、彼がちゃんと文章をあやつれることより、いったことの中身のほうが気になっていた。こんなことをいうと、あなたがまたいらつくのはわかっているけれど、ときどき思うのよね。

あなたとわたしとでは、どちらかというとわたしのほうがケヴィンを知りたがってたんじゃないかって（ふふふ、あなたがかんかんになってるのが目に見えるようだわ）。もちろんありのままのケヴィンのことを、ってことよ。あなたの息子のケヴィンを、じゃなくて。あなたにそういうふうに思われることで、あの子はあなたの頭のなかにある理想の息子像と戦いつづけるはめになった。後に妹とはりあったときよりももっとすさまじく、その息子像とはりあわなければならなかった。たとえば、その晩、わたしがこういったのをおぼえてる？

「わたしはずっと気になってたの。あの子の鋭い目の奥にはいったいなにがあるのかしらって」

あなたは肩をすくめていったわ。

「ヘビにカタツムリに子犬のしっぽだろ（マザーグースにある「男の子はなんでできてる」ではじまる詩の一節で、よく引用される）」

そういうことなのよ。ケヴィンはわたしにとっては謎だった（いまでもそう）。でも、あなたは男の子はこうなんだとのんきに信じていて、自分もかつては男の子だったんだから、努力しなくても彼を理解できると思ってる。あなたとわたしでは、人間というものについての考え方も根本的なところでちがっていた。あなたの考えでは子どもは人間としてはまだ未完成で、単純な生き物で、大人になるにつれて複雑な人間に成長していく。それに対してわたしは、自分の胸の上にあの子が置かれたときから、あの子のことをケヴィン・カチャドリアンという一個の人間してとらえていた。もちろん、そのときはまだ全貌を現してはいなかったけれど、広大で変化しつづける内面を持った人間として。そして、その性格の起伏は年をとるにつれてむしろ減っていくんじゃないかと思ってた。わたしにとってケヴィンは見たいのに見えない存在。それに対して、あなたの彼との接し方はなんとのんきで朗らかだったことか。

このときから何週間かのケヴィンは、昼間わたしといるときはしゃべって、あなたが帰ってくるとだまりこんだ。エレベーターの開く音がすると、共犯者の顔でこちらを見たわ。いっしょにパパをかついでやろうよという顔。あの子がわたしだけに言葉を発してくれることは、わたしにとっては後ろめたい喜びでもあった。そして、いろいろわかったこともあった。あの子はライスプディングがきらいだった。シナモンをかけたのも、かけてないのもきらい。ドクター・スースの絵本もきらい、わたしが図書館で借りてきたマザーグースの音楽CDもきらい。ケヴィンの語彙は非常にかたよっていて、きらいなものだけは驚くほどたくさんいうことができた。

この時期に唯一、あの子が子どもらしくはしゃいだことといえば、三歳の誕生パーティーのときだったわね。わたしはクランベリージュースをケヴィンのコップにつぐのに忙しく、あなたは何分かあとにはまたほどくことになるリボンをつぎつぎにプレゼントの箱にかけていた。ケヴィンが座っている補助椅子の前のテーブルには、三層のマーブルケーキにバタークリームで野球のデコレーションをしたバースデーケーキが置いてあった。あなたがファースト・アヴェニューのヴェニーロで買ってきて、誇らしげにそこに置いたケーキ。ところが、わたしたちがふたりとも後ろを向いていたわずか二分ほどのあいだに、ケヴィンはお気に入りのウサギの人形の詰め物をすっかり引っぱりだしてしまったときにも似た才能を発揮した。最初にわたしの注意を引いたのは、せせら笑いの練習をしているのかというような小さな笑い声だった。見ると、ケヴィンの手は壁塗り職人のよう、顔には喜々とした表情をうかべていた。

あなたは笑いだした。せっかく買ってきた特注のケーキに降りかかった災難を、あなたが喜劇ととらえていることを知ってほっとしたわ。でも、ケヴィンの手を濡れふきんで拭いてやりながらいっしょに笑っていたわたしは、途中で声が出なくなってしまった。ケーキは見事にまっぷたつに腑分けされていて、中心線に両手をつっこんで思いきりよく左右に分けたケヴィンの手際は、「心停止！」とか「執刀開始！」とかいった言葉が飛びかう医療ドラマの一場面を思いださせるものだったから。そのときのケヴィンもケーキで遊んだという感じじゃ全然なかった。あえていえば、ケーキの心臓をえぐり出したという感じだった。

わたしたち夫婦の紛争は、最後にはおたがいが交換条件をのむという形で決着がついた。つまり、わたしはあなたがハドソン川対岸の郊外に家を見つけることを認め、あなたはわたしがアフリカに調査に出かけることを認めてくれた。わたしにとってはあまりうれしい決着のしかたじゃなかったけれど、人は切羽詰まると、目の前の問題さえ解決できれば、その後にどんな大きな問題が起ころうとかまわなくなっちゃうのね。わたしは「一杯のシチューのために家督権を売った（聖書のなかの言葉）」のよ。

このアフリカ旅行のことを後悔しているわけじゃないのよ、わたしは。でも、時期が悪すぎた。母親になったわたしは、食と排泄という低次元の問題と日々向きあわざるを得なくなっていた。そして、アフリカにあるのはなにかというと、まさにこのふたつの問題だったのよ。もちろん世界じゅうのどこをさがしても、この問題のない国はないわ。でも、それを表に出さずに生きていけるのはありがたいことだし、もしかしたらわたしは、浴室にデラックスな石けんがあってメインの料理に少なくともチコリくらいはついてくるような、はなやかな国を旅するほうが性に合ってたのかもしれない。ブライアンがよくいっていたわ。子どもは退屈を癒す最高の薬だって。驚きに満ちた子どもの目を通して見れば、いままで退屈だと思っていたことが突然生き生きしためずらしいものになるって。これを聞いたときは、すばらしい万能薬に思えたわ。でも情けないことに、その子どもの目というのがケヴィンの目だと、世界中が信じられないほどわびしい場所に見えた。人々が群れて、食べ物をあさって、そこらにしゃがみこんで死ぬのを待っているアフリカ。ケヴィンの目には、世界じゅうがこんなふうに見えているんじゃないかと思ったら、どっと気持ちが落ちこんだわ。

そんな貧困のなかなのに、手ごろな価格のサファリツアー会社は見つからなかった。ほとんどの会社の請求額が一日あたり数百ドル。ホテルのクラス分けもわたしがターゲットとして考えている顧客層にはどっちつかずで、ぜいたくで高価か、不潔でものすごく安いか、のどちらかしかなかった。レストランはイタリア料理やインド料理は意外にいい店がそろっていたけれど、地元アフリカ料理の店にはろくに味付けしてないヤギ肉くらいしか置いてなかった。交通事情は最悪。鉄道は運休がしょっちゅうだし、飛行機は機体はボロボロ、パイロットは中米あたりの飛行訓練校を出たばかりという感じだし、車の運転はカミカゼ。バスときたら、定員の三倍の騒々しい乗客とばたつくニワトリでぎゅうぎゅう詰めだった。

文句が多いのは自分でもわかってるわ。でも、アフリカには二十代のときに一度来たことがあって、そのときはものすごく感動したのよ。あのときのアフリカはほんとに別世界だった。その後、野生動物は激減し、逆に人口は爆発的に増え、そういうことからくる貧困は驚くほど進んでいた。プロの目でこのときにまわった国を査定すると、すべて問題外だった。ウガンダは、アミンとオボテがワニの口に投げこんだ人々の死骸をいまだに回収している最中だったし、リベリアは例の無能な殺人狂サミュエル・ドウの統治下にあり、ブルンジではツチ族とフツ族の殺し合いが続いていた。

ザイールはモブツ・セセ・セコの独裁下にあり、エチオピアはメンギスツの独裁で荒廃が続き、モザンビークは反政府組織RENAMOが暴れまわっていた。一方、南アフリカを取りあげたりしたら、アメリカの消費者に『ウィング・アンド・ア・プレヤー』シリーズ全体の不買運動を起こされかねなかった。それ以外の小さな国については、そういう国こそきみが先駆けて紹介すべきじゃないかといわれそうだけど、旅慣れてない西欧の若者が『ウイング・アンド・ア・プレヤー』一冊を武器に出かけていって、なにかあったとしたらとても責任が持てないと思った。たとえば「トサボで二千シリングの所持金とカメラをねらった強盗。旅行者三人が殺されてガイドブックとともに溝にころがっているのが発見された」なんていう記事を読んだとしたら、ものすごい責任を感じるに決まってるもの。後にケヴィンがいったように、わたしには現実のものであれ想像上のものであれ、なんにでも責任を感じたがる癖があるのかもしれないわ。

わたしは市場調査会社の連中にも腹を立てていた。だって需要だけ調査して供給を調べないんじゃ意味がないじゃないの。うちの旅行書を頼りにここにやってきた旅行者が、とんでもない目に遭って、本来安い費用で楽しめるはずのこの大陸で、大きな対価を払わなければならなくなるのだけは避けなければならなかった。わたしだってたまには母性にあふれることがあって――それはシボーンのような読者に対してなんだけど――、人の善意を信じきっている子たちがナイロビの貧民街のようななにが起こるかわからない場所に迷いこむようなことだけはなくしたかった。でも、うちの会社の元気な学生軍団と優秀な職員が束になって作っても、そういう問題に全部対処したガイドブックを作れるという自信はなかったわ。つまり、『ウィング・アンド・ア・プレヤー アフリカ編』は見込みがないということだったの。

ただ、わたしがいちばん幻滅したのは自分自身のことだった。『ウィング・アンド・ア・プレヤー アフリカ編』の企画をあきらめてからはノートをとる必要もなくなり、なんの制約もなく気楽にこの大陸を歩きまわれるはずだったのに、目的地はすべて調査対象という旅に慣れていたわたしは、章ごとに付箋をつけて整理した旅程表がなくなると、急に途方に暮れてしまった。アフリカというのは、自分はここでなにをやってるんだと思いはじめたら居られた場所じゃない。

わたしはあなたとケヴィンのことを一瞬たりとも忘れることができなかった。あなたに会えない寂しさを抱えながら、ケヴィンが生まれてからずっと同じような寂しさを味わってきたことを思っていた。ひとりでこちらへ来たわたしが感じていたのは、解放感じゃなくて気の抜けた感じだった。ベビーシッターが雇えたかどうかも気になったし、ひょっとしたらあなたが子連れでロケハンの仕事に出かけるはめになっているんじゃないかと心配だった。どこに行ってもわたしの心は重く、ラゴスの穴だらけの道を歩いていても足に五ポンドの重りをつけられているようだった。わたしにはニューヨークでやりはじめたことがある、それはまだ全然終わったとはいえない、なのにわたしはそれから逃げてきた、そしてさらに悪いことに、その残してきたことはうまくいっていない。それだけは直視することができた。それがわかっただけでも孤独に耐えた意味があった。なんといっても、アフリカではありとあらゆるところに子どもがいて、子どものことを考えないわけにはいかなかったから。

三カ月にわたる旅行の最後のころにはいくつかのことがわかっていた。この旅行は、はじめてわたしが冒険心からではなく計画したものだった。自分がまだ若くて好奇心にあふれ、まだ自由であることを証明したくて、つまり自分が変わっていないことを証明したくて、出かけてきた旅行だった。でも、終わってみたら結局、わたしの生活が以前とはちがうということを思いしらされただけだった。自分が四十二歳という年齢相応にもう若くはないこともわかった。ほかの国に対するわたしの好奇心がじゅうぶんに満たされたこと、いまのわたしには手の届かない自由もあるということ、それを手に入れたければ、ほんとうに大切なものや価値や願望を捨てるしかないことも思いしらされた。

ハラレの空港では、八時間も飛行機の出発が遅れて椅子もあいてなかったから、砂まみれのリノリウムの上で一夜を明かすことになった。搭乗することになっていたボーイング737の到着が遅れたためだったけど、遅れの理由は政府の要人の奥さんがパリに買い物に出かけるために貸し切りで使って好き勝手なことをしたから。それまでは多少の不便は海外旅行に出発する踏切台みたいなものとうそぶいていたわたしが、これでさっさと意見を変えてしまったわ。『ウィング・アンド・ア・プレヤー』シリーズの序文にはどの巻にも「たとえ最悪の事態になっても、それは旅をスムーズにこなすための教訓と考えよう」という文章を入れていたのだけれど、こんな言葉にはもうだまされないわと思った。そして、欧米からのおおかたの旅行者と同様、冷房がきかないことにいらつき、大きらいなファンタ・オレンジしか飲み物がないことに文句をいった。おりしも売店の冷蔵庫が故障中で、そのファンタもひどく温まっていた。

汗だくになって延々と出発を待つあいだにいろいろと考えて、わたしの育児体験はまだまだ片足のつま先を水面にちょっとつけただけにすぎないという結論に達した。一九八二年には紆余曲折のすえに子どもを産むという決意をしたわけだけど、その決意をあらたにして、両足で育児の世界に飛びこまなければと思った。もう一度ケヴィンを産みなおそうと思った。わたしがそれに抵抗しさえしなければ、出産と同じように子どもを育てることでも、世界が変わるような体験ができるはずだから。そして、自分にいい聞かせたわ。ずっとケヴィンに教えようとしてきたように（そしてうまく教えられなかったのだけれど）、自分が関心を向ける対象がもともとおもしろかったりつまらなかったりするわけじゃない、自分がおもしろがろうとしなければ、おもしろくなるわけがないんだって。わたしは、ケヴィンが愛情に値する人間だという証拠を見せてくれるのを、腕組みして待っているだけだった。あんな小さな子にそんなことまで期待していたなんて。あの子はわたしがいとしいと思ってはじめて愛すべき子どもになるのよ。ケヴィンと両方から譲歩しあおうなんていうのはまちがっていたんだと思ったわ。

ケネディ空港までの飛行機のなかで、わたしは決意と希望と愛情ではちきれそうだった。でも、いま思いおこしてみると、そうやって離れているときがいちばん、わたしがケヴィンに愛情を感じていられる時だったんだわね。

メリー・クリスマス！　エヴァ

二〇〇〇年十二月二十七日

親愛なるフランクリン

母が今晩、女だけのパーティーを開きました。決める前に、わたしがそういう気になれるかどうかをちゃんとたずねてくれてね。でも、結局はタイミングが悪かったと後悔していたと思うわ。というのも、昨日、マサチューセッツ州ウェイクフィールドで、散弾銃と自動小銃とピストルを使った事件があったから。犯人はマイケル・マクダーモットという名前のソフトウェア・エンジニアで、自分が勤めていたエッジウォーター・テクノロジー社で七人の同僚を殺した。この不幸な巨漢がSFファンであることは、ケヴィンが小さすぎる服ばかり着ていたことをそのへんのだれもが知っているように、いまや全国的に知れわたってるわ。マクダーモットは雇い主に腹を立てていたんですって。雇い主が彼の滞納税支払い分を給料から差し引いたといって。いまじゃわたしも、この男の経済状態については、六年乗った車を差し押さえられそうになっていたことにいたるまで精通しているの。

今晩集まった女の人たちは、招待のお返しに母をパーティーに誘っても来てもらえないのはわかってたし、わたしも学芸会に行けないというときに聞かされたようなわけのわからない言い訳を聞くのに飽きていた。というわけで、最初はみんな遠慮がちにしていたものの、わたしという願ってもない特別ゲストの存在にも刺激されて、ついに堰を切ったようにマイケル・マクダーモットのことを話しだしたの。最初に口を開いたのは、裕福そうな年配のおばさまだった。あの若者も「ムッコ」なんていうあだ名をつけられて、どんなに傷ついたことでしょうねって。いつも無愛想なアリーン叔母は、自分の国税庁との戦いでは——一九九一年に納め足りなかった十七ドルが、利息と滞納税が加わって千三百ドルにまでふくれあがってるそうよ——自分がピストルを持ちだしたくなるような状況だと話した。でも、みんながなにをいってもわたしがどう思ってるか気にして、わたしの意見を尊重したがった。つまり、わたしは神経過敏な人について深い見識を持っている専門家というわけ。

とうとう最後にはきっぱりと、この孤独な太りすぎの男とわたしとはなんの面識もありませんからと釘を刺さなければならなかった。わたしが、いまやこの国には殺人一般という考え方はなく、法律一般を扱う弁護士もいないみたいといったら、みんなすぐにわかってくれたようだった。でもそれに続けて、なんでもかんでも専門化されて、職場殺人があり、学校での銃乱射事件《スクールシューティング》があり……、といったところで、急に部屋中に気まずい雰囲気が漂いだした。顧客窓口に電話をするつもりが、営業部にかかってしまったという感じだったわ。でも、ここにフロリダの話題をもってくるのは、だれがどの党の支持者かわからないからあまりにも危険だと思っていたら、だれかがアルメニア料理の話をはじめてその場が救われたの。

ちなみに、犯罪は割に合わないとよくいうけれど、ほんとにそうかしら？　だって、こうなったら国税庁はマクダーモットから税金はびた一文徴収できないでしょうし、この四十二歳の脱税者は国にかなりの額の訴訟費用を負担させることになるのよ。国税庁がいくらがんばって彼の給料から搾り取っていたとしても、とても比較にならないような金額をね。


こんな考え方をするようになったのは、法の値段というものがわたしにとっては抽象的な話じゃなくて、非常に実際的なお金の勘定を意味するようになったからなの。いまでも、あの裁判の一瞬一瞬が——民事裁判のほうよ。刑事裁判のほうはよくおぼえていない——よみがえってくることがあるわ。


「ミズ・カチャドリアン」記憶のなかで、再主尋問をはじめたハーヴィーが大声で呼ぶのが聞こえてくる。「原告はあなたがマンハッタンで会社を経営していて、息子の世話を他人まかせにし、息子が四歳になったときアフリカ旅行に出かけて家を留守にしたことを重視しています」

「あのときは、自分の人生を生きることが法に触れるなんて思ってなかったんです」

「しかし、旅行から帰ったあと、あなたは息子さんの良き母親となるべく、人を雇って会社の日常業務をまかせましたね」

「そのとおりです」

「あなたはそれ以降、自ら息子さんの主要な保護者となりましたね。実際、単発的にベビーシッターを雇う以外は、外部の人手を頼むのはやめましたね」

「ほんとのところ、ほんの一、二週間でもケヴィンといっしょにいられる人がいなくて。それで長期のベビーシッターを頼むのをあきらめたんです」

ハーヴィーは苦虫を噛みつぶしたような顔をした。自殺行為だ、というわけ。わたしはこういうのがわたしのユニークなところだと思ってるんだけど、ハーヴィーの疲れたような顔を見ると、わたしのことを手に負えない依頼主だと思ってるのがわかったわ。

「しかしですね、あなたはお子さんの養育には一貫性が必要だと考えた。それで、入れ替わりの激しいベビーシッターの雇い入れは中止した。常勤で会社に出るのもやめましたね」

「はい」

「ミズ・カチャドリアン、あなたはあなたの仕事を愛していましたね。仕事はあなたに大きな充足感を与えてくれていた。ということは、この決定はかなりの犠牲だったのではないでしょうか。あなたは、お子さんのためにそこまでしたわけですね」

「ほんとうに大きな犠牲を払いました」とわたしはいった。「でも、むだでした」

「質問を終わります、裁判長」あんなにリハーサルをしたのに、きみは！　というわけ。ハーヴィーはわたしをにらみつけた。

もしかしてわたし、一九八七年の時点ですでに将来、法廷での陳述が有利になるようにとでも考えてたのかしら。というのも、たしかにわたしの無期限の休職は、休んでいるのにこんなに給料を持っていくのかと思われかねないほど大々的なものだったけれど、それは形の上だけのことだった。

あなたたちふたりがケネディ空港に迎えにきてくれたときも、わたしはまず身をかがめてケヴィンを抱きしめた。あの子はあいかわらずお人形のようにぐったりしたままで、わたしを抱きかえしてはくれなかった。それでも、わたしが長いあいだしっかりと抱きしめていたのは、ハラレの空港でした生まれ変わろうという決意の現れだった。「会いたかったわ、ケヴィン！」わたしはいった。「あのね、ケヴィンがびっくりするようなことが、ふたつもあるのよ！　ひとつはおみやげ。もうひとつは、マミーからのお約束よ。マミーはもう、けっしてけっして、長いあいだ遠くに行ったりしません！　わかった？」

わたしの腕のなかでケヴィンの体からさらに力が抜けていくのがわかった。わたしは立ちあがって、寝癖のついたケヴィンの髪をなでつけてやりながら、内心穏やかじゃなかったわ。こっちは母親らしくふるまってはいたけれど、こんなにぐったりした子どもを知らない人が見たら、わたしが地下室の給湯器に手錠でつないで虐待していると思ったんじゃないかしら。

わたしはあなたにキスをした。ほら、子どもって、両親が仲良くしているのを見たがるものでしょう？　でも、ケヴィンは地団駄踏んだかと思うと、あなたの手を引っぱりながら奇声をあげた。もちろん、わたしの考えがまちがっていたのかもしれない。わたし自身は母が父にキスをするところなんて見たことがなかったから。見たかったけれど、それはかなわぬ願いだから。

あなたはさっさとキスをやめて口ごもりながらいった。「すぐにはうまくいかないよ、エヴァ。このくらいの子どもにとっちゃ、三カ月は一生にも思えるくらい長い時間だ。だから、憤慨してたんだよ、きっと。きみが二度と帰ってこないと思ってね」

あら、期待に反して帰ってきてしまったから憤慨してるんじゃないの？　そう皮肉をいいたくなったけれどやめておいた。家族のために犠牲を払おうというのなら、まずは快活にふるまうことからよね。「その、もおー、もおーって、なんなの、ケヴィン?」あなたの手を引っぱって奇声をあげつづけているケヴィンにいった。

「チーズスナックが食べたいってことさ」うれしそうにあなたがいった。「最近のお気に入りだ。よおし、ぼうず! おいしくてけばい石油化学製品をさがしに行こう!」

あなたはケヴィンとふたりでターミナルビルのなかを歩いていってしまい、わたしは自分でスーツケースを押してついていくはめになった。

ピックアップに乗ろうとすると、助手席にはさまざまなとけ具合のスナックがいくつか落ちていて、まずそれを拾わなければならなかった。好きだというわりには、ケヴィンはこれを食べるところまではせず、ただしゃぶるだけだった。まわりの蛍光色のコーティングを吸いとり、たっぷり唾でとかして。

「たいていの子どもは砂糖の味が好きだろう?」あなたがしたり顔でいった。「でも、うちの子は塩のほうが好きなんだ」。まあ、たしかに塩好きのほうが砂糖好きよりはいいかもしれないけれど。

「日本人は逆の意見みたいよ」わたしは、拾いあつめたスナックを窓の外に捨てながらいった。後ろにも座席があるのに、ケヴィンのチャイルドシートはわたしたちふたりのあいだに取りつけてあった。そのせいで、いままでのように、あなたの腿に手をのせられないのが寂しかった。

「ママーがおならした」とケヴィンがいった。マミーとマザーのあいだをとってママー(かわいかった、というか、かわいいはずだった)。「くさい」

「そういうことはわざわざいわなくてもいいのよ、ケヴィン」わたしはノーフォークで乗り換え便を待っているあいだに、マッシュドビーンズとバナナの入った料理を食べていた。「〈ジュニア〉で食事っていうのはどうだい？」とあなたがいった。「あそこならちょうど帰り道にあるし、子どもも連れでも入りやすいからな」

わたしの状態にこんなに無頓着なことをいうなんて、あなたらしくなかった。ナイロビから飛行機を乗り継いで十五時間もかけて帰ってきたのだから、少しは疲れているかもしれないし、座りっぱなしで体がむくんでいるかもしれない。機内食のデニッシュペストリーとチェダーチーズでお腹がいっぱいで、チーズケーキくらいしか食べる気になるものがない安ぴかの軽食堂に入る気分にはとてもなれないかもしれないのに。わたしの気持ちをいえば、ほんとうはケヴィンをベビーシッターにまかせてあなたひとりで迎えに来てほしかった。そして、静かにお酒の飲める店に連れていき、わたしが母親として生まれ変わったことを打ちあけるのをゆっくり聞いてほしかった。いいかえると、これからケヴィンともっとちゃんといっしょに過ごすつもりだという話をするのに、そのあいだもケヴィンとはいっしょにいたくなかったということになるわね。

「いいわ」とわたしは弱々しい声でいった。「ケヴィン、そのチーズなんとか、食べないんだったら、片づけちゃうわよ。そうやって遊んでたら、車のなかがかけらだらけになるでしょう？」

「子どもって散らかすものなんだよ、エヴァ！」あなたは陽気にそういった。「まあ、そうカリカリするなよ」

ケヴィンはわたしの顔を見てずる賢い笑いを浮かべたかと思うと、スナックをわたしの膝の上に置いて拳でつぶした。

レストランでは、ケヴィンは補助椅子は赤ちゃんの座るものだからといっていやがった。あなたはほんのしばらくケヴィンとふたりで暮らしただけで、鼻持ちならない教育評論家になってしまったようだったから、わたしがびしっといってやった。「わかったわ、ケヴィン。でも、おぼえておきなさいよ。大人と同じようにしたいんだったら、大人と同じようにちゃんと座ってるのよ」

「にぇっにぇにぇ、にぇにぇ。にぇ、にぇーにぇ、にぇーにぇ、にぇ。にぇーにぇにぇーにぇにぇ、にぇにぇにぇーにぇっ、にぇにぇにぇー」わたしがいった言葉をまねて、リズムもそのまま、お説教くさい口調や声の高さまでそのまま見事に再現したパフォーマンスだった。

「やめなさいっ、ケヴィン！」わたしは努めて平静を装っていった。

「にぇっにぇにぇにぇっ、にぇにぇ！」

わたしはあなたのほうを向いて訊いた。「いつごろこれをやりはじめたの？」

「一カ月くらい前かな？　こういう時期なんだよ。そのうちやらなくなるよ」

「にぇっにぇにぇにぇにぇ？　にぇにぇにぇにぇにぇにぇ。にぇにぇにぇにぇにぇにぇにぇ」

「そのうちだなんて」またまねされるかと思うと、わたしは言葉を口にするのが怖くなってきた。

あなたはケヴィンにオニオンリングを注文したがった。わたしは、あの子は今日、塩気のあるものばかり食べていたんだからと反対した。「いいかい」あなたがいった。「きみもそうだったと思うけど、ぼくはこの子がともかく食べ物を口に入れてくれればうれしいんだ。食べたがるものを食べさせるのがいちばんだよ」

「つまりこういうことね。あなたが添加物大好き、スナック大好きだから、あなたがたふたりはスナックで絆をたしかめあってきた。いいえ、この子にはハンバーグを頼んでちょうだい。タンパク質が必要だから」

ウェイトレスが注文を復唱しているあいだ、ケヴィンはずっとにぇにぇをくりかえしていた。「にぇーにぇ、にぇっにぇにぇ　にぇにぇにぇっにぇにぇ」のもとの形はもちろん「グリーンサラダ、特製ドレッシング添えですね」。

「かわいいぼっちゃんですねえ」ウェイトレスは壁の時計に目を泳がせながらそういったわ。

ハンバーグがくると、ケヴィンはガラスの塩入れを取ってどんどん塩を振りだし、肉の上にキリマンジャロの新雪そこのけの白い山を作った。ぞっとしたわたしがナイフでそれを取りのけようとしたら、あなたに腕を押さえて止められてしまった。「この子が楽しんでるんだから、ほっとけばいいじゃないか」あなたはやんわりとそうたしなめた。「塩のことだって、こういう時期なんだよ。そのうちきっと、やらなくなる。この子が大人になってから、いまの話をしてやればいい。そしたら、自分には子どものころからへんな癖があったんだなあと、この子も思うさ。それが人生なんだよ。実り多き人生だ」

「へんな癖ならべつにこれじゃなくても、たくさん思いだせると思うけど」この一、二週間わたしの元気の源になっていた、りっぱな母親になるという意気込みは、急速にうすれてきていた。でも、わたしはすでに自分に約束し、ケヴィンに約束し、そばで聞いていたあなたにも結果的に約束してしまっていた。「フランクリン、わたし、向こうに行っているあいだに決めたことがあるの。とってもだいじなことなの」

そのとき、こういう時にありがちな間の悪さで、ウェイトレスがわたしのサラダとあなたのチーズケーキを持ってやってきた。ケヴィンが残りの塩を床にこぼしてしまったので、彼女がそれを踏むぎしぎしという音がした。

「このお姉ちゃん、顔にうんちがついてる」ケヴィンがウェイトレスの顔のあざを指さしながらそういった。七、八センチはあろうかという、アンゴラの地図のような形をした茶色いあざだった。その上に塗られたベージュのコンシーラーはかなりはげ落ち、小細工をしたばっかりに、なにもない状態よりもっと目立ってしまっていた。わたしもお化粧するときは気をつけなくては、と思ったわ。ケヴィンは、わたしが止める間もなくウェイトレスに話しかけた。

「ねえ、顔、洗わないの？ うんちがついてるよ」

わたしはウェイトレスにさんざん謝ったわ。まだ十八歳にもなっていないような女の子で、このあざのためにどれだけ悲しい思いをしてきたかと考えると胸が痛んだ。ウェイトレスはぎこちないほほえみを浮かべて、ドレッシングを持ってきますといって立ち去った。

わたしはケヴィンをつかまえていった。「あれはうんちじゃないでしょっ！」

「にぇにぇ、にぇにぇにぇにぇ、にぇにぇにぇっ！」ケヴィンは半開きにした目を輝かせながら、補助椅子の上で小さくなっていた。テーブルに手をかけ、鼻をテーブルの縁に押しつけるようにしてかがみこんでいたけれど、その目の輝きからテーブルの下に隠れた下半分が笑っているのがわかったわ。唇にぎゅっと力が入った、ちょっとわざとらしい、あのにんまりした笑い顔で。

「ケヴィン、あんなことをいったら、あのお姉ちゃんが傷つくでしょ？ マミーがケヴィンのお顔にうんちがついてるっていったら、どんな気がする？」

「エヴァ、子どもには大人が顔のことで悩む気持ちはわからないよ」

「ほんとに、そう思う？ ほんとにわからないと思う？ どこかにそう書いてあったとでもいうの？」

「おいおい、せっかく三人そろってはじめて外食してるんじゃないか」あなたはいった。「きみはどうしてそうやっていつも、ケヴィンのことを悪く考えるんだ」

「あら、どうしてそういうことになるのかしら？」わたしは首をかしげてみせた。「わたしには、あなたがいつもわたしのことを悪く考えるとしか思えないんだけど」

それからわたしはずっとこの思いを抱えていくことになったわ。ともかくそのときは、わたしのこの発言ですっかり険悪なムードになってしまったから、わたしはできるだけさらりとけりをつけようとした。もしかしたら、けりをつけようなんて考えたために、ふてぶてしい言い方になってしまったのかもしれないけど。わたしのことをそんなにだめな母親だと思うんなら、これを聞いてみろ！って感じで。

「へええ」会社に出るのをやめるというわたしの決意を聞いたあなたはいった。「ほんとかい？そりゃあ、すごい進歩だ」

「あなたがケヴィンの言葉のことでいったことがあったでしょう？　この子がしゃべらなかったのは、ちゃんとしゃべりたいからなんだって。完全主義者だからって。それはわたしも同じよ。だけど、いまのわたしはウィング・アンド・ア・プレヤー社の仕事も母親業も、どちらもちゃんとできていない。会社はしょっちゅう予告もなしに欠勤して、おかげで出版も遅れてばかり。ケヴィンはといえば、毎朝、これからだれが世話をしてくれるかもわからない。母親なのか、それとも週の終わりには逃げだすかもしれないベビーシッターなのか。時期はだいたいケヴィンが小学校に入るまでと思ってるの。まあ、『ウィング・アンド・ア・プレヤー』にも悪くない話かもしれないわね。新しい見方、新しいアイディアを取りいれられるんだから。これまでの本はわたしの意見に支配されすぎてたのよ」

「きみの意見に支配されすぎてた？」大声で皮肉るようにあなたがいった。

「にぇにぇにぇにぇ、にぇにぇにぇにぇ？」

「ケヴィンっ、やめなさい！　もうたくさんよ。マミーとパパはいまお話を――」

「にぇにぇっ、にぇにぇにぇにぇ！　にぇにぇ、にぇにぇーにぇにぇにぇにぇ、にぇ、にぇにぇ――」

「マミーは本気ですよ、ケヴィン。そのにぇにぇをやめないんだったら、もう帰りましょう」

「にぇにぇにぇにぇにぇ、にぇにぇ。にぇ、にぇにぇ、にぇにぇにぇっにぇ、にぇにぇにぇにぇ」

考えてみたら、彼がここにいたいと思っている証拠などないのに、帰りましょうといって脅かしたのもおかしな話だったわ。このとき、わたしははじめて、それからずっと取りくむことになった難問に出会ったの。罰のつもりでなにを禁止しても、禅の悟りでも開いたような無関心しか示さない子を、どうやって罰したらいいのかという難問に。

「エヴァ、そんなやり方じゃ、ますますひどいことになるだけ――」

「じゃあ、あなただったら、どうやってこの子をだまらせるっていうの？」

「にぇにぇにぇっにぇ、にぇにぇにぇ、にぇにぇにぇっにぇにぇ？」

わたしはケヴィンをひっぱたいた。そんなにひどく叩いたわけじゃなかった。ケヴィンはうれしそうにさえ見えた。

「きみはどこでそんな芸当を覚えたんだ？」あなたが非難がましくいった。たしかにこの芸当はきいたわ。ケヴィンはあなたのその言葉だけはまねしなかったから。

「どんどん大声になっていってたじゃないの。みんながこっちを見てたわ」

ここで、ケヴィンが声をあげて泣きだした。最初は涙は出ていない感じだった。わたしは動じなかった。好きなように泣かせておいた。

「人が見てるのは、きみがひっぱたいたからだ」あなたがひそひそ声でいった。そして、金切り声をあげはじめたケヴィンを抱きあげ、膝にのせて抱きしめた。「二度とするな、エヴァ。とくにここじゃ、だめだ。たしか法律が通ったばっかりだしな。いや、通りかけてるか、どっちかだ。その法律じゃ暴行とみなされるんだ」

「自分の子どもをひっぱたいて、逮捕されるっていうの？」

「だれもが知っていることだが、暴力で意見を通すことはできない。ぜったいにできないんだ。きみにはもう二度とやってほしくない、エヴァ。二度とね」

つまり、わたしがケヴィンをひっぱたく、するとあなたがわたしをひっぱたく、ってことね。よおくわかったわ。

「そろそろここを出たいんだけど」わたしは冷たくいった。ケヴィンはときどきすすりあげるだけになっていた。この調子だと、あとゆうに十分は次第に弱く《デクレッシェンド》で泣きつづけられそうだった。小声でラブソングでも歌うように。まったくなんという役者なんだろうと思ったわ。

あなたはお勘定の合図をした。「ぼくの発表をこんな状況ですることになろうとはな」あなたはナプキンでケヴィンの鼻水を拭いてやりながらいった。「でも、聞いてほしいことがあるんだ。家を買ったよ」

わたしはぎょっとしてあなたの顔を見かえした。「家を買ったですって？　家を見つけたから、見に行ってほしい、じゃないの？　つまり、契約してしまったってこと？」

「急いで決めなかったら、ほかのだれかに取られてたよ。それに、きみは興味がなさそうだったじゃないか。めんどうなことが済んでいたと喜んでくれると思ってたのに」

「なかったことにして終わりにしてしまえたんだったら、喜んだと思うけど。家を買うなんて、そもそもわたしが考えついたことじゃなかったんだもの」

「やっぱりそうか。きみは自分が考えた計画以外はぜったい賛成しないんだ。自分で『ウィング・アンド・ア・プレヤー 郊外住宅編』を作ったんじゃなきゃ、関係ないってわけだ。なのに、会社を人にまかせるだって？ ぜったいうまくいきっこないよ」

あなたはチップをたっぷり置いた。余分の三ドルは顔にうんちという発言に対するものだと、わたしは解釈したわ。あなたの動作はぎこちなかった。傷ついているんだとわかったわ。たぶんさんざんあちこちさがしてやっと家を見つけて、そのニュースを発表する時を楽しみに待っていたんでしょうね。その家のこともたぶんすごく気に入ってるんだろうと思った。そうでなければだまって買ってしまうはずがないもの。

「悪かったわ」レストランから出ていきながらわたしはささやいた。ほかのお客がこちらを盗み見ているのがわかった。「ちょっと疲れてるの。もちろんうれしいわ。早く見たくて待ちきれないくらい」

「にぇっにぇ、にぇにぇにぇにぇ。にぇにぇ、にぇにぇにぇ。にぇにぇにぇ、にぇにぇにぇにぇ、にぇにぇにぇ」

わたしは思っていた。わたしたちがレストランを出たことで、あそこにいた全員がほっとしたにちがいないって。いつもかわいそうにと感じてたような人に、わたし自身がなってしまったとも思った。でも、やっぱりそういう人たちを憐れんでいたわ。いつもよりもっと。

エヴァ

二〇〇一年一月一日

親愛なるフランクリン

新しい年を迎えるにあたり、思いきってあなたに伝えます。長年あなたにいいたくて、でも、どうしてもいえないでいたことを——わたしはあの家がきらいだったわ。ひと目見てきらいになった。そして、そのあとも好きになることはなかった。毎朝目覚めて、あの家のツルッとした表面、こじゃれたデザインの内装、横に広がった外観、そういうものにふれるたびにますますきらいになっていった。

家をナイアック周辺でさがしたのは、けっして悪くない選択だったと思うわ。森が多いし、ハドソン川にも面しているし。同じナイアック周辺でもニュージャージー州じゃなくてニューヨーク州ロックランド郡にしたのも、わたしのためを考えてくれたのかなと思った。ニュージャージー州にも住みやすい場所がたくさんあるのはわかってるけれど、イメージ的にいまいちだと思っていたから。ナイアックの町そのものは人種的な混交が進んでいて、見た感じは下町風、チャタムにも似た雑然としたところがあるわね——といっても、チャタムとちがってここの気さくな雰囲気はじつは見かけだけ。というのも、この数十年間は金持ちがどんどん移り住んでいるから。目抜き通りはいつもアウディやBMWの群れで渋滞しているし、値段だけは高級なファヒータ料理屋やワインバーも満員、けっして中心地にあるとはいえない羽目板張りの二寝室住宅が七十万ドルもの値段で売りに出ている。もったいぶらないふりをしているのが、ナイアックのもったいぶったところなのかもしれない。これに比べて、少し北にあるグラッドストンの町は、ナイアックよりもっと最近になってできた新興住宅地で、その小さな中心街は——ガス灯をまねた街灯や丸太の割材を使った柵、イエー・オールド・サンドイッチ・ショップ《Ye Olde Sandwich Shoppe》なんていう名前の会社があって——イギリス人のいう「お上品」さの縮図といったところね。

あなたの運転するピックアップがパリセーズ・パレード通りからはじめて私道に入り、あなたがその長くて仰々しい私道を誇らしげに進んでいったとき、わたしはもう気持ちが落ちこんでいた。あなたはびっくりさせたいからといって、家のことはなにも話してくれなかった。たしかに、びっくりはしたわ。傾斜がほとんどない平らな屋根と、ガラスとざらざらした風合いのレンガでできた広大な平屋は、ひと目見てあの紛争解決と慈善で知られる団体の本部建物を思いだしたわ。ほら、あの団体よ、お金がありすぎて、どうやって使ったらいいかわからなくて、メアリー・ロビンソンとネルソン・マンデラに「平和賞」を授与してしまったという。

わたしがどんな家がほしいかはもちろん話しあっていたわよね。わたしが夢見ていたのはヴィクトリア様式の古い家で、あなたもそれは知っていたはず。同じように広くてもむしろ上に高い。屋根裏部屋つきの三階建てで、いまではもう本来の目的には使われていない小部屋や空間——釣り具置き場、根菜貯蔵用の地下蔵、燻製室、料理昇降機、屋根の上の見晴らし台などなど——がいっぱいある家。いまにもバラバラに壊れそうで、屋根からスレート瓦も落ちるけれど歴史も住む人の上に影を落とす。欄干はグラグラで土曜日をつぶして修理しなければならない。そして、台所の調理台の上で冷まされているパイのいいにおいが、上の階にまで漂ってくるような家。家具として置いてあるのは、花柄の張り地が色あせてすり切れてしまった中古のソファ、ガレージセールで買ってきた房の留め飾りつきのカーテン、そして凝った装飾のついたマホガニーの食器棚と斑点状に汚れた姿見。ポーチのブランコのそばの古いミルク缶からはゼラニウムがこぼれ咲いている。わたしの理想の家はこぢんまりした外の世界から隔離された空間で、でもハドソン川を見晴らすことができ(そのながめはもちろん絶景)、厚板ガラスをはめこんだ大きな窓は友人の訪問を誘うようで……。

あなたはその建物の玄関ドアを勢いよく開けてみせたわ。入口の間からすぐにバスケットボールのコートほどの広さのリビングがあり、そこから二、三段上がったところにダイニングルームがあった。ルームといっても、キッチンとのあいだの仕切りは、料理を出すときに——ここだったら、きっとドライトマト入りのスープとかね——一時的に置いておくための低いカウンターだけだった。家に入ってからまだ一枚のドアも目にしていなかった。わたしは頭のなかが真っ白になった。これじゃ、どこにいてもいつも丸見えじゃないの!

「すごいだろう」あなたがいったわ。

わたしは正直にいった。「驚いてものもいえないわ」

目の前に広がる床には家具ひとつなく、ガラスを通した太陽の光でまばゆいほどに輝いていた。こういう場所に子どもが入ったら、ソックスでそこらをすべってまわったり、笑ったりはしゃいだりして大騒ぎするにちがいないとわたしは思っていた。無菌の荒野――荒野よ、フランクリン――に投げこまれたも同然だけど、子どもはそんなこと、気にするはずもないと。ところが、ケヴィンはあなたの手につかまってぐったりしたままで、あなたが「探検してきてごらん」と押し出してやらなければならなかった。あの子はのろのろとリビングの真ん中まで行ったかと思うと、そこに座りこんでしまった。このときばかりは、強烈な血のつながりを感じたわ。それまではあの子とのあいだにあんなに疎外感ばかり感じていたのに。あの子はぼんやりとくもった目をして、波止場に落とされた魚みたいに床の上に両手を投げだしたままだった。

「ぼくたちの寝室も見てもらわなくちゃな」あなたがわたしの手を取りながらいった。「天窓がすばらしいんだ」

「へえ、天窓があるの?」わたしは明るくいった。

大きなその部屋は壁がすべて斜めに傾き、天井まで一方が持ちあがっていた。なんとまあイライラする部屋。水平・垂直の感覚がおかしくなり、この家全体のつくりに不安をおぼえるように、ここにいるとものすごく落ちつかなくなった。

「これだけじゃないぞ」

「これだけじゃない?」

あなたはチークでできた引き出し式の洗濯物入れを出してみせた。スツールとしても使えるこの洗濯物入れの蓋には黄色いニコニコマークのクッションがついていた。クローゼットについている戸車つきのドアも開けてみせてくれた。この家の建具はすべて音もなくなめらかに動き、ともかく表面が平らだった。ドアには取っ手がなかった。金具がついている木工製品も見あたらなかった。引き出しには取っ手の代わりに手をかけるくぼみがついていた。台所の戸棚のドアはどれもちょっと力を加えるだけで開いたり閉まったりした。わたしには家全体が抗うつ剤でも飲んで上っ調子になってるように思えたわ、フランクリン。

あなたはガラスの引き戸を開けて、わたしをウッドデッキに連れだした。なるほどウッドデッキだわね、とわたしは思ったわ。テラスじゃなくて、ウッドデッキ！　呼び方のちがいだけだと自分を納得させようとしたけど、このウッドデッキと呼ばれる台では、わたしがきらいなバーベキュー・パーティーをなにがなんでもしなければいけないような気がした。

ねえ、フランクリン、恩知らずだと思われるのは百も承知だわ。あなたはほんとに懸命に、わたしたちの家をさがすという仕事に取りくんでくれたんだと思う。それこそ、ジレットの広告のロケ場所をさがすときと同じくらいの真剣さでね。わたしもいまではこのあたりの不動産の出物がいかに少ないか知ってるからわかるんだけど、あなたが見たほかの物件はおそらくどうしようもない代物ばかりだったんだと思うの。この家はそうじゃなかった。金に糸目をつけずに建てた家だった。使っている材木は高価《プレシャス》なものだし（凝りすぎている《プレシャス》ともいえるけど）、蛇口はすべて金めっきが施されているし。前の持ち主はきっとこまかいところまで指定して注文製造させたのね。あなたが買ったのはよその家族の「夢の家」だったのよ。

彼らがどうやってここまでこぎつけたか、目に見えるようだったわ。働き者のその夫婦は安い借家からはじめて、何軒かとくにどうということのないスキップフロアの家を渡りあるき、そしてついにそのチャンスがやってきた。遺産が入ったか、株で大もうけしたか、出世したか。ともかく、基礎から屋根まで、自分たちが建てたいように建てるだけの金銭的余裕ができた。夫婦は設計図を囲んで検討を重ねたでしょうね。収納はどことどこに設けるかとか、リビングとテレビルームのあいだをどう区切るか（そこに居合わせたなら、時代遅れと思われようとどうしようと「もちろんドアでよ！」と叫びたかったけれど）とか。

でも、わたしは「夢の家」に関して持論があるの。実はわたしはお金のかかった「夢の家」というものがうまくいったのを見たことがないの。わたしたちが買った家がそうであるように、なかにはもう一歩というところまでいった家もあるかもしれないけど、大失敗もめずらしいことではない。ひとつには、オークの幅木にいくらお金をかけたとしても、由緒のない家はべつの意味で安っぽくなることは避けられないから。もうひとつは、美というものの性質と深く関係している問題。美というものはとてもとらえどころがないもので、お金で簡単に手に入れることが非常に難しい。美しいものを作ろうとがんばればがんばるほど、うまくいかないことが多いのよ。気ばらないでやったほうがうまくいって、気まぐれに美が到来することが、つまり偶然に生まれることが多い。

いろんな証拠から見ると、この家の最初の持ち主はかなりセンスのある人たちだったと思う。でも、センスがあったことがかえって悲劇だったでしょうね。その夫婦はたしかにぞっとするような代物を作ったけれど、同時に、自分たちがぞっとするようなものを作ってしまったのに気づいていたと思うの。そしておそらく、夫婦のどちらもこの失敗作にがっかりした様子はちらとも見せずに、希望どおりの家だというふりをしつつ、同時にそれぞれが引っ越したその日から、なんとかそこを後にする策を練りはじめたんじゃないかしら。

あなたはこの家が建ってから三年しかたっていないといっていたわよね。三年間？　建てるのにだってそのくらいの日数はかかったんじゃないかしら？　すぐに引っ越すのにわざわざそんなにたいへんなことをする人がいるかしら？　もしかしたら、持ち主はシンシナティに転勤を命じられたのかもしれない、そしてその命令に従ったわけね。そうでないとしたら、持ち主があの重たいドアから出て行ってしまった理由としては、自分の作ったものへの嫌悪感しか考えられないじゃないの。「ねえ、どうしてなのかしら」とわたしは、彫像の置かれた裏庭を見せてまわっているあなたにいった。「持ち主はこの家をすぐに売ってしまったわけでしょう？　せっかく建てておきながら、こんなに――野心的な家を」

「ぼくの印象じゃ、夫婦がべつべつの道を行ったという感じだったよ」

「離婚したってこと？」

「いや、でも、だからといって、この家が呪われているというわけじゃないから」

えっと思ってあなたの顔を見た。「わたしはそんなことといってないけど」

「家にそんなことが伝わっていくんだったら」あなたは言い訳がましくいった。「幸せな結婚が続けられる家なんか、この国にはなくなっちまうものな」

呪われている……。あなたは直感的に気づいていたんだわ。郊外に引っ越すことの利点――大きな公園、いい空気、いい学校――に気づくのと同じくらいはっきりと、わたしたち夫婦がそのくらい危ういところまで来てしまっていることに。ただし、わたしが驚いたのは、あなたがそんな予感を覚えたことじゃなくて、その予感に平気な顔をしていられるということだった。

私はといえば、予感どころじゃなかった。ラトビアや赤道ギニアから帰ってきたと思ったら、いきなりグラッドストンくんだりに着陸するはめになったことに、ただただとまどっていた。たとえば下水がどんどん流入するファーロッカウェイの海辺で海水のなかに立っているのが難しいように、わたしたちが手に入れたこの家から、おぞましさがまるで下水のようにこれでもかと吐きだされるなかで、立っているのもやっとという感じだった。どうしてあなたはこのおぞましさを感じないのか不思議でしょうがなかったわ。

もしかしたらそれは、あなたにものごとの角を丸めてしまう癖があるからかもしれない。レストランで代金の十五パーセントが十七ドルだとしたら、あなたは数字を丸めてチップとして二十ドル渡す。知りあったばかりの人たちと退屈な夕べを過ごしたとしたら、わたしは不愉快な思い出として忘れようとするけれど、あなたはもう一度会ってみてもいいという。あなたはいつもそうやって、目を細めていやなことを見ないようにする。でもわたしはそれではいやなのよね。

それでも、わたしは懸命に、わたしも家が気に入ったわというふりをしつづけたわ。あのふり、うまくいってたかしら? そうだったらいいんだけど。なんといっても、あれはあなたのはじめての決断だったから。あなたがはじめて、ひとりでわたしたちのためにしてくれた決断。それに、ここに住んだらリストカットしたくなるかもという予感だけで、なにもかも否定するわけにはいかなかった。わたしは内心思ったわ。これでわかったのは、あなたがわたしとちがう審美眼を持ってるとか、審美眼がないとかいうことじゃなくて、あなたが暗示を受けやすい人だということだって。実際、わたしがそこにいて料理昇降機がないじゃないのなんて耳打ちしていたら、また話は変わっていたかもしれない。わたしがいなかったもんだから、あなたは知らず知らずのうちにご両親の好みに合った選択をしていたのよ。

というか、ご両親の好みのバージョンアップ版に。パリセーズ・パレードの家は流行の最先端をめざした家よね。一方、あなたのご両親がマサチューセッツ州グロスターに建てた家は、ニューイングランド地方の伝統的な「塩入れ型住宅」だわ。それでも、出費を惜しまずいいものを作りたいという気持ちと、職人技に対する無邪気な信仰は、どちらにもはっきり見てとれる。

「材料の選択がすべてを決める」というあなたのお父様の口癖は、わたしもそうだと思う部分があるのだけれど、それはあながちお父様の受け売りばかりじゃないのよ。ある程度まではわたしも、ものを作る人は、とくに最高水準のものを作る人は、すごいと思うもの。あなたのご両親ハーブとグラディスは自分たちで家を建てて、自分たちで釣ったサケを燻製にし、自分たちでビールを醸造していた。でも、あんなに、三次元の世界、つまり物質の世界だけに生きている人たちは見たことがないわ。わたしがいるあいだにお父様がうれしそうにしていたのは、波状木目のあるカエデのマントルピースを見ていたときと、コップの縁に泡がたっぷり盛りあがったスタウトビールを目の前にしたときだけ。そしてなにをめでていたかというと、それは純粋に物質的な完成度だったんだと思う。暖炉の前に座ったくつろいだ感じとか、ゆっくりビールを飲む楽しみとか、そういうことは付け足しだったのよ。お母様のほうは化学者のような正確さで料理をし、わたしたちもずいぶんごちそうになった。メレンゲをのせて焼いたラズベリーパイは雑誌から抜けだしてきたかと思うほどの見事な出来だったけれど、これもパイというものを作りあげること自体が目的という感じがしたわ。それを食べてしまうなんて、お母様の作品に歯を立てるなんて、いわば破壊行為だったのよ（すばらしい料理人だったお母様が、食べることはあまり好きじゃなくてやせ細っていたというのは、象徴的な話よね）。流れ作業による製品の生産が機械的《メカニカル》なのと同じように、あなたのおうちのすべてが物質優先《メカニカル》という感じがした。わたしはいつもあなたの実家から出てくるとちょっとほっとして、ご両親には親切にしていただいたから、自分がすごく恩知らずな人間に思えたものだった。

さらに、ご両親の家ではなにもかもがぴかぴかに磨きあげられていた。まばゆさに目がくらんでその下になにもないということにはなかなか気づかなかった。お父様もお母様も本は読まなかった。家にはわずかな本と百科事典（ワインカラーの背表紙が書斎の雰囲気作りに役立っていた）があったけれど、いちばんよく読まれていたのは取扱説明書と、日曜大工を扱った実用書と、料理本、それにかなりくたびれた『道具と機械の本―てこからコンピュータまで』の第一巻と第二巻だった。おふたりには、ハッピーエンドじゃない映画を見たがる人の気持ちも、きれいじゃない絵を買う人の気持ちも理解できなかった。片方だけで千ドルもするスピーカー付きの高級ステレオを持っていながら、CDはイージーリスニングとベストオブなんとかの類（オペラ名曲集とかクラシック・グレイテストヒッツとか）がほんの少しあるだけ。眠気を催すような品揃えだけど、それ以上に、持ち主が音楽をなんのために聴くのかわかってないということに気が滅入ったわ。

これはご両親の生活全般に関していえることよね。自分がやっていることがなんのためか、わかっていたためしがないの。生活の技術面には非常に熱心なのよ。どうやったら歯車が噛みあうかはよく知っている。でも、なにかを作ること自体が目的になっているんじゃないかと思うの。家ができあがったとき、お父様はとてもがっかりなさった。でもそれは、なにかがうまくいかなかったからじゃなくて、なにもかもうまくいってしまったからだった。

こういう話はおうちに行ったときにあなたともしたわね――しかも長々と。食べるのには飽きたし、映画館は四十分もかけないと行けないしで、ご両親の粗さがしくらいしか楽しみがなかったから。わたしがいいたかったのは、ケヴィンのこと——あの「木曜日」のことが起こったとき、ご両親には対応する準備ができていなかったということなの。ドイツ製のラズベリーの種抜き器みたいに、この出来事の処理をして理解できるようにする便利な機械はあの家には備えつけてなかったから。ケヴィンがしたことは理性とは相容れないわ。あの子がしたことがモーターをより速くまわすことはないし、滑車の力を増すことも、ビールを醸造することも、サケを燻製にすることもない。計算不能、物理的にはありえないことなのよ。

皮肉なことに、ご両親はケヴィンに新教徒的な勤勉さがないといつも嘆いていらしたけれど、わたしにいわせるとあれほどケヴィンと共通点がある人たちはいないわ。ご両親は人生がなんのためにあるのかも、それをどう生きたらいいのかもわかっていなかった。ケヴィンもそうだった。おもしろいことに、ご両親もあなたの長男も暇な時間というのを忌みきらっていた。あなたの長男はいつもこのきらいなものを真正面から攻撃した。考えてみたら、ある種の勇気を持って。彼は暇な時間をただただ無為に埋めていった。生産的なことに時間を使っているなどと自分をあざむくことはしなかった。ああ、いやだ——あの子が何時間も一ヵ所に座って、いらついたり、不機嫌な顔をしたり、土曜の午後の一分一秒をののしったりしつづけてたの、あなただっておぼえてるでしょう？

ご両親にはもちろん、なにもすることがなくなるのは恐怖だった。かといって、ケヴィンとちがって、空虚さに真正面から向きあう根性もなかった。だから、お父様は日がな一日のんびりと電気製品や機械類に油を差したりしていたけれど、ひとつ仕事が終わって便利になると、いままで以上に耐えがたい自由時間が待っていた。さらに困ったことに、硬水軟化装置や庭の灌水装置を設置したとしても、そもそもなんのためにそれをするかということがわかっていなかった。あのふたりのあいだにちがいを見つけるとしたら、お父様は必要がなくても硬水軟化装置をつけたけれども、ケヴィンはそういうことはぜったいしないということ。お父様は、無意味だということはあまり気にかけなかった。彼にとって人間の生命は細胞と電気信号の集合体であり、だから生命は物質だったの。「材料の選択がすべてを決める」という言葉はそこから出てきたものだと思うわ。この散文的な見方にお父様は満足している——少なくとも、満足してきた。そして、ここにもちがいがあるの。ケヴィンもやはりこの世は物質だと思っている。でも、それがどうなろうと、彼にとってはどうでもよかったのよ。

あの「木曜日」の後、はじめてご両親を訪ねたときのことが、わたしはどうしても忘れられないの。できることなら行かずに済ませたかったのだけれど、そういうわけにもいかなかった。たとえあなたにいっしょに行ってもらえたとしても、やっぱりものすごく難しかったと思う。そして、それはもちろんできない、できない相談だった。あなたというクッションがない状態で、ひとりで行って、わたしはあの人たちとわたしとはもうなんのつながりもないのだと思いしらされた。ご両親も同じだったと思うわ。お母様が玄関を開けたとたん、その顔がさっと青ざめて、中に入れてくれたときの態度は折り目正しくはあっても、セールスマンを招きいれるのと変わりなかった。

あなたのお母様を堅苦しい人だというのは気の毒かもしれないけど、おつきあいの形にすごくこだわる方なのはたしかよね。いつもいまなにをしたらいいのか、つぎになにがくるのかが、わからないといやなの。わたしたちが囲む食卓がいつも仰々しいものだったのもそのせいだと思う。魚の前はスープと決まっているコース料理のほうが安心していられたし、わたしとちがって、三食三食作って出して片づけてという気の遠くなるような仕事で一日が終わるのもいとわなかった。これもわたしとちがって、伝統が束縛だとも思っていなかった。悪気はない代わりに、想像力もなくて、だからしきたりを大切にしている。でも、これぱっかりはしきたりなんてない——孫が大量殺人をおかしたあとに、嫁と午後のお茶をともにするときはどうふるまうか、なんて。

わたしはリビングではなく客間に通されたけど、これがまちがいだった。背もたれの高いウィングチェアの格式ばったたたずまいに、もうしきたりは通用しないのだということをよけいに感じさせられたわ。椅子に張られた綿ビロードは青緑色とくすんだバラ色で、わたしが来たせいで色あせたのか、カビの色のように見えた。お母様は急いで台所に引っこんだ。わたしはそのころまったく食べ物が喉を通らなかったから、ほんとにどうぞおかまいなくと声をかけようとした。でも、お母様はおもてなしにかまけていたほうが楽なのだと気づいて思いとどまった。このとき運ばれてきたグリエールチーズのツイストは、あとで吐きそうになるのをこらえてちゃんと一本いただいたわ。

お母様、グラディスは神経質でいつも神経がピリピリしている人だから——温かみがないとかやさしくないという意味ではけっしてないのよ——、体もこわばっていて、おかげで外見の変化まで食いとめられているように見えた。実際、額には困ったときに寄るしわがそのままになっていて、ずっと困っているように見えた。その目はいつにも増してそわそわとあたりを見まわしていた。そして、わたしの視線を意識していないときのお母様の顔には、途方に暮れた子どものような雰囲気があって、幼いころはきっとこんなふうだったのじゃないかと思った。つまるところ、悲しみに暮れていることはよく見ればわかるのだけれど、表情への表れ方が乏しいので、写真に撮ってもその悲しみは写らないのではないかという顔だった。

お父様が地下室からあがってくると（階段をあがってくる足音を聞いていて、わたしは不安にうちひしがれそうになったわ。七十五歳とはいえあんなに活発だったお父様の足音があまりにもゆっくりで重たかったから）、こちらは驚くような変わり方だった。綿の作業着は体から脱げ落ちそうになって、余った分が引きずられていた。あれから六週間しかたっていないというのに、その短い時間では考えられないほどのやせ方だった。年老いた顔は張りを失って肉が垂れさがり、下まぶたがさがった分、その下の赤らんだ目の縁がのぞき、頬の肉のたるみはブラッドハウンドのそれのようだった。わたしはものすごい罪悪感を感じたわ。

わたしのティーカップを持つ手はうまく動いてくれなくて、金の縁取りのあるソーサーに当たってカタカタと音をたてた。わたしはお父様に庭はどんな具合ですかとたずねた。お父様は庭があったのを忘れたかのようなとまどった顔になった。「ラズベリーの木が――」悲しそうにそういった。「そろそろ、実をつけはじめた」

実をつけはじめたという言葉が宙に浮いたままになった。ラズベリーには実がついても、お父様はまだなんの歩みも踏み出せないでいるとでもいうように。

「豆の具合は？　いつもスナップエンドウを上手に作っていらしたじゃありませんか」

お父様はぱちぱちとまばたきをした。時計のチャイムが四時を告げた。豆についてはなんの答えもなく、沈黙があたりを支配した。沈黙は続き、わたしたちはそのなかで恐ろしい事実を噛みしめざるを得なかった。いままでずっと、わたしはたとえ口でたずねたとしても豆のことなんかどうでもいいと思い、お父様が答えたとしてもほんとうは答えたくなどなかったのだということを。

わたしは目を伏せて、もっと早く訪ねてこなかったことを詫びた。ふたりとも、なにもいわなかった。気持ちはわかっているから、とにおわすような声さえ出さなかった。しかたがないから、わたしがひとりでしゃべりつづけた。

　わたしは、受けいれてもらえるなら全員のお葬式に行きたかったのだけれど、といった。わたしが突然ちがう話題を持ちだしたことに、不審そうな反応はなかった。結局、お母様が玄関の扉を開けたときから、わたしたちは言葉にはしないながらもあの「木曜日」のことをずっと「話しあって」きたも同然だったのね。わたしは、無神経だと思われたくなかったから前もって父兄に電話したといった。わたしの声を聞くなりだまって電話を切ってしまった親も何人かいた。来ないでほしいといった親もいた。メアリー・ウルフォードは、わたしが行くのは非常に不適切だといった。

　それから、セルマ・コービットのことを話した――息子のデニーはひょろっとした赤毛の子でお芝居が好きだった――。あんまりやさしくしてくれたんで、こちらがどぎまぎしてしまったことも。セルマはわたしが電話をした「勇気」に感動したといって、なんのためらいもなくデニーの葬儀に呼んでくれた。もちろんあなたにとってつらすぎなければ、とつけくわえる心遣いまで見せた。わたしはセルマに、行かせてもらえたら、デニーが亡くなったことに対するわたしの悲しみを伝えることができる気がするといった。お義理じゃない、わたしの気持ちだった。こんなの、はじめてだった。そしたら突然セルマが、デニーという名前は自分たち夫婦がはじめてのデートをしたレストランからつけた、と話しだした。それ以上いわないで、といいかけたわ。だって、彼女の息子のことを知ってしまうともっとつらいと思ったから。でも彼女は、わたしもまた、息子が殺《あや》めた相手の人となりがわかったほうが楽になれると、信じているようだった。セルマによると、デニーは秋の学芸会のためにウディ・アレンの『水は危険』を練習していて、セルマがセリフをおぼえる手助けをしてたんですって。「あの子の演技にはほんとにお腹の皮がよじれたわ」と彼女はいった。わたしも、前に彼の『欲望という名の電車』を見たけど、あの演技は絶品だったといった（ほんとはそこまでじゃなかったけど）。セルマはすごく喜んで、彼女の息子がわたしにとって、単なる数字とか新聞に載った名前とか、あるいは苦痛の種というだけじゃないとわかってうれしいといった。それから、みんなのなかでいちばん苦しんでいるのはもしかしたらあなたじゃないかと思う、といったの。わたしは急いで、とんでもないといったわ。なんといっても、わたしには息子がまだいるんだし、って。それに対して彼女がいったことが忘れられないわ。「ほんとに？　ほんとにあなたには息子がまだいるの？」わたしはこれには答えずに、親切にしてもらったことに感謝して、そしたらふたりとも感謝の気持ちでいっぱいになって――おたがいに対してだけじゃなくて、この世界に対して、この世界にはひどい人ばっかりじゃないんだと思って――泣きだしてしまった。

ご両親には、デニーのお葬式に行ったことだけを話したわ。わたしは流行遅れだとは思ったけれど黒の喪服を着ていっていちばん後ろの席に座っていた。そしてお悔やみをいう列に並んで、セルマに手を差しだしたとき、「ほんとに残念です、うちの息子のこと」といってしまった。もちろん「お宅の息子さんのこと」という意味だったんですけどね、といったら、ご両親に顔に穴があくほど見つめられた。

結局わたしは、実際的な話をしてその場を切り抜けることにした。裁判のしくみは機械にも似ているし、なにがどうなっているかをちゃんと説明することができるから。かつてあなたのお父様が、触媒コンバータのしくみを、まるで詩でも読むようにわかりやすく説明したように。ケヴィンの罪状認否はもう終わり、起訴後も保釈が認められずに勾留中なのだと説明した。それから、弁護士は見つかるかぎりいちばんいい弁護士を雇った——ということは、いちばん高い弁護士を雇ったということなんだけど——といった。お父様はきっと賛成してくれると思ったわ。お父様自身、なんでも最高の品質のものを、という人だから。ところが、そうはいかなかった。

疲れた感じでこう訊かれたの。「なんのために？」

お父様の口からこの疑問が飛びだしてくるのを聞いたのははじめてだった。すごいことだと思ったわ。だって、わたしたち、いつも陰で悪口をいってたじゃない？　なんのためかを考えないなんて精神的な貧困だって。

「よくわかりませんけど、当然そうするものかと——ケヴィンの罪をできるだけ軽くするために、でしょうか」わたしは困惑しながらいった。

「あなたは罪が軽くなることを望んでいるの？」お母様が訊いた。

「いえ……わたしが望んでいるのは、時間を巻きもどすこと。必要なら、わたし自身が生まれなかったことにしたい。でも、それはかなわないから」

「だが、あんたは彼が罰せられてほしいのかね？」お父様がさらに訊いた。怒っている感じではなかったわ。もうそんなエネルギーはないみたいだった。

わたしは笑ったように見えたかもしれない。短い声をもらして否定しただけだったんだけど。どちらにしても、場ちがいだったとは思うわ。「あ、ごめんなさい」わたしは謝って説明した。「うまく罰することができれば、ですけど。わたしはなんとかケヴィンを罰しようとして、この十六年間のほとんどをそれに費やしてきました。でも、まず、あの子からなにを取りあげてもあの子は平気なんです。屈辱を味わわせることもむり。辱められても、良心のある人間でなければ苦しむことはありません。罰することができるのは、絶たれたら困る希望を持っている人、切られたくない絆のある人、ほかの人が自分をどう思うかを気にかける人だけなんです。罰するためには、その人が多少なりとも善なる部分を持っていなくてはだめなんです」

「せめて、これ以上人を傷つけないように隔離することはできるだろう」お父様がいった。

「ええ、そういう運動があるのは承知してます。あの子を成人として裁き、死刑にすべきだという運動も」

「あなたはそれをどう思っているの？」お母様が訊いた。これには驚いたわ。ご両親には、なにかに対するわたしの気持ちを訊かれたことなんて一度もなかったから。

わたしは目をそらして出窓から外を見た。「あの子に死刑を宣告してほしい、そしてなにもかも終わりにしてほしいと思うこともあります。でも、それではわたしが責任をのがれることになってしまう」

「あんまり自分を責めちゃいけませんよ、ね？」お母様がいった。煮えきらないなにかが感じられる調子で。わたしが自分を責めているかどうかをいわせたくなかったんだと思うわ。

「グラディス、わたし、あの子とあんまりいっしょにいたいと思ったことがないんです」

わたしは母親同士、お母様の目をまっすぐに見ていったわ。

「親のよくいう言葉に『おまえを愛してはいるけれど、いつもいっしょにいたいと思うわけじゃない』っていうのがありますよね。でも、そんな愛なんてなんだっていうんです？　つきつめていうと、けっしておまえを無視してるわけじゃない――ということは、おまえがなにかすれば、わたしは傷つく――。でも、おまえがそばにいるのはがまんできないんだってことでしょう？　そんな愛情をほしいと思う子どもがいるかしら？　どっちかを選べるんなら、わたしは血のつながりのほうを捨てても、わたしといっしょにいたいと思ってくれる人のところに行きたいわ。うちの母がわたしを抱いて『おまえとずっといっしょにいたいよ』といってくれていたら、たぶんもっとずっとうれしかったんじゃないかと思います。子どもがそばにいてうれしいという、それだけのことですけど、これはだいじなことじゃないんでしょうか」

ご両親はこんなことを聞かされて困惑していたわ。それだけじゃない。わたしはそうやってハーヴィーがぜったいにやってはいけないといっていたことをしてしまったの。このあと、ご両親が法廷で証言を求められ、そこでわたしの発言の断片が一言一句そのまままくりかえされた。ご両親はわたしに含むところがあったわけではないと思うの。でも、正直なニューイングランド人だし、わたしのあの言動ではわたしを擁護しなければとも思えなかったんだと思う。わたしにも擁護してほしいという気持ちはたぶんなかったし。

わたしがおいとましようと冷たくなった紅茶のカップを置いて持ち物をまとめはじめると、ご両親はあきらかにほっとしながら、目を見かわしてちょっとあわてた様子だった。こういうお茶の時間のおしゃべりが今後あまりできなくなるのを知っていて、あれを訊いておけばよかった、これを訊いておけばよかったと、あとで悔やむのを見越してたんじゃないかしら。もちろんふたりとも、また来るようにといってくれた。お母様は、いろんなことがあったけど、わたしのことを家族だと思っているといってくださった。六週間前だったら、こういうふうに家族の一員だといわれることはこんなにありがたくなかっただろうと思った。

「最後にひとつだけ」と、玄関のドアのところでお父様がわたしの腕に手を置きながらいった。そして、生まれてこのかた口にしたことがないと思われる質問をふたたびした。「あんたにはわかってるのかね、どうしてなのか？」

わたしがどう答えたにしろ、それはお父様の疑問を解くほんの少しのきっかけにしかならなかったんじゃないかしら。答えというものは、多くの場合、相手を完全に満足させるものではないから。

新年おめでとう　エヴァ

二〇〇一年一月六日

親愛なるフランクリン

選挙人団の集計で共和党の候補者が大統領になって、あなたは喜んでいるでしょうね。でも、うわべは性差別主義者や時代に逆行した愛国主義者を装っていても、父親としてのあなたは、善良なリベラルで、世間並みに体罰や有害玩具のことにうるさい人だった。べつにからかってるわけじゃないのよ。ただ、あなたも、子育てのしかたをふりかえって、わたしたちがどこで道を誤ったのか考えたりするのかなと思っただけ。

わたし自身は、ベテランの弁護士の助けを借りて、ケヴィンの育て方をふりかえらせてもらったわ。

「ミズ・カチャドリアン」

証人席のわたしにハーヴィーがつぎつぎと質問を浴びせた。

「あなたのご家庭には子どもたちにおもちゃの銃で遊ばせないというルールがありましたか？」

「はい。いまさらこんなことをいっても意味はないでしょうけど」

「子どもたちがテレビやビデオを見るときにはいつも監視していましたか？」

「ケヴィンには、とくに彼がまだ幼いころは、暴力的な映像や露骨な性描写がある映像を見せないようにしていました。おかげで夫は見たい番組をほとんど見られませんでした。それで、ひとつだけ例外を作ったんです」

「それはなんですか？」

ハーヴィーがまた、いらだった声でいった。打ち合わせのときとちがう展開だったからでしょうね。

「『ヒストリー・チャンネル』です」

だれかがクスクス笑う声が聞こえた。天井桟敷に向かって演技してる気分だったわ。

「わたしの質問は」ハーヴィーが歯を食いしばったまたずねた。「あなたが最大限の努力を払っていたか、ということです。息子さんが周囲から悪しき影響を受けないようにするために」

「わが家で受ける影響は、地球の表面積のうちの六エーカー程度です。そのなかでさえ、わたしは、ケヴィンのわたしに対する悪しき影響を阻止できませんでした」

ハーヴィーが一瞬口をつぐんで息を吸いこんだ。代替医療の専門家から呼吸法でも教わったのかもしれない。

「つまり、ケヴィンが友だちの家でどんな遊びをして、どんなテレビを見ているのかについてまで、あなたには管理できなかったということですね」

「正直に申しあげて、ケヴィンが友だちの家に呼ばれることはめったにありませんでした」

裁判官がさえぎった。「ミズ・カチャドリアン、質問されたことにだけ答えてください」

「答えたつもりですけど」わたしは投げやりな口調でいった。もううんざりだった。

「インターネットはどうでしたか?」ハーヴィーが質問を続けた。「息子さんは自由に見たいサイトにアクセスできましたか? つまり、暴力的なサイトや猥褻なサイトも含めて」

「もちろん、ペアレンタル・コントロールの機能はすべて設定していましたけど、ケヴィンが一日でプロテクトをはずしてしまいました」

わたしはなにかを払いのけるように手を振ってみせた。ハーヴィーからは、ほんのわずかでも証人尋問をなめているようなそぶりを見せてはいけないと警告されていた。いまの態度で、わたしのひねくれた性格があらわになったってわけ。でもそんなことより、集中力を保つことのほうがたいへんだった。証人席じゃなくて、被告側のテーブルにいたら、まぶたが重くなって、頭を傾けてうたた寝していたと思うわ。なにかしゃべっていないと目をつぶってしまいそうだから、ついよけいな発言をして、裁判官——ラインシュタイン先生並みに険のあるとりすました女だった——に警告を受けるはめになった。

「ですから」わたしはしゃべりつづけた。「ケヴィンが十一歳か十二歳になったときには、もうなにもかも手遅れでした。おもちゃの銃の禁止令も、パソコンのアクセス制限も……。子どもはわたしたちと同じ世界に住んでいます。そういう有害なものから子どもを守れるなんていう都合のいい考え方は、甘いというより、ただの親の思いあがりです。親はみな、自分がいい親で、最善を尽くしていると自分にいい聞かせようとしているんです。わたしはもしすべてをやり直せるなら、ケヴィンには好きなもので自由に遊ばせてやりたいと思っています。もともと好きなものが少ない子でしたしね。テレビ番組も制限しないで、一般向けのビデオにこだわるのもやめます。そんなことをしても、わたしたちが愚かに見えるだけですから。親の無力さが強調されて、子どもたちは親をますます軽く見るようになるんです」

裁判でのわたしの発言を聞いたら、ケヴィンがわたしたちを軽く見るようになったのは、親としての威厳がなくてあの子が邪悪な外の世界にふれるのを禁止できなかったことが原因のように思われたかもしれないわね。でも、そうじゃない。あの子がばかにしてたのは、わたしたちの禁止令にあの子を縛る力がなかったことじゃなくて、その内容がくだらなかったことなのよ。セックスまでくだらないというのかって？　ケヴィンはセックスをむしろ利用したわ。わたしがセックスを、というか、ケヴィンがセックスに目覚めたことを、恐れていると気づいたときにね。でもわたしの恐れがなかったら？　セックスは退屈なものにすぎなかったでしょうね。実際、高校じゃセックスなんて全然めずらしくなかったし、日常の一部だったから、ケヴィンがそれほど夢中になったとも思えない。丸い穴をつぎつぎに取りかえれば、気分は変わるかもしれないけど、それは新しいものとの出会いとはちがうとわかってたと思う。

暴力についていえば、話はもっと簡単だった。

ほら、映画の年齢制限にこだわってまともな映画を選ぶのをやめたあとで、『ブレイブハート』を家族で見たのを覚えてるでしょ？　最後のシーンで、メル・ギブソンが両手両脚を拷問台に縄で縛りつけられた。イングランド兵がその縄を引っぱるたびに、縄がきしんでうめくような音をたてると、わたしもいっしょにうめき声をあげたわ。でも、ケヴィンの様子をうかがったら、あの子は退屈そうに画面をながめていた。つまらなそうに口を半開きにしているのは、あの子がくつろいでいるときのしるし。テレビを見ながら、ニューヨーク・タイムズのクロスワードパズルのマス目をマジックで塗りつぶすなんてことまでしていたわ。

映画の残酷なシーンを見ていられなくなるのは、それを自分の身に置きかえて考えたときだと思うの。でも、ケヴィンにはわかってた。映画の映像が本物じゃないのはもちろん、それが自分のことじゃないのも。わたしはケヴィンが、人間の首をはねたり、腹を切り裂いたり、皮をはいだり、串刺しにしたり、目をくりぬいたり、磔《はりつけ》にしたりするシーンを見ている様子を観察してきたけど、そういうとき、あの子は一度もたじろいだりしなかった。ちゃんとわかっていたのよ。映像と自分自身を切りはなしてしまえば、スプラッター映画を見るのは、母親がビーフストロガノフを作っているのをながめるのと同じで、たじろぐようなことじゃないって。だったら、そんなものから守ってもらう必要なんかどこにもない。だから、『ブレイブハート』――あるいは『レザボア・ドッグス』『チャイルド・プレイ2』――に描かれていることのほとんどは、ケヴィンにとっては全然目新しいものじゃなかった。

ケヴィンがわたしたちを許せないと思った理由も、そこにあったんじゃないかしら。あの子が怒っているのは、わたしたちが大人の世界の前にカーテンを引いて隠してしまったことじゃなく、やたらな期待を抱かせてしまったことなのよ。そのカーテンの向こうに、見たこともないようなすばらしいものがあるんじゃないかという期待を(わたしだって出産前には、子どもを産んだら別世界に行けるんじゃないかと思ってた)。ケヴィンにあなたはまだ小さいんだからといって大人の世界のことを隠したとき、あの子は当然、しかるべきときがきたらこのカーテンを開けて見せてもらえると思いこんだことでしょうね――でも、いったいなにを？　それは、ケヴィンにもはっきりはわからなかったんじゃないかしら（わたしの出産後の世界に対する期待が曖昧模糊としたものにすぎなかったように）。でも、まさかわたしたちがなにも隠していないとは想像しなかったはず。わたしたちが決めたばかげたルールの向こう側に、なにもないとは思わなかったはずよ。

親の思いあがりについても、法廷でいったことだけじゃ不十分だったわ。だって、親は「わたしたちはりっぱな保護者なんだ」と自己満足にひたるだけじゃなくて、子どもを守っているふりをすることで自分をえらく見せようとしてるんだから。自分たち大人は秘密の法典《タルムード》を見ることを許されたけれど、その身の毛もよだつような内容をうぶな子どもたちに知らせるなんてとんでもない、自分たちは何も知らなかった昔にはもどれないけど、せめて子どもたちだけは守ってやらなければ、というわけ。そうすれば、自己犠牲のヒロイズムにも酔えるしね。じつは秘密の法典なんてなんの中身もないんだけど。

だから、大人はぜったいに認めたくないのよ。二十一歳になってはじめてかじることが許された禁断の果実が、子どものランチボックスに入っているゴールデンデリシャスとじつはそんなにちがわないことも、校庭での子どもの口げんかがほんの少し発展するだけでPTAの会議での駆け引きになることも、だれが最初にキックベースチームの選手に選ばれるかの延長に大人の社会的な序列があることも、大人の社会にもやっぱりいじめっ子集団とかいじめられるデブ集団とか泣き虫の集団とかがあることも。まったくたいした秘密だわよね。親はセックスをするのも大人の特権のような顔をしていばってる。でも、自分たちの子ども時代のことをちゃんと思いだしてみたら、そんなに大きな顔はできないはずよ。昔あなたにベッドのなかで告白したことがあったわね。わたしにとっていちばん強烈な性的な記憶は十歳になる前のことだったって。子どもだって性的な行為はしているのよ。三歳のころからわたしたちがしているのは、とどのつまり食べて排泄して発情すること。大人はさらに貪欲にさらに大々的にそれをやり、かつ人の目からそれを隠そうとしているだけ。わたしたち大人が秘密にしているのはそういうことなのよ。そして、その秘密を守るために大人全員が結託している。

たしかに、ケヴィンが十四歳になったころには、彼がどんなビデオを見ても、どんな時間の過ごし方をしても、ほとんど本を読んでいなくても、わたしたちが口出しすることはなくなった。でもあの子は、くだらない映画を見て、くだらないウェブサイトにアクセスして、くだらない安酒を飲んでたばこを吸って、くだらないクラスメートとセックスしながら、自分の期待が裏切られたと感じてたんじゃないかしら。じゃあ、あの「木曜日」は？　やっぱり、期待を裏切られたと感じたんじゃないかしらね。

話はもどるけど、ハーヴィーがじっとがまんしている様子を見て思ったの。彼はわたしが長々としゃべりつづけるのをたちの悪い身勝手な態度だとみなしてるってね。わたしたちの主張――実際にはハーヴィーの主張だけど――は、わたしがごくふつうの母親で、ごくふつうの母親らしい愛情を持ち、わが子をごくふつうの子に育てるために、ごくふつうの注意を払って子育てをしてきたという前提のもとに組み立てられていた。わたしたち親子は、単に運が悪かったのかもしれないし、遺伝子に問題があったのかもしれないし、社会に問題があったのかもしれないけど、それはシャーマンや生物学者や人類学者が判断することで、法廷で裁くことではないという主張ね。ハーヴィーは、すべての親の心のなかにひそむ不安——自分がなにもかも完璧にやっていたとしても、ある日これと同じような悪夢が自分の上にふりかかってくるかもしれないという不安——を呼び覚まし、彼らにこれは他人事じゃないぞと思わせようとしていた。いま思えば、あれは理にかなったやり方だった。一年経ったいま、あのとき自分が反抗的な態度をとったことが恥ずかしく思えてくるわ。

それでも、出産後に「産後うつ病」というゴム印を押されて十把一からげに扱われたのがいやだったように、すべてを神の御心で片づけるような弁護のやり方にはほとほと嫌気がさしていた。わたしは世間の平凡な母親たちとはちがうのよ、といいたくてたまらなかった。それをわかってもらえるなら、わたしがとてつもなくひどい母親だといわれても、あるいは六百五十万ドルの値札がつく財産（原告団がウィング・アンド・ア・プレヤー社の市場価値を調べたの）をなげうってもかまわなかった。あの時点で、わたしはすべてを失っていた。フランクリン、会社以外のものは全部失っていたの。会社に関しては、あの状況でまだ売却しないでいるのは無神経な気もしていた。結局他人の手に渡ってしまった自分の分身ともいえるあの会社を、その後なつかしく思ったこともあったけど、あの当時は会社のことなんかどうでもよかった。少なくとも法廷でどうにか睡魔をやり過ごすことができれば、裁判に負けても、一文無しになってもかまわないと思っていた。あの目障りな家にいたっては、手放すことになればいいと心から願っていた。なにがどうなろうとかまわなかった。こんなふうにすべてに無関心でいることには自由がある。酔いしれてしまうほどに激しくて目もくらむような解放感がある。自分がなんでもできるような気分になってくるのよ。ケヴィンもそれはよく知ってると思うけど。

わたしは原告側弁護団（彼らはわたしのことをおおいに気に入ってたし、自分たちの側の証人として呼びたがっていたんじゃないかと思うわ）が喜ぶようなことばかりいいつづけていたので、証言台からおろされたわ。でも、台からおりかけたところで立ち止まってこういった。

「裁判長、ひとつ思いだしたことがあります」

「いまの証言を修正するということですね？」

「わたしたちはケヴィンに銃を持たせていました」（ハーヴィーがため息をつくのが聞こえたわ）。「四歳のときに水鉄砲を与えました。夫が子どものころ、水鉄砲で遊ぶのが好きだったので、息子にも特例を設けたんです」

たしかに特例は設けたけれど、そもそも「おもちゃの銃で遊ばせない」というルール自体が意味のないものだと思うの。おもちゃの銃で遊ぶのを禁止された子どもは、棒きれで人を突こうとする。電池でダダダダと音がするプラスティック製の銃で遊んでも、「バン！　バン！　バン！」と叫びながら小枝を銃に見たてて遊んでも、子どもが成長するうえでなにかちがいが出てくるとは思えない。少なくともケヴィンは水鉄砲を気に入っていた。周囲の人を困らせることができるとわかったから。

トライベッカから新居に引っ越した日、ケヴィンは引っ越し業者の作業員のズボンのチャックに水鉄砲を浴びせては、「おもらししてる」と叫びつづけていた。あの子がそんなことをいうなんて、皮肉だと思ったわ。だって、たいていの子どもがトイレを使えるようになるころから二年もたとうとしているのに、わたしたちがそれとなく「ママやパパと同じようにトイレに行く」ことをしつけようとしても、あの子はそれを拒んでいたんだから。あのときケヴィンは、わたしがケニヤからおみやげに買ってきた木の仮面をかぶっていた。目の位置に開いた小さなふたつの穴のまわりは白で大きく縁取られ、逆立った不ぞろいな麻の髪の毛と、鳥の骨でできた八センチほどのとがった歯がついていた。仮面はケヴィンのきゃしゃな体には大きすぎて、ブードゥー教の人形がおむつをつけているように見えた。まったくなんであんなものを買ってきたのかしら。もともと無表情なケヴィンに、仮面なんて必要なかったのに。報復の怒りをむきだしにしたあの仮面を見ると、背すじがぞっとしたわ。

ズボンの股が水で濡れてむずがゆいまま荷物を運ぶのは愉快な作業じゃなかったと思うけど、作業員はみんないい人で、文句ひとついわず注意深く作業を続けていた。でも、彼らがひきつった表情を浮かべたのに気づいて、わたしはケヴィンにいたずらをやめるようにいったの。ケヴィンは、仮面をかぶった顔をこちらに向けてわたしが見ているのをたしかめると、黒人の作業員のお尻めがけて水鉄砲をうった。

「ケヴィン、やめなさいっていったでしょ。わたしたちを手伝ってくれる親切なお兄さんたちを困らせるようなことをしちゃいけません。ママーは本気でいってるのよ！」

わたしは図らずも、最初にやめなさいといったときは本気じゃなかったとほのめかすことになってしまった。頭のいい子どもは「いまは本気だけど、この前はそうじゃなかった」と拡大解釈して、母親の小言はどれも意味がないんだと判断する。

こうして親子のやりとりは平行線をたどっていく。ピシャッ、ピシャッ、ピシャッ。「ケヴィン、いますぐやめなさい」。ピシャッ、ピシャッ、ピシャッ。「ケヴィン、これが最後の警告よ」。ピシャッ、ピシャッ、ピシャッ。そしてついに（ピシャッ、ピシャッ、ピシャッ）こういわざるを得なくなる。「ケヴィン、もう一度だれかに水をかけたら、水鉄砲はママーがもらいます」その報いがこれよ。「にぇーにぇ、にぇー、にぇー、にぇー、にぇーにぇにぇにぇ、にぇー、にぇー、にぇーにぇにぇにぇ、にぇーーーーー」

フランクリン、あなたが持っていた育児書はいったいなんの役に立ったというのかしら？ 気がついたら、あなたはケヴィンのそばで体をかがめて、あの子からあのいまいましいおもちゃを借りていた。わたしに聞こえたのは、かすかなクスクス笑いと、「ママー」はどうこうという言葉。そしてあなたはわたしを水鉄砲でうった。

「フランクリン、それはどうかと思うわ。わたしはケヴィンにやめろといったのよ。わたしの邪魔をするつもり？」

「にぇーにぇー、にぇ、にぇーにぇー。にぇー、にぇーにぇ、にぇーにぇにぇーにぇ。にぇー、にぇーにぇ、にぇー？」

あろうことか、あなたの口から聞こえてきたのは「にぇーにぇー」で、その後、あなたは水鉄砲でわたしの眉間に水をかけた。ケヴィンは耳障りならなり声をあげた（あの子はまだ笑い方さえ知らなかったから）。あなたがケヴィンに水鉄砲を返すと、あの子は水鉄砲でわたしの顔をずぶ濡れにした。

わたしはあの子の手から水鉄砲をもぎ取った。

「おい！」あなたが声をあげた。「エヴァ、引っ越しっていうのはものすごーくたいへんな作業なんだよ！」（あなたが「ものすごーく」なんていったのは、あの子の前では「クソ」に類する言葉は使わないことにしてたからだったわね）。「きみも少しは楽しんだらどうだ？」

あのとき水鉄砲はわたしが持っていたから、あなたに調子を合わせて、ふざけてあなたの鼻に水をかけていれば、すべてまるくおさまっていたんでしょうね。そうすれば、わいわいがやがやのなかであなたがわたしの手から水鉄砲を奪いかえしてケヴィンに渡してやり、三人でもつれあって笑いころげてた……。ずっとあとになってから思いだしたかもしれないわね。グラッドストンに引っ越した日の、水鉄砲をめぐる夢物語のような親子げんかのことを。でも実際には、わたしは興ざめな態度をとって、水鉄砲をバッグのなかに隠してしまった。

「作業員のお兄さんたちはズボンを台無しにしたけど」あなたがケヴィンにいった。「ママーだってパーティーを台無しにしたよな」

もちろん、ほかの親たちが夫婦のあいだでやさしい親ときびしい親を役割分担する不公平さについて愚痴をこぼしているのを聞いたことはあった。やさしい親はいつも子どもに気に入られるのに、きびしい親は重い荷物を全部引きうけるはめになるってね。わたしはつまらないことをぐだぐだいってと思いながら聞いていた。なのに、わたしがこんな目に遭うなんて。役割分担のことなど自分には関係ないと思ってたのに。

ブードゥー人形の仮面をかぶったケヴィンは、わたしのバッグのなかにある水鉄砲をしっかりマークしていた。ふつうの男の子なら泣きだしているところだけど、あの子はなにもいわずに、鳥の骨の歯がむきだしのしかめ面をわたしに向けただけだった。まだ学校にもあがらないうちから、ケヴィンは策士だったんだわ。チャンスをうかがうという戦略を知っていたの。

わが子を罰するのはとてもつらいことだとさんざん人から聞かされてきたわ。でも実際には、ケヴィンから水鉄砲を取りあげたとき、わたしは強烈な喜びがほとばしるのを感じた。引っ越しトラックのあとについてピックアップでグラッドストンに向かうあいだ、わたしはケヴィンのお気に入りのおもちゃが自分の手元にあることがうれしくて、バッグからそれを取りだして人差し指を引き金にかけたまま、助手席に座っていた。わたしとあなたのあいだでシートベルトに縛りつけられたケヴィンは、わざとらしく無関心を装ってわたしの膝からダッシュボードに視線を移した。むっつりと押しだまって、体はだらんとしていたけど、あの仮面が彼の感情を物語っていた。あの子の心のなかには怒りが燃えたぎっていた。あの子はわたしを心底憎み、わたしは満足しきっていた。

たぶんあの子は、わたしが喜んでいるのを感じて、いつかその喜びを奪ってやろうと決心したのよ。ものへの愛着が――水鉄砲でも――自分の弱みになるとすでに直感で知っていたんだわ。自分がなにかをほしがると母親はそれを与えようとしない。となれば、少しでも欲望をあらわにすれば自分には不利になる。そのひらめきを与えてくれた神に捧げ物をするかのように、ケヴィンは仮面をピックアップの床に放り投げて、無表情のままテニスシューズで蹴とばした。そのせいで仮面の歯が何本か折れてしまった。ケヴィンがたった四歳半であらゆる欲望に打ち勝てるほど早熟な子ども――モンスターだったとは思わないわ。だって、あの子は水鉄砲を取りかえしたいと思ってたんだから。でも、無関心を装うことが強力な武器になることだけは、このときあの子の心にしっかりと刻みこまれたはずよ。

グラッドストンに到着すると、新居は記憶のなかにあるよりもさらにおぞましい建物に見えたわ。ひと晩泣かずに過ごせるとは思えなかった。わたしは車から降りた。ケヴィンは自分でシートベルトをはずせるようになっていたから、わたしが手を貸そうとするといやがった。そして、わたしが車のドアを閉められないように、ステップの上で立ち止まったの。

「水鉄砲を返して」

これはだだをこねて母親を根負けさせようとする言い方じゃなかった。いきなり母親への最後通告をつきつけてきたの。ここで負けたら、わたしがあの子にいい聞かせるチャンスは二度とめぐってこない。

「今日のあなたはとっても悪い子だったわ、ケヴィン」わたしはのらりくらりといいながら、ケヴィンを抱きあげて地面に降ろした。「悪い子におもちゃはあげられません」

そのとき思ったの。あら、わたしも母親でいることを楽しめるようになれるかも。これって、けっこう楽しいじゃない。

水鉄砲は濡れていたから、バッグのなかにはもどしたくなかった。作業員たちが荷物を降ろしはじめると、ケヴィンはキッチンに入っていくわたしの後をついてきた。わたしはカウンターに腰かけて腕をのばし、食器棚の上に指先で水鉄砲を押しこんだ。

そのあとは、作業員たちに荷物を運ぶ部屋を指示するのに忙しくて、二十分くらいキッチンにはもどれなかった。

「ちょっと待ってね」作業員に声をかけたあと、わたしは思わず叫んだ。「動かないで!」

ケヴィンはふたつ積まれた段ボール箱の横に別の段ボール箱を押しつけて、カウンターにのぼる階段を作っていた。作業員がカウンターの上に載せていた食器の入った段ボール箱が、もう一段の階段になっていた。でもケヴィンは、わたしの足音が聞こえてきてから食器棚の下のほうの棚をのぼりはじめたんだと思う(親が見ていないところで反抗的な行動をとるなんて意味がないってわけ)。

わたしがキッチンに入ったときには、彼のテニスシューズは食器棚の下から三段目の棚にかかっていた。開いてゆらゆらしている両開きの扉の上の部分を左手でつかみ、右手は水鉄砲まであと五センチくらいのところにのびていたわ。「動かないで！」と叫ぶ必要はなかったのよ。あの子はカメラを向けられたみたいに、その場で固まっていた。

「フランクリン！」わたしは大声であなたを呼んだ。「こっちにきて、早く！」

わたしの身長ではケヴィンを抱きあげて床におろすことはできなかった。ケヴィンが足をすべらせて落ちたときにキャッチできるよう後方にさがったとき、ケヴィンと目が合ったの。あの子の瞳には、誇りとも喜びとも憐れみともつかない表情が浮かんでいた。ああ、なんてこと！　たった四歳で、この子はわたしとの駆け引きに勝ったんだわ。

「おいおい、すごいところにのぼってるな！」あなたは笑いながらケヴィンを抱きあげて床におろしたけど、その前にあの子は水鉄砲をつかんでいた。「空を飛ぶ練習をするのはまだ早いだろう！」

「ケヴィンはとってもとっても悪い子だったわ！」わたしは早口でまくしたてた。「だからその水鉄砲はずっとずっと先まで使っちゃいけません！」

「ケヴィンは自力でそれを取りもどしたんだろ？　あそこまでのぼるなんてりっぱなもんだ。本物の小猿みたいだよな？」

ケヴィンの顔がくもった。あなたに見下されたと思ったのかもしれない。でも、そうだとしても、あの場面では自尊心を殺すほうが得策だった。「うん、ぼくは小ザルだよ」ケヴィンは表情ひとつ変えずにそういうと、片手に水鉄砲をぶらさげて、ハイジャック犯を思わせる横柄で平然とした様子でキッチンから出ていった。

「わたしに恥をかかせたわね」

「エヴァ、引っ越しはたしかにぼくたちにとってもたいへんだけど、子どもにとってはもっとずっとつらい経験なんだよ。少しは大目に見てやれよ」

翌日の晩の新居祝いの夕食にはステーキを用意して、わたしはテルアビブで買ったお気に入りのカフタン、白地に白の糸を織りこんだ服を着た。その晩、ケヴィンは水鉄砲にブドウのジュースを入れることを覚えた。あなたは愉快なアイディアだと思ったでしょうね。


わたしが新しい家にあらがうのと同じくらい、新しい家もあらゆる意味でわたしにあらがっていた。なにひとつ噛みあわなかった。シンプルな整理だんすを部屋の隅に置こうとすると、どうしてもみっともない三角形の隙間ができてしまう。わたしの家具はどれも持ち主と同じように年季が入っているけど、トライベッカのアパートでは、ぼろぼろだけどかわいいおもちゃ箱や、調子はずれのおもちゃのグランドピアノや、鳥の羽根がはみだしたクッションを置いた心地よい沈み加減のカウチが、オフビートのリズムをきっちりと刻んでいた。でも、洗練された新居にきたら、いきなりファンクがジャンクに変わってしまった。古い家具がかわいそうでたまらなかった。

キッチン用品も同じだった。グリーンの大理石のカウンターの上ではどれもうるさい音を立てるし、一九四〇年代のミキサーは趣のある逸品からみすぼらしいガラクタに変わってしまった。引っ越してからしばらくして、あなたが丸みを帯びた形の多機能ミキサー《キッチンエイド》を買ってくると、わたしはそれに脅されたみたいに、時代がかった自分のミキサーを救世軍に寄付しに行くはめになった。

いつだってわたしはそこそこ裕福だったけど、所持品は多い方じゃなかった。東南アジアで買ってきた絹の掛け布や、西アフリカで買ってきた彫刻や、叔父からもらったアルメニア製の絨毯をのぞいて、トライベッカでの生活の残骸のほとんどをぎょっとするほど短い時間で処分してしまった。かろうじて残った異国趣味の品々さえ、そのへんの高級輸入品のアウトレットで買ってきたまがいものみたいな雰囲気をかもしだしていた。わが家における美意識のシフトは、わたしのウィング・アンド・ア・プレヤー社での長期休暇と重なっていたから、わたしは自分自身がだんだん消えていくような気分だったわ。

だからこそ、書斎の改装計画はわたしにとってすごく重要だった。あの出来事が、かたくなで、厳格で、子どもを断じて許そうとしないわたしの性格をよく表していると、あなたは思っているでしょうね。でも、わたしにとってはそうじゃなかった。

わたしは、窓がひとつしかない、ほぼ長方形の部屋を自分の書斎に選んだ。たぶんあの部屋は、さいわいなことに、この夢の家を建てた夫婦のすばらしいアイディアが底をつきかけたころに設計されたんだと思うの。上質な木の壁に壁紙を貼るのをいやがる人が多いのはもちろん知ってるけど、あの家ではチーク材の海を泳いでいるようなものだった。そういうなかで、たぶんくつろいだ気分になれるいい方法があった。少なくともあのひと部屋では。つまり、わたしは書斎の壁を地図で埋めつくすことにしたの。地図の箱は山のようにあった。『ウィング・アンド・ア・プレヤー イベリア半島編』の取材でユースホステルやペンションの位置に赤で印をつけたポルトやバルセロナの町の地図や、のどかな列車の旅の道筋を黄色いマーカーでたどったローヌ渓谷の地形図や、製図用のボールペンで大胆に無数の航空旅程が書きこまれた世界地図もあった。

ほら、わたしは昔から地図が大好きだったでしょ。もしかするとわたしは、地図を見たときに感じる「方向感覚」が、郊外に住む専業主婦の生活に飛びこもうとする自分を導いてくれるような気がしたのかもしれないわね。自分の判断で昔の生活を捨てたことと、もどろうと思えばもどれるかもしれないことを思いだすために、以前の自分を表す物理的な象徴を求めていたのかもしれない。それに、ケヴィンが大きくなって好奇心が旺盛になってきたら、書斎の隅に貼ってあるマジョルカ島の地図を指さして、あそこはどんなところなの？って訊いてくれるようになることもかすかに期待していた。わたしは自分の生活を誇りに思っていたし、教養のある母親を持つことで、ケヴィンも自分自身に誇りを持てるようになるはずと自分にいい聞かせていたけど、でも、ほんとうは、ケヴィンにわたしのことを誇りに思うようになってほしいと願っていただけなのかもしれない。それが親の高望みなんだということが、あとでわかるようになるとは思ってもいなかった。

体力的には、書斎の改装は骨の折れる作業だったわ。地図はみんな大きさがバラバラだから、左右対称でなく秩序立っていなくても、見映えのいいパッチワークになるように、色のバランスを考えて、市街地の地図と大陸の地図を慎重に配置する必要があった。壁紙ののりの使い方も覚えたわ。のりづけはめんどうな作業だったし、古びてぼろぼろになった地図にはアイロンをかけなければならなかった。紙って焦げやすいからたいへんだったわ。新居を整えるにはそれ以外にも山ほどやることがあったし、ウィング・アンド・ア・プレヤー社の新しい編集長のルイス・ロールに電話であれこれ指示を出すのに時間をとられてしまったから、改装にはゆうに数カ月はかかった。

ケヴィンがチャンスをうかがっていた、というのはまさにこのことなの。あの子は書斎の壁に地図が貼られていく様子をずっと見ていて、それがどんなに厄介な作業なのかを知った。実際、自分も壁紙ののりで家じゅうをべたべたにして、さらに厄介な状況にするのに手を貸した。ケヴィンは地図に書かれた国がなにを意味するのかは理解してなかったけど、それがわたしにとってなにかを意味していることは理解していたのよ。

窓の横に残った最後の隙間にのりをはけで塗って、フィヨルド海岸に縁取られたノルウェイの地形図を貼ると、わたしはハシゴをおりて、ぐるりとまわって全体をチェックしてみた。すばらしい出来映えだったわ！　ダイナミックで、奇抜で、ものすごく感傷的。地図と地図の隙間を埋めた列車のチケットの半券や博物館の見取り図やホテルの領収書が、地図のコラージュに個人的な色合いを添えていた。わたしは、空虚で機知に欠けたこの家の一角に、むりやり意味を持たせたの。ジョー・ジャクソンの『ビッグ・ワールド』のCDをかけて、のりの瓶の蓋を閉めて、横幅二メートルのロールトップデスクを覆っていた麻布をたたんで、デスクの蓋を引きあげ、最後に残っていた段ボール箱のなかから、アンティークのカートリッジ式万年筆と赤と黒のインク瓶、スコッチテープ、ホチキス、装飾小物――スイス製のミニチュアの鈴、スペイン製のテラコッタの聖像を取り出してデスクの上に置いてみた。

その間、わたしはヴァージニア・ウルフの小説みたいに、ケヴィンに向かってしゃべりつづけていた。

「だれでも自分の部屋が必要なの。自分の部屋を持つのがどんな感じかわかる？　ここはママーのお部屋よ。だれでも自分の部屋を特別にしたいと思うの。ママーは世界中のいろんな国に行ったことがあるから、ここに貼ってある地図を見ると、そのときのことを思いだすの。あなたもいつかわかるようになるわ。いつかきっと、自分の部屋を特別な部屋にしたいと思うようになる。そのときにはママーが手伝ってあげても――」

「特別ってどういう意味？」

片方の肘を体にくっつけながら、ケヴィンがたずねた。だらんとのばしたもう一方の手に握られた水鉄砲から、ぽたぽたと水が垂れていた。水漏れはますますひどくなっていた。ケヴィンはそのころになってもまだ年のわりに体はきゃしゃだったけど、あの子ほど存在感のある人間をわたしは見たことがないわ。そのまわりに漂うふてくされた重苦しい雰囲気。それだけで、あの子がそこにいることを忘れることはできなくなった。ほとんどしゃべらないけれど、あの子はいつもわたしを観察していた。

「そうね、あなたの個性みたいなものかしら」

「個性ってなに？」

この言葉の意味は、それ以前にも説明したことがあったわ。あのころ、わたしはあの子の語彙を増やしたり、シェイクスピアがどんな人か教えたりすることに夢中だったの。教育上のおしゃべりは、空虚感を埋めてくれた。わたしが早くだまればいいのにとケヴィンが思っているのはわかってたわ。なにしろ、聞きたいことはいざしらず、聞きたくないことなら際限なくある子だから。

「あなたの水鉄砲は、あなたの個性を表しているの」もちろんわたしは、あの子がわたしのお気に入りのカフタンを汚すのが個性だとはいわなかった。それに、もうすぐ五歳になるのにおむつにうんちをすることが個性だともいわなかった。「ケヴィン、あなたはほんとに困った子ね。ママーのいってること、ちゃんとわかってるんでしょ？」

「ぼくも、壁にクズみたいなものを貼らなきゃいけないんだ」

むり強いされているような口調でケヴィンがいった。

「貼りたくなければ、貼らなくていいのよ」

「貼りたくない」

「わかったわ。あなたがやりたくないことがまたひとつ見つかったわね。公園には行きたくない、音楽は聴きたくない、食べたくない、レゴで遊びたくない。どんなにがんばっても、これ以上やりたくないことは見つからないと思うわ」

「ここに貼ってある変てこな四角い紙」あの子は間髪入れずに答えた。「ばっかみたい」

〝ばっかみたい〟は〝それはやだ〟のつぎにケヴィンが好んで使う言葉になっていた。

「あなたの部屋は、あなたの好きなようにすればいいわ。ママーもあなたがママーの地図をばかみたいだと思っても気にしない。ママーはこの地図を気に入ってるの」

わたしはケヴィンにこの部屋を台無しにするようなまねをさせないために、予防線を張ろうとした。この書斎はすばらしい部屋になった。これは全部わたしのもの。デスクの前に座って、大人の時間を過ごす。そして、最後の仕上げにドアにかんぬきをかけたいと思ったわ。そう、わたしは地元の大工に頼んで、書斎にドアをつけてもらっていた。

ケヴィンは引きさがらなかった。まだわたしにいいたいことがあったのよ。

「わからないよ。みんなクズみたいだし、できあがるまでものすごく時間がかかった。でも、ばかみたいにしか見えない。どこがすごいのかわかんない。どうしてこんなことしたの？」ケヴィンがドンと足を踏みならした。「ばっかみたい！」

ほかの子どもは三歳くらいのときにしきりに「なんでなんで？」と訊きたがる時期があるけど、ケヴィンは三歳のときはまだほとんどしゃべっていなくて、そういう時期がなかった。子どもが「なんで？」というのは、ものごとの因果関係を理解しようとする飽くなき知識欲の表れという見方もあるようだけど、わたしは公園でいやというほどほかの親子のこんなやりとりを聞いてきた（「そろそろ夕食のしたくをするわね」「なんで？」「だって、みんなおなかがすくでしょ」「なんで？」「体がなにか食べてっていってるからよ」「なんで？」）。三歳の子どもはべつに食べ物の消化のしくみを知りたいわけじゃないのよ。かならず答えが返ってくる魔法の言葉を見つけたから、それをくりかえしているだけ。でもケヴィンの「なんで」にはちゃんと中身があった。あの子は、大人がやることはみんなくだらないと思っていたのと同じように、わたしが書斎の壁に地図を貼ることをとんでもない時間のむだだと思っていた。なんでそんなことするのといぶかしむと同時に、なんでそんなことしなきゃならないんだよと怒ってた。いまでは、こういうケヴィンの「なんで」時代は成長の一段階というより、一生続くものじゃないかという気がしてきてるんだけど。

わたしはひざまずいて、ケヴィンの怒りに満ちた顔をのぞきこんで、片手を肩の上に置いた。

「それはね。ママーがこの新しい書斎が大好きだからよ。ママーは地図が大好きなの」

「ばっかみたい」

ケヴィンは冷たくいいはなった。電話の鳴る音がして、わたしはあの子の肩から手を離した。

書斎にはまだコードレスの電話を取りつけていなかったから、電話に出るためにわたしはキッチンに向かった。電話はルイスからで、『ウィング・アンド・ア・プレヤー日本編』の件で新たに持ちあがった問題についての相談だった。話はものすごく長びいた。電話をしながら、わたしはケヴィンにこっちに来なさいと何度も声をかけた。でも、ほんとうはちゃんとあの子を見張っているべきだった。あなたには、毎日小さな子どもから片時も目を離さないようにするのがどんなにたいへんなことか、想像できる？　ほんのわずかな時間、子どもに背を向けてしまったばっかりに、とんでもない結果になった子育てに熱心な母親に、わたしは心の底から同情するわ。

ようやく受話器を置いて廊下の奥の書斎にもどってみると、ケヴィンは、ドアのついた部屋ならではの楽しみを見つけていた。書斎のドアは閉まっていた。「ちょっと！」わたしはドアノブをまわしながら声をかけた。「あなたがおとなしくしてるとママーは心配に――」

壁に貼った地図には、網の目のように赤と黒のインクがかかっていた。水分を吸収しやすい紙は、インクがしみになりはじめていた。天井も同じだった。わたしは天井にも、はしごにのぼって上を見ながら壁と同じように地図を貼っていたから。頭上からインクがぽたぽたと落ちてきて、結婚祝いに叔父からもらったとても高価なアルメニア製の絨毯を汚していた。書斎はめちゃめちゃでぐしょぐしょで、まるで、火災警報器が鳴ってスプリンクラーが作動したのに、ノズルから水の代わりに潤滑油とチェリー味のハワイアンパンチとマルベリーのシャーベットが噴きだしたようなありさまだった。

何日かたって、液体の色が徐々に淡い紫色に変化していく様子を見れば、ケヴィンが最初に黒インクを使ってから赤インクをかけたことがわかったけれど、あのときのケヴィンは、わたしになにひとつ推理の材料を与えなかった。そのとき彼は水鉄砲の筒のなかに赤インクの残りを注いでいた。キッチンの食器棚から水鉄砲を取りかえしたときと同じで、わたしが書斎にもどってくるタイミングで入れられるよう、ちょうどスプーン一杯のインクを残しておいたとでもいうようだった。書斎の椅子の上に立って、その作業に集中していた。目をあげることさえしなかったわ。筒の穴は小さかったから、一心不乱にインクを注いでいた。艶のあるオークのデスクにはインクが飛び散り、あの子の両手はインクにまみれていた。

「ほら」ケヴィンが落ちつきはらった声でいった。「これで特別になった」

わたしはケヴィンの手から水鉄砲をひったくり、床に投げ捨て、粉々になるまで踏みつけた。イタリア製のきれいな黄色のパンプスが、インクで台無しになった。

エヴァ

二〇〇一年一月十三日

親愛なるフランクリン

そう、今日は第二土曜です。またあのベーグル・カフェに入って、この戦況報告を書いているところ。この前からクラベラックのあの看守の顔、泥はねみたいなほくろが顔じゅうに散っている顔が気になってならないの。あの看守、今日も憐れみと嫌悪感がいりまじった表情でわたしを見たわ。わたしも彼のことを同じように感じてるんだけど。

世間ではわたしは「コロンバインの少年たちの母親」のひとり（グラッドストンじゃなくてリトルトンが高校での大量無差別殺人事件の代名詞になってるのは、ケヴィンにとってはしゃくの種でしょうけどね）。わたしがなにをいっても、なにをしても、その事実を超えることはできない。だったら戦うのはやめて、あきらめちゃおうかという気持ちになることがあるの。わたしと同じ立場の女性がマーケティング部長や建築士としての人生を取りもどすことをあきらめて、講演活動をしたり、銃規制を求めて〝百万人の母親の行進《ミリオン・マム・マーチ》〟の先頭に立ったりしてるのは、たぶんこういう気持ちからなんだと思う。彼女たちは彼女たちなりに、シボーンがいってた「天職」を見つけたということなんでしょうね。

それにしても、事実ってほんとにすごい力を持ってると思う。事実そのものに比べたらそれをどのように語るかなんてとるに足りないことだもの。この手紙のなかで自分の解釈をいくら並べたててみても、あの「木曜日」を超えることはできない。窓ガラスがどんなにペンキまみれになっても、私たちのあの家があの家であることに変わりはないのと同じように、あの「木曜日」にどんな色合いを加えようと、その重大さが変わることはないのよ。

フランクリン、わたしは今日、少年刑務所の面会者用待合室にいて思ったの。わたしはこの事実の前に屈服しそうになってるのかもしれないって。ところであの少年刑務所のことだけど、設備はどうかと訊かれたらわたしは不満はないと答えるわ。成長著しい市場の需要に応えて新設されたばかりだから、まだ過密状態というほどじゃないし。屋根は雨漏りしないし、水洗トイレもあるし、『ウィング・アンド・ア・プレヤー 少年刑務所編』があれば評価の高い施設として紹介されるんじゃないかしら。クラベラックの教育は基礎を重視したもので、そこらの高校でやってるイヌイット文学とかセクシャル・ハラスメント意識向上トレーニングとかいう新しげなものを取りいれたカリキュラムよりずっとましよ。でも、審美的な見地からすると、ロンパールームみたいな色合いの面会エリアはべつとして、荒涼とした雰囲気なのはいなめない——すべてがむきだしで、あれを見ていると、日常生活からうわべの虚飾をはぎとってしまうとぞっとするほどなにもないんだって気づかされるのよ。コンクリートブロックの壁は真っ白だし、リノリウムの床は無地の薄緑色。面会者の待合室には気晴らしになるもの――たとえば観光旅行のポスターとか、雑誌とか――がなにひとつないけど、あれは面会者に自分がいまどこにいるか勘違いさせないためかしら。航空券のチケット売り場や歯医者の待合室とまちがえてもらっちゃ困るってね。唯一貼られたエイズ予防のポスターは装飾とは呼べないし、あれを見てると自分が非難されているような気がしてくるわ。

今日、隣の席に、ほっそりした黒人の女の人が座っていたの。落ちついた感じで、年はわたしよりひとまわり若いけど、入所者の母親であることはまちがいなかった。彼女のヘアスタイルには思わず見とれてしまったわ。複雑な編み込みをした髪がらせん状に頭に巻きつけてあって、毛束の先は頭のてっぺんでどこかに押しこまれているらしいんだけどまったく毛先が見えないの。ただ、すばらしいヘアスタイルだと思いながら、一方で堅物のミドルクラスの女としては、いったんあの髪型にしたらずいぶん長いあいだ洗わないんだろうなと思わずにいられなかった。彼女のあきらめのまじった穏やかさは、面会室で見かける黒人女性に特有のものだわ。わたしもずっといろいろ見てきたからわかるようになったの。

ここじゃ少数派にあたる白人の母親は、いつもそわそわ落ちつかないか、逆にCTスキャンでも撮るみたいに歯を食いしばって頭も微動だにさせずに座ってる。彼女たちはみんな両隣にふたつ以上席をあけて腰かけるの。たいがい新聞を持っていて、ほかの面会者とは言葉を交わさない。それが意味することは明々白々。ここは自分がいるべき場所じゃないと思ってるの。

それにひきかえ黒人の母親は、たとえ待合室ががらがらだったとしても、隣の席をあけて座るなんてことはしない。いつも言葉を交わしているとはかぎらないけど、並んで座ってる姿には仲間意識が感じられる。そして、彼女たちはいまここにいることを、怒ったり憤慨したり驚いたりすることはない。いままで座っていた世界といま座っている世界のあいだに途切れ目はないから。だいたい黒人のほうが、はるかに賢明にものごとをとらえてる気がするの。

とはいえ、待合室に来る面会人全員が暗黙のうちに了解していることもあるのよ。それはほかの面会人の息子がここに入れられた理由は根ほり葉ほり訊くものじゃないってこと。たとえその出来事がニューヨーク・タイムズのメトロセクションやワシントン・ポストの一面を飾ったものであったとしても、プライベートな事柄であることに変わりはない。待合室に集まる人たちはそのことを尊重しているの。もちろんなかには、うちのタイロンはディスクマンを盗んでないのにとか、友だちの麻薬をあずかっていただけなのにとか、延々と隣の席の母親にしゃべりつづける人もいるわ。そういうときでも、ほかの母親たちが困ったようなほほえみを浮かべて顔を見合わせると、やがてその人も口を閉じてしまう（ケヴィンから聞いたんだけど、少年刑務所では逆に自分は無実だという子はひとりもいなくて、それどころか、やってもいない凶悪犯罪をやったといって作り話をするんですって。「やつらの話の半分がほんとだとしたら、いまごろこの国の人間のほとんどが殺されてるぜ」先月、ケヴィンはうんざりした口調でそういったわ。だから、あの子が自分があの「木曜日」の犯人だといっても、新入りの子たちは信じようとしないんですって。「へえ。じゃあ白状するけど、おれはシドニー・ポワチエなんだ」なんていってからかわれたこともあったらしい。ケヴィンはその少年の髪をつかんで図書室まで引きずっていって、『ニューズウィーク』の昔の記事を見せてやったそうだけど）。

その若い黒人女性の落ちついた物腰はなかなかのものだったわ。爪をみがくでも財布のなかの古いレシートを整理するでもなく、彼女は両手を膝の上に置いて背すじをのばして座っていた。目はまっすぐ前方を見すえて、例のエイズ予防の啓発ポスターをもう百回は読んだんじゃないかというほどずっと見つづけていた。

しばらくして、彼女が待合室の隅にあるお菓子の自動販売機のほうに行ったわ。釣り銭切れのランプがついていたらしくて、席にもどってくると、わたしに一ドル札をくずしてもらえないかといった。わたしは必死にコートのポケットや財布のふたの隙間までさぐって、なんとか一ドル分のコインをかき集めたんだけど、たぶんそのときには、彼女はこんなこと頼まなければよかったと思っていたでしょうね。わたしは最近じゃ見知らぬ人と会話をすることはめったにないから、だれかとほんの少し言葉のやりとりをするだけでパニックになってしまうのよ。たぶんわたしは、だれかの人生のためになることをしてあげたくてうずうずしていたんだと思うの。たとえそれがチョコバーを買う手助けをするだけだとしてもね。少なくとも、そのあたふたした両替のおかげで空気がなごんだわ。彼女はわたしに大迷惑をかけたと思ったのか、隣の席にもどってくると自分から話しはじめた。

「差し入れするなら果物のほうがいいんでしょうけど」彼女は膝の上のチョコバーを弁解がましくちらっと見た。「でも、うちの子は果物は食べてくれないから」

わたしたちは困ったものねという表情を浮かべて顔を見合わせたわ。大人顔負けの犯罪をおかしたくせに、いまだに小さな子どもみたいに甘い物が好きなわが子のことを考えながら。

「うちの息子はここの食事は『豚のえさ』だっていってるわ」とわたしがいった。

「うちのマーロンも口を開けば文句ばかり。あんなのは人間が食べていいものじゃないって。だって、ここのロールパンって、硝酸カリウムを入れて焼いてるんですって?」（こういうサマーキャンプで子どもたちが広めるようなくだらない噂は、思春期のうぬぼれから出たとしかいいようがないわ。どうやら硝酸カリウムには性衝動を抑える作用があるということらしいんだけど、自分たちの性衝動がそんなことまでして抑えつけないといけないほど強いと思いこんでるのかしらね）

「うちの子は『豚のえさ』としかいってないけど。でも、ケヴィンはもともと食べる物に興味がないの。あの子が小さいころは、いつか飢え死にするんじゃないかって心配になったこともあったくらい。でも、そのうちに、わたしが見ていないところでちゃんと食べてるとわかったわ。食べ物に飢えているのを見られたくなかったのね――まるで空腹が弱さのしるしだとでもいうように。だから、わたしはケヴィンの目につくところにサンドイッチを置いて、その場から離れてみた。犬にえさをやるみたいでしょ。物陰からこっそり観察してると、あの子はほんの二口か三口でサンドイッチを食べてしまったあと、まわりを見まわしてだれも見てないことを確認してた。一度、わたしが見ているのに気づいて、サンドイッチを吐きだしたことがあったわ。食べかけのパンとチェダーチーズとマッシュポテトをガラスのドアに投げつけて、それがぜんぶドアに貼りついてしまった。わたしはずいぶん長いあいだ、そのままにしておいた。どうしてそのままになんかしてたのかはよくわからないけど」

さっきまでしっかりこちらを見ていた隣の女性の目が、次第にぼんやりとくもってきた。よその息子の食べ物の好みなんかに興味はなかっただろうし、わたしに話しかけなきゃよかったと思ってるようにも見えた。ほら、わたしって、何日もほとんど口をきいていないときって、一度しゃべりだすと止まらなくなることがあるでしょう。

「とにかく」わたしは少し考えてから言葉をついだ。「わたしはケヴィンにいっといたわ。成人になってふつうの刑務所に移ったら、ここは比べものにならないくらいひどい食事を食べなきゃならないんだって」

彼女が目を細めた。「息子さんは十八歳になってもここを出られないの？　それはかわいそうね」。待合室のタブーを破らない受け答えをしながら、この子はそうとうひどいことをやったにちがいないと思ったはずよ。

「ニューヨークは十六歳以下の少年犯罪にはかなり寛大なほうだけど、それでも殺人をおかした者は最低でも五年間服役しなきゃいけないの――とくに高校生七人と英語の先生一人を殺したなんていう場合はね」彼女の顔つきが変わったのを見て、わたしはつけくわえた。「ああ、それからカフェテリアの従業員もね。あの子はわたしが思ってたより食べ物に執着があったみたい」

彼女がつぶやいた。「ＫＫ」

そのとき、彼女の頭のなかでテープが巻きもどされる音が聞こえたような気がした。さっきまで適当に聞き流していたわたしの話を再生して、なんとか情報を拾いだそうとしていたのよ。これでわたしの息子の知られざる嗜好に対する興味もわいてきた。でも、彼女はそれで突然なにもいえなくなってしまった。わたしの話にうんざりしたからじゃなくて、気おくれしてしまったのね。

「そういうことなの」わたしはいった。「〝ＫＫ〟といえば、昔は〝クリスピー・クリーム・ドーナツ〟のことだったのに、笑えるわよね」

「それは……」彼女は言葉に詰まった。それを見て、以前フライトでファーストクラスに無料アップグレードをしてもらえたときに、ショーン・コネリーと隣り合わせになったときのことを思いだした。話しかけようにも、「ショーン・コネリーさんですよね」というばかみたいな言葉しか頭に浮かんでこなくて、なにもいえなかった。

「それは、すごく……重い十字架ですねえ」彼女は口ごもりながら続けた。

「ええ」わたしはそういった。よし、これでじゅうぶん彼女の注意を引くことができたと思った。数分前まで感じていた、しゃべりたくてたまらないという気持ちもおさまった。自分がそこに座っていることに、座っているオレンジ色の椅子にさえ、えもいわれぬ心地よさを感じた。もうこれで、隣の母親の息子の境遇に関心を持っているふうを装う必要もなくなった。今度はわたしが落ちついた物腰で相手を圧倒していた。気を遣ってもらえる立場になった。女王にでもなったような気分だったわ。

「息子さんは」彼女があわてて言葉をついだ。「元気にしているんですか？」

「ええ、ケヴィンはここが気に入ってるの」

「ほんとに？　マーロンなんかケチばかりつけてるけど」

「ケヴィンはなにかに興味を持つってことがほとんどないの」全然ないといいきるのはやめておいたわ。「あの子は自分自身を持てあましていた。だから、ほら、朝食から消灯まで厳しく管理される生活は願ってもないことなの。ここなら、あの子みたいに四六時中なにかにむかついていたとしても、ちっともおかしくないし。もしかしたら、共感なんかも感じてるのかもしれない。あ、ほかの子たちにってことじゃないのよ。その子たちのユーモア、その子たちが感じてるむかつき、敵意、嘲笑に対して、といったらいいかしら」

待合室にいるほかの面会者たちが聞き耳をたてているのがわかった。それまでそむけられていた彼女たちの視線が、トカゲが舌を出すようなすばやさでわたしたちのほうにチラチラと向けられるのがわかった。ほんとは、もっと小さい声で話すべきだったかもしれないわね。でも、わたしは聴衆がいるのがうれしかったの。

「息子さんは自分がやったことをふりかえって、感じたりしてるのかしら、その、なんていうか——」

「後悔を？」わたしはそっけなくいった。「あの子がなにを悔やむっていうの？　いま彼は何者かになったのよ。わたしが若いころのいい方をするなら、彼は自分を発見したの。もう自分が変人なのかオタクなのか、嫌われ者なのか人気者なのかいじめられっ子なのか気にする必要もないし、自分がゲイかどうか悩む必要もない。いまや、りっぱな人殺しなんだから。あいまいな、うだうだしたことは、もういっさいなし。それに、なによりよかったのは」そこで息をついだ。「わたしから離れられたことだわね」

「ということは、まったく救いがないわけじゃないんですね」彼女は、おしゃべりに興じる世の女たちが相手からとる距離よりも五センチほど遠くに離れ、正面より三十度ほど斜めの角度からわたしを見ていた。「だって、あなたも息子さんから離れることができた」

わたしは力なく手を振ってみせた。「まあねえ……」

彼女が自分のスウォッチにちらと目をやった。この千載一遇のチャンスが消え去らないうちに、KKの母親にぶつけてみたいと思っていた疑問を口に出さなければ、と焦りはじめているのが見てとれた。そして案の定、こういった。「あなたにはわかってらっしゃるの？　息子さんがなんであんなことをしたのか——なぜあんなことが起きたのか」

それはだれもが——兄も、あなたのご両親も、会社の同僚も、ドキュメンタリー番組のディレクターも、ケヴィンの精神科医も、〈グラッドストン大虐殺ドットコム〉のウェブデザイナーも知りたがっていることだった。うちの母だけはべつとして。あのセルマ・コービットだって、けっして例外じゃなかった。デニーの葬儀の翌週、セルマからのていねいな誘いに応じて、コーヒータイムをいっしょに過ごして帰ろうとすると（コーヒーを飲んでるあいだずっと、彼女はデニーが書いた詩を読んで聞かせたり、おびただしい数の学芸会でのスナップ写真を見せたりして、けっしてその質問を口にすることはなかった）、セルマがわたしの服をひしとつかんだ。理由が知りたかったのよ。知りたくて知りたくて自分を抑えられなくなったんだと思うわ。彼女も息子や娘を失ったほかの親たちと同じように、不条理を感じているのよ。あの「木曜日」、わたしたち残された者がそのねばねばした断片を一生拾いつづけなければならないあの血みどろの惨劇に、起こらなければならない理由などなかったと思ってるのよ。そのとおりなのよ。「木曜日」は起こらなければならないことじゃなかった。版画やスペイン語が必須の授業じゃないのと同じようにね。でも、その疑問をこんなに絶え間なく浴びせられるなんて、早く返事をとせかすように「なぜ、なぜ、なぜ」といわれつづけるなんて、たまったもんじゃない。どうしてわたしひとりがこの混沌の責任を問われなければならないの？　わたしだってこんなに耐えてきたのに。事実の重みに苦しむだけじゃ足りなくて、その事実がなにを意味するかなんていう答えようのない疑問まで、わたしがひとりで背負いこまなければならないというの？　この若い母親に悪意はなかったと思うけど、いやというほど訊かれてうんざりしていた質問をぶつけられて、わたしはじりじりしはじめた。

「たぶん、わたしのせいでしょうね」挑むようにそういった。「わたしはものすごくいい母親とはいえなかった——冷たくて、手厳しくて、自分本位だった。でも、その報いはじゅうぶん受けたつもりよ」

「わかったわ。でも、もしもそういうことだったら」そういった彼女の口調はむしろのんびりしたものだった。さっきよりも五センチ距離を縮めて、三十度傾けていた視線を正面にもどして、まっすぐにわたしの目を見つめた。「あなたはあなたのおかあさんのせいだといえばいい、おかあさんはおかあさんでそのおかあさんを責めればいい。どっちにしても、最後はもうこの世にいない人のせいになるわ」

わたしはウサギのぬいぐるみを抱きしめる女の子みたいに、後生大事に自分の罪悪感を抱きしめていたから、彼女のいうことがすぐには頭に入ってこなかった。

「ミセス・グリーンリーフ！」看守が叫んだ。彼女はチョコバーをバッグに押しこんで立ちあがった。残された短い時間に、あともうひとつ質問をするか、自分の気持ちを伝えるかで、迷っているのがわかった。ショーン・コネリーと別れるときだって迷うところよね。相手から情報を引きだすか、思いきって自分の気持ちをいうか。驚いたことに、彼女は後者を選んだの。

「責められるのはいつだって母親なのよね」コートを手に取った彼女がやさしい口調でいった。「母親がアル中だから、ヤク中だから、息子が不良になったといわれる。暴れる息子になんの手も打たず、善悪の区別も教えなかった、息子が学校から帰っても母親はいつも家にいなかったといわれる。父親がアル中でも、家にいなくても、文句をいう人はだれもいないのに。世の中には生まれつきどうしようもない子どもがいるなんてことも、だれもいわない。あなたはそんなばかな話にまともに向きあうことはない。いくらたくさん人が死んだとしても、それが全部あなたのせいだなんていう人につきあう必要はないわ」

「ロレッタ・グリーンリーフ！」

「母親になるのはとってもたいへんなことなのよ。だれだって完璧な人間になるのを待って子どもを作るわけじゃないんだから。あなたはできるかぎりのことをしている。こんなにすてきな土曜の午後なのに、こんなところに、こんなゴミためにいるのよ。じゅうぶんがんばってるじゃないの。これからは自分をもっと大切にして。さっきみたいなバカなことはもういわないで」

ロレッタ・グリーンリーフはわたしの手を取り、ぎゅっと握りしめた。わたしは目の奥に熱いものがこみあげてくるのを感じながら、彼女の手を握りかえした。彼女がこのまま放してもらえないんじゃないかと思いはじめるほど、長いあいだ、しっかりと。

ああ、コーヒーが冷めてしまったわ。

エヴァ

（午後九時）

アパートに帰ってきました。ひどい自己嫌悪です。ケヴィンの母親だなんて名乗る必要はなかったのに。ロレッタ・グリーンリーフと、クラベラック少年刑務所の給食のことでもしゃべってれば、それでよかったのに。「硝酸カリウムが性欲を減退させるなんてだれがいったのよ？」とか「そもそも『硝酸カリウム』ってなんなの？」とかね。

フランクリン、いまわたしは「自分がどうしてそんなことをしてしまったかわからない」と書こうとしたんだけど、わたしにはちゃんとわかってるわ。人とのふれあいに飢えてたのよ。わたしに対する彼女の関心がどんどんうすれていくのがわかって、わたしがその気になれば彼女の気持ちを釘づけにできる奥の手があるのにと思ったら、それを使わずにはいられなかったの。

もちろん、あの「木曜日」の直後にわたしが感じていたのは、できることなら下水道にもぐりこんでマンホールの蓋を閉めていたいという気持ちだった。兄のように目立たない存在、世間から忘れ去られた存在になりたかった。これはこの世から完全に消えてしまいたいという思いと紙一重だったのかもしれない。特別な存在として人に認められたいなんて、まちがっても思わなかった。でも、人間の心の回復力ってすごいわね。さっきもいったけど、いまわたしは飢えているの。飛行機のなかで隣り合わせになった見知らぬ人に、自分がりっぱな会社を作って、はるばるラオスまで旅をしたことを話して驚かせていたころにもどれるんだったら、きっとなんでもすると思うわ。あのころのわたしの地位や立場は、自分でそうなりたいと思って築きあげたものだった。でも、人間ってやりくりしようと思ったらいくらでもできるものね。だれでもそのとき手に入るものを使うしかない。会社も財産もハンサムな夫も手元に残ってないとなったいま、代わりに「何者か」になるための近道を選んでしまったの。

極悪非道なケヴィン・カチャドリアンの母親――これがいまのわたしなの。そうなったことで、ケヴィンはまたひとつわたしに対する勝利を勝ちとったんだけど。わたしがいちばん腹が立つのは、わたしがかつてこれが自分だと思っていたものを、わが子にめちゃめちゃにされたことなの。陰気で内にこもりがちな子どもだったわたしが、たとえ片言であっても十数カ国語を話し、異国の街で見知らぬ通りをどんどん歩いていける活動的で開放的な大人になったのは、自分の力でそういうふうに変貌させたから。人間を人間自身の創造のたまものととらえるのは、きわめてアメリカ的な思考だ——あなたならきっとそういうでしょうね。そして、いまのわたしの人間のとらえ方はヨーロッパの人たちの考え方に似てるかもしれない。わたしという人間はほかの人たちの経験が束ねられたものであり、環境の産物でもあると思ってるから。昔のわたしの自分で自分像を創りあげるという攻撃的で楽観的なアメリカ人の生き方は、ケヴィンに横取りされてしまった。いまじゃ彼がこれを実践してるわ。

たしかにわたしは「なぜ、どうして」という質問につきまとわれてきた。でも、わたしは自分がどこまで本気でそれに答えようとしてきたかはわからない。そもそもケヴィンを理解したいと思ってるのかどうかもわからない。あの子がやったことの意味を見つけるために、自分の心のなかにある真っ黒な井戸の底をさぐるなんてことをしたいと思ってるのかどうかもわからない。でも、時間をかけてさんざんじたばたした末に、あの「木曜日」の現実的な意味だけはわかってきた気がしている。ケヴィンがあの「木曜日」にやったことと、今日わたしがクラベラックの待合室でやったことは、規模がちがうだけ。自分が特別だと感じたい一心で、わたしは九人の命を奪った殺人事件まで利用して、他人の気を引こうとしたのよ。

ケヴィンが少年刑務所に居心地のよさを感じているのは不思議でもなんでもないわ。高校ではいつもなにかしら不満を抱いていた。ライバルも多すぎた。あまりにも大勢の同級生が、教室の最後列に陣取り、ふてくされてかっこつけている男の子になりたがってたから。いまは、自分の力で自分にふさわしい場所に落ちついたってわけ。

リトルトン、ジョーンズボロ、スプリングフィールドの少年刑務所には「仲間」もいるしね。仲間でありライバルでもある子たちが。あなたもおぼえてると思うけど、あの子は同時代のライバルたちには容赦なくて、きびしい基準で評価してる。たとえばパデューカのマイケル・カーネル。ケヴィンはカーネルのことを、怖じ気づいて証言を撤回し、自分のしたことを悔やんで、この犯罪の純粋さを汚した泣き虫だといって、あざ笑ったわ。あの子は流儀《スタイル》にうるさいのよ。ケヴィンは用意周到な計画を高く評価しているの。たとえば、カーネルは二二口径の拳銃の引き金を引くまえに、射撃練習場で使う耳栓をつけた。モーゼズ・レイクのバリー・ルーカイティスは母親に七つもの店に連れていってもらい、三〇口径の猟銃を隠すのにちょうどいい黒いロングコートを見つけた。ケヴィンには皮肉のセンスもあると思うわ。ルーカイティスが射殺した教師が、殺される少し前にこの優等生の成績表に「きみがこのクラスにいてよかった」と書いていたことを、おもしろがってたもの。プロ精神も旺盛で、カリフォルニア州レッドランズの十四歳、ジョン・シロラのど素人ぶりを軽蔑していた。一九九五年、シロラは校長の顔を猟銃で吹き飛ばしたあと、その場を立ち去ろうとしてつまずき、暴発した猟銃の弾に当たって死んでしまった。一方でケヴィンは、ろくに資格もないくせに自分の専門分野に強引に入りこもうとする成り上がり者を警戒してる――例の十三歳の切り裂き魔がそのいい例だわ。

　ジョン・アップダイクがトム・ウルフを二流作家だと切り捨てたように、ケヴィンがとくに軽蔑してるのがミシシッピー州パールの「貧乏白人《クラッカー》」、ルーク・ウッドハムね。イデオロギーで行動することはかまわないけど、尊大に道徳観をふりかざすなんて最低だって。学校での銃乱射計画のことをだまっていられなくて、元ガールフレンドにそのことを打ちあけてから、三〇口径のショットガンを持ってデートに出かけるような連中と同じくらいにね。ウッドハムは、同級生のひとりにこんなメモを渡さずにはいられなかった（おぼえてるかしら、ケヴィンが泣きまねをしながらその内容を読んで聞かせたのを）。「ぼくが人を殺したのは、ぼくみたいな子どもたちが毎日不当な扱いを受けているからです。社会がぼくたちを押しのければ、ぼくたちが押しかえすことを見せつけるためにやったんです」。ケヴィンはウッドハムが「超ダサい『プライムタイム・ライブ』でオレンジ色のジャンプスーツに鼻水を垂らしながら泣きじゃくっていたのを激しく非難したわ。その番組でウッドハムがこういうのを聞きながら。「ぼくはぼくなんです！　暴君でもないし、悪魔でもない。ぼくには心も感情もあるんです！」。ウッドハムは、まず肩慣らしに飼い犬のスパーキーを棒で殴り、ビニール袋に包んでライターオイルをかけて火をつけ、スパーキーがクンクン鳴く声を聞きながら池に放りこんだ。ケヴィンは慎重に検討したすえに、動物虐待なんてありきたりだといってたわね。そして、とりわけ強く非難したのは、この泣き言ばかり並べる少年が、すべて邪悪なカルトのせいだと主張して責任逃れをしようとしたことだった。ケヴィンにいわせれば、自分が苦労してなしとげた犯行を否定するような態度は、みっともないだけじゃなくて、仲間への裏切りだって。

あなたがじりじりしてるのはわかってるわ。あなたが聞きたいのは、こんな無駄話じゃなくて、今日の面会のこと――あの子がどんな気分で、どんな様子で、どんなことを話したのか、でしょ？

わかったわ。待合室でのことをあなたに責められているような気がして、つい言い訳してしまったの。

ケヴィンはとりあえず元気そうだったわ。ただ、顔色はあいかわらず青白く、こめかみにはくっきりと血管が浮きでていて、神経質になっている感じがしないでもなかったけど。もしもあのふぞろいな髪の切り方が自分でやったものなら、自分の外見を工夫しようという意欲の表れと思えたかもしれないわね。いつもあがったままの右の口角のえくぼはますます深くなって、しかめ面をしても消えなくなってたから、右の頬にクォーテーションマークの一方がはりついているように見えた。左の口角にはそういうえくぼはないから、なんだかアンバランスで気持ちが悪かったわ。

クラベラックにはね、少年刑務所によくあるオレンジ色のジャンプスーツのユニフォームはないの。だから、ケヴィンは十四歳のときに確立した自分のファッションをそのまま持ちこむことができた。あの当時はともかくだぶだぶのシャツやズボンがはやっていて、ハーレムのチンピラや日焼けしたボクサーなんかがそういうかっこうで行き交う車のあいだを歩いてたものだけど、それに対抗してケヴィンが考えついたスタイルだった。

ケヴィンがあのファッションをはじめた八年生のとき、袖が脇の下に食いこんだり胸のあたりにしわが寄ったりしてるのに、いつまでも同じTシャツを着てるもんだから、あのデザインが気に入ってるんだと思って、ひとまわり大きなサイズのをわざわざ買いに行ったの。でも、ケヴィンはさわろうともしなかったわ。そのうち、ジッパーが上まできちんとあがらないようなカーペンタージーンズをわざと選んで着ているんだとわかったわ。ウィンドブレーカーも袖が手首よりずっと上まででしかなかったし、わたしたちに「きちんとした」かっこうをしろといわれたときはベルトの七センチくらい上までしかないネクタイをして、ボタンがはじけ飛びそうなほどぴっちりしたシャツを着ていた。

あの子がそういう服を着ているのを見ると、ほんとにイライラしたわ。ぱっと見た感じはものすごく貧乏くさかったから、近所の目が気になってしかたなかった。あの家は成長期の男の子にジーンズを買ってやれないほど生活に困っていると思われかねないじゃないのと、何度も口に出しそうになったけど思いとどまったわ。思春期の子どもは、両親が外聞を気にするのをすごくいやがるから。それによくよく見てみると、ケヴィンが着てる小さすぎる服はどれもデザイナーズブランドだった。まちがって熱いお湯で洗濯してしまったような風合いがユーモラスといえばユーモラスで、肩幅が狭すぎるせいで肩がすぼまったまま広げられないものだから、子どもサイズのジャケットからヒヒの両腕がつきだしてるみたいに見えることもあった。ジーンズの裾の下にソックスが丸見えなのは田舎くさい感じで、空とぼけるのが得意な彼にはお似合いだった。彼のファッションはピーター・パン・シンドロームそのものだったのかもしれない。つまり、大人になることを拒んでいたということ。でも、あんなに混迷した子ども時代を送ったケヴィンが、子どもでいることにこだわるというのがわたしにはどうにも解せなかったけど。わたしがあの広いわが家を持てあましていたように、あのころのケヴィンはいつも時間を持てあましてぶらぶらしていたから。

　受刑者の私服着用を許可するというクラベラック少年刑務所の実験的な方針のおかげで、ケヴィンはあそこで自己主張することができているわ。ぶかぶかの服を着たニューヨークの不良少年たちは遠くから見ると幼児が歩いているように見えるけれど、ケヴィンの場合は、小さすぎる服を着ているせいでむしろ実際よりも大きく——大人っぽく、エネルギーが噴きだしているように見えるのよ。わたしがあのファッションには性的に挑発されてるような気がして落ちつかないといったら、ケヴィンの精神科医にそんなことをいうものではないとたしなめられたわ。でも、ズボンの股の部分はあきらかに睾丸に食いこんでいるし、イラストがプリントされたTシャツは胸にはりついて乳首の形がはっきり見える。きつい袖口や首に巻きついた襟やぴっちりしたウエスト部分はケヴィンの体を締めつけて、なんとなくSMプレイを思わせるのよね。

ケヴィンはいつも不愉快そうにしていたから、その意味ではあの服装はケヴィンにふさわしいと思うの。実際、あの子はいつも不愉快な気分でいて、あの子が自分の肌で感じている締めつけが具体的な形をとって現れたのが、小さくてきつい服だったのかもしれない。それに、不快そうな服は、当然、見る者にも不快感を与えるわ。あの子はそれもねらってるんじゃないかしら。実際あの子といっしょにいるとき、ふと気づくと、わたしも自分の服を引っぱってみたり、股に食いこんだストッキングのシームの位置を直したり、胸元が苦しくなってブラウスのボタンをひとつ多めにはずしたりしていることがよくあったもの。

クラベラックでほかの受刑者が近くのテーブルに座っているのを見てたら、何人かがケヴィンの風変わりなファッションセンスをまねしているのがわかったわ。異常に小さいサイズのTシャツはいまや刑務所のなかでは流行のアイテムになってるみたいで、ケヴィンがうれしそうにいうには、体の小さい子たちがよく服を取られるんですって。自分のファッションをまねした連中をあざ笑ってもよさそうなもんだけど、あの子は周囲にファッションの手ほどきをするのを楽しんでるみたい。そうと知ると、もしも二年前にも、いまと同じくらい独創性を発揮することに関心を持ってくれていたら、と思わずにいられなかった。そうだったとしたら、あの子が的代わりにした七人の高校生は、いまごろそれぞれが選んだ大学に願書を出す準備をしていたかもしれないのに……。

で、今日はどんなふうだったかって？　ケヴィンはスウェットパンツをはいて面会室にぶらぶらと歩いて入ってきた。わたしが買ったものじゃなかったから、たぶん、体の小さい受刑者から巻きあげたんだと思うわ。格子柄のボタンダウンのシャツは真ん中のふたつのボタンだけが留められて、お腹が丸見えだった。テニスシューズも小さくなってちゃんと履けないから、かかとの部分を踏んづけて歩いていた。あの子は、わたしがこんなことをいうといやがるだろうけど、なかなか優雅に見えたわ。しゃべり方も、体の動きもけだるそうで、頬にはいつものように片方だけえくぼがあり、カニみたいな横歩きをした。左の腰をつきだして歩くから、キャットウォークの上で少し体を斜めにしてポーズをとるスーパーモデルみたいだったわ。ちょっとフェミニンな感じ。わたしがそれを発見したと、万が一あの子が気づいたとしても、たぶん気を悪くはしないでしょうね。なにに関しても、どっちつかずであいまいなのが好きだし、人にもどっちだろうと思わせるのが好きだから。

「これは驚きだな」ケヴィンは世慣れた様子でいいながら、椅子を引いた。後ろの二本の脚はプラスティックのカバーが取れていたから、むきだしのアルミニウムの先端がセメントにこすれて、黒板を爪で引っかくときのような音を立てた。あの子はテーブルの中央に片肘をつき、拳にこめかみをのせて、お得意の思いきり体をかしげた姿勢になった。全身で人をあざ笑うようなあの姿勢に。そうやってあの子に目の前に座られると、いつものようにわたしは体を後ろに引かずにいられなかったわ。

それに、あの子といるといつもわたしのほうから話題を提供しなきゃいけないのがいやでたまらないの。だいたい雑談をしたがらない人って、雑談でその場がなごむのだけはちゃんと知っていて、自分はしないくせに他人に雑談をさせてそれに乗っかろうとするのよね。そんなのずるいわよ。それにわたしは、ロレッタ・グリーンリーフとのやりとりにまだ心をかき乱されていた。わたしが凶悪犯罪をおかした息子のことを他人に自慢げに話す気分になったとわかれば、あの子は満足したかもしれない。でも、わたしがあの「木曜日」の責任をひとりで背負おうとしたことについては、自分に断りもなく勝手にそんなことをしてと文句をいうにちがいないと思ったわ。

「ちょっと訊くんだけど」わたしは有無をいわせぬ調子でいった。「あなたはわたしのせいだと思っているの？　ほんとうにそう思ってるなら、そうだといってくれていいから。精神科医にそういってるわけ？　そうじゃなきゃ、精神科医がそういってるの？　なにもかも母親のせいなの？」

「なんでそうやって、ぜんぶ自分の手柄にしたがるんだよ？」ケヴィンが吐きすてるようにいった。

一時間の面会時間をすべて費やすつもりだった会話は、九十秒で途切れた。わたしたちはだまって座っていた。

「ケヴィン、あなた、小さいころのことをおぼえてる？」

つらい子ども時代を過ごした人は、昔のことを思いだせないことが多いと、わたしはなにかで読んだことがあった。

「たとえば？」

「たとえば、六歳までおむつが取れなかったこととか」

「で、それが？」あの子を当惑させるつもりだったとしたら、失敗だった。

「おむつをつけていて、いやじゃなかったの？」

「いやだったのはあんたのほうだろ」

「あなただっていやだったはずよ」

「どうして？」ケヴィンは落ちつきはらっていた。「温かかったよ」

「ずっと温かくはないでしょう」

「そんなに長い時間つけっぱなしじゃなかった。あんたは面倒見のいいママだったからね」

「幼稚園でほかの子にからかわれたりしなかった？　わたしはそれが心配だったの」

「きっと夜もろくに眠れなかったんだろうな」

「心配だったのよ」わたしはきっぱりといった。

ケヴィンは片方の肩をすくめてみせた。「なんでからかわれなきゃならないんだよ。おれは適当に切り抜けたし、実際、からかわれなかった」

「わたしはただ、いまならあなたがなにか話してくれて、おむつがなかなか取れなかった理由が少しでもわかるんじゃないかと思って。おとうさんがあんなに一生懸命、あなたに教えようとしたのに」

「『ケヴィーーーーン！』」ケヴィンが甲高い裏声でいった。「『ほーら、パパを見てごらん！　パパがおしっこしてるの見えるかな？　ほーら、まねしてやってごらん、ケヴィーーーーン。パパと同じように、このなかにおしっこしてみたら楽しいよー』おれは、あんたたちに自分のバカさ加減《リタード》を思いしらせてやっただけだ。あんたたちは、自分のしかけた爆弾《ペタード》で自爆したのさ」

あの子にしてはめずらしく気の利いた言い方だと思ったわ。いつもなら、自分の頭の良さを他人に気づかれまいとするくせに。「そう」わたしはいった。「あなたは自分のためにトイレを使うつもりはなかった。そして、わたしのためにも。でも、どうしておとうさんのために使おうと思わなかったの？」

「『おまえはもう大人なんだ！』」ケヴィンが気取って声まねをした。「『大人なんだ！　パパのりっぱな息子なんだ！』冗談じゃない。あのクソったれが」

わたしは立ちあがって叫んだ。「もう二度とそんなふうにいわないで！　絶対にいわないで！　もう絶対に、絶対にいわないで！」

「いったら、どうするつもりだよ」ケヴィンは目を輝かせながら小声でいった。

わたしは椅子に腰をおろした。この子の前でこんなに取りみだすのはやめなければと思った。ふだんはそんなことはないのに。でも、あなたのことをあんなふうにいうなんて――。

ただ、最近のケヴィンは、あなたを思いださせることが多くなった。子どものころはわたしにそっくりな細くてとがった顔をしていて、わたしはなんだか彼にあざけられているような気がしていた。でも最近になって、あの子の顔はふっくらして横幅も広くなってきて、あなたの面ざしが現れてきた。昔のわたしはケヴィンの顔にあなたに似ているところがないか必死になってさがしていたのに、いまはあの子がわざと父親に似てるようにみせてわたしを苦しめてるんじゃないかなんていう、ばかげた妄想と戦っているの。あなたの面影なんか見たくない。あなたと同じ癖なんか見たくない。たわいのないもめごとがあったとき、たとえば近所の人から自分の子どもをケヴィンと遊ばせないといわれたとき、ばかばかしいとはねつけるように片手を下向きに振ったあのしぐさ。あの子が、あなたによく似たがっしりした顎を挑むようにつきだし、あなたによく似たくったくのない笑顔を浮かべて、それが人をさげすむような笑いに変わるのを見ていると、あの子のなかに閉じこめられたあなたを見ているような気がしてくるの。

「じゃあ、あなたならどうしたと思うの?」わたしはたずねた。「小学一年生にもなって、まだ懲りずにズボンを汚している子どもがいたら、どうしたと思うの?」

ケヴィンは肘をついたまままさらにくずれた姿勢になり、いまではテーブルに寝そべったようなかっこうになっていた。

「猫にどうやってトイレをしつけるか知ってるだろ。猫が部屋でクソをしたら、そのクソに顔を押しつけてやる。猫はそれをいやがって、箱のなかで用を足すようになる」そういって満足したのか、椅子の背にもたれかかって座りなおした。

「わたしがあなたにやったことはそれと大差なかったわよね?」わたしは重々しく切りだした。「おぼえてるでしょ? あなたのせいでわたしがなにをしてしまったか。わたしがどうやってあなたにトイレを使わすことができるようになったかを」

ケヴィンは、肘のすぐ下にかすかに白く残っている小さな傷跡を指でなぞった。ペットの毛虫をなでてやるように、まるでそれが自分の宝でもあるかのように。「もちろん」この返事のニュアンスはいつもとはちがっていた。ああ、あれだけはおぼえていたんだと思った。それ以外の記憶は全部あとから人に聞いたものだったにしても。

「あんたを誇らしく思った」ケヴィンが満足げにいった。

「あなたは自分を誇らしく思ったんでしょ」わたしはいった。「いつものようにね」

「なにいってんだよ」あの子は体を前に乗りだした。「あれはあんたがしたなかでいちばん正直な行動だったと、おれは思うよ」

わたしは動揺してバッグをつかんだ。以前は息子に感心されたいと思ったこともあったけれど、こんなことで感心されるのはいやだった。それだけはいやだと思った。

「待てよ」ケヴィンがいった。「おれはちゃんと質問に答えた。今度はこっちが質問する番だ」

こんなことをいわれるのははじめてだった。「わかったわ」わたしは答えた。「どうぞ」

「あの地図」ケヴィンがいった。

「地図がどうしたの?」

「どうしてはがさなかったんだ？」

わたしは、あのインクまみれの地図をあれから何年もそのままにしていた。あなたが壁にペンキを塗りたがっても、そうはさせなかった。

「あの地図はわたしが正気を保つために取っておいたの」わたしは答えた。「あなたがわたしにしたことを見て、手を伸ばして、ふれる必要があったの。あなたの悪意がわたしの妄想じゃない証拠として」

「へえ」ケヴィンはまた腕の傷跡をなぞった。「なるほどね」

このことはあとで説明するわ、フランクリン。いまはその気になれないから。

エヴァ

二〇〇一年一月十七日

親愛なるフランクリン

あれからずっと気をもたせたままにしておいてごめんなさい。じつは怖くて打ち明けられないでいたの。今朝、職場に向かう車のなかで、また裁判のことを思いだしたわ。法的にいえば、わたしがしたことは偽証だった。でも、ビーズのような冷たい目をしたあの裁判長（信じられないくらい瞳孔が小さくて、フライパンで頭を殴られてもなにも感じないでぼうっとしてるアニメのキャラクターみたいな顔の人）にあれを告白しなきゃならないとはどうしても思えなかった。だって、十年ものあいだ夫にも隠していたことだったんだもの。

「ミズ・カチャドリアン。あなたは、あるいはご主人は、息子さんを殴ったことがありますか？」

メアリーの弁護士が証言台に寄りかかって脅かすように身を乗りだしながらいった。

「暴力をふるえば、自分の思いをとげるために腕力を使ってもかまわないと子どもに教えることになるだけです」わたしは暗唱するようにいった。

「その点についてはわれわれも同意見です、ミズ・カチャドリアン。ですが、記録に残すために、どうしてもはっきりとさせておかなければならないのです。あなたは、あるいはご主人は、ケヴィンを育てる過程で暴力をふるったことがありますか？」

「ありません」わたしはきっぱりと答えてから、さらにもう一度つぶやくようにくりかえした。「ありません」

でも、すぐに後悔したわ。くりかえしたくなるのは、発言に自信が持てない証拠だから。

証言台からおりるとき、床板の釘に引っかかって、パンプスのかかとから黒いゴム製の靴底が取れてしまった。のろのろと自分の席にもどりながら、ピノキオみたいに鼻がのびたんじゃなくて靴が壊れたくらいで済んでよかったと思った。

ケヴィンのおむつがなかなか取れなくて、あなたが途方に暮れているのはわかってたわ。あの子がおむつのせいで途方に暮れることはなかったけど。あのころはもう特大サイズのおむつを使っていた。とんでもなく長いおむつだったわね。医療用のおむつを通信販売で購入しはじめたのもあのころだった。あなたは寛容な子育てを推奨する育児のマニュアル本を片っ端から読んでいたくせに、実際には、わたしが大好きな古きよき時代の男らしさをだいじにしていた。息子を弱虫にはしたくなかったし、いじめられっ子にもしたくなかったのね。パンツの下の大きなふくらみは隠しようがなかったから。「まったく」いつか、ケヴィンが寝てからあなたはぼやいたわね。「これが指しゃぶりくらいだったら、まだよかったのに」

あなたは、昼間わたしがトイレを使うときにケヴィンに見せるようにしてるかとか（そうすべきだったのかどうかはわからなかったけど）、「お願いね」とか「ありがとう」のひとことでやる気がちがってくるのを知ってるかとか、あの子が便器に座るのをいやがるような言葉を使ってるんじゃないかとか、しつこく訊いてくるようになった。わたしがトイレのことを大騒ぎしすぎだといったかと思えば、逆にトイレのことに無関心だとなじることもあり、それが交互にくりかえされた。

でも、わたしが無関心でいられるはずがなかった。あの子がこの発達の一段階をうまく切り抜けられないでいることは、わたしにとっては生活の大きな障害になっていたから。ケヴィンがあのナイアックの名門幼稚園からとりあえず門前払いを食らわずに済んだのは、最近はやりの「あるのは良い悪いではなく、ちがいだけ」という極端な中立性を説く教育方針と、この社会に蔓延している訴訟への恐怖（現に最近では訴訟が怖くて、溺れかけた人に人工呼吸することも、無能な従業員を解雇することもままならなくなっているのよね）のおかげだった。それでもやっぱり、幼稚園の先生には五歳の男の子のおむつを取りかえようなんていう気はさらさらなくて、そんなことをしたら「性的虐待」の疑いをかけられかねないといいだす始末だった。そんなわけで、朝九時に幼稚園に車でケヴィンを連れていくと、すぐに家に引きかえして、今度は年季の入ったマザーズバッグを抱えて十一時半に幼稚園にもどらなければならなかった。

おむつが濡れていなければ、わたしはおざなりにケヴィンの髪をなでながら、なんの絵を描いているのかと訊いてみる。でも、彼の「作品」はいやというほど冷蔵庫に貼ってあったから、なにを描いているのかは訊かなくてもわかっていた（ほかの子どもたちが、線だけで妙な形の人物を描いたり、紙の上のほうを空のように青く塗って風景画を描いたりしているのに、ケヴィンは黒と紫色のクレヨンでぎざぎざとか丸とかを描くだけだった）。昼すぎにちょっと時間ができたと思っても、たいがいはファブリカント先生から電話がかかってきて、ケヴィンがおもらしをしてほかの子どもたちが臭いと文句をいっていると告げられた。「できればこれからまた――」といわれると、いやとはいえなかった。だから、午後二時にケヴィンを迎えに行くまで、合計四回も幼稚園まで行くはめになることもあった。ケヴィンが幼稚園に入ったら自分の時間をたっぷりとれると思っていたのはまちがいだとわかり、さらにはウィング・アンド・ア・プレヤー社のＣＥＯに復帰するという計画など夢のまた夢になってしまった。

もしケヴィンが素直ながんばり屋で、たまたまこうした厄介な問題を抱えてしまっただけだったら、ファブリカント先生も同情してくれたかもしれない。でも、残念ながら、ケヴィンと先生とがうまくいかない理由はほかにもあった。

そもそも人間性について楽観的な見方をするモンテッソーリ教育の幼稚園に、ケヴィンを入れたのはまちがいだったかもしれない。いちおう監督はするけれど型にはめないというこの幼稚園の教育手法は――子どもたちは学ぼうという意欲がわくような環境に置かれ、アルファベットの積み木、数をかぞえるのに使うビーズ、豆の木の鉢植えなどを与えられる――子どもは生まれながらにして学びたがるものだという前提に立っていた。でも、わたしの経験からいわせてもらうと、人は好きにしていいといわれると、ほとんどなにもしないか、ろくなことをしない、のどちらかなんじゃないかしら。

その年の十一月にもらったケヴィンの「成長」に関する一回目の連絡には、ケヴィンは「いささか社交性に欠け」「基本的な生活習慣の指導が必要と思われる」と書かれていた。ファブリカント先生は受け持ちの子の批判をすることを極端にいやがってたから、彼女の口から、ケヴィンが最初の二カ月、部屋の真ん中でだらんと椅子に座って、動きまわるクラスメートをぼんやりとながめてばかりいたと訊きだすまでにはかなり苦労したわ。あの子がどんな目つきだったのか、ぴんときたわ。軽蔑を含んだ不信感を示すときだけ輝きを見せる、妙に大人びた濁った瞳。みんなといっしょに遊んだらと勧められても、「あんなのばっかみたい」と答える。不自然にけだるいしゃべり方でね。それでもファブリカント先生はなんとかケヴィンをその気にさせて、例の絵だけは描かせた。

わたしはといえば、あのクレヨンで描きなぐった絵を褒めることがいつも苦痛だった。お世辞も（「すごくエネルギッシュな絵ね、ケヴィン！」）想像力を駆使した解釈も（「それは嵐の絵？　それともバスタブの栓に詰まった髪の毛と石けんの泡？」）すぐに底をついてしまった。ケヴィンがいつも黒と茶色と紫色のクレヨンしか使わないのに、それを見るたびに「刺激的な色づかい」を褒めてやりながら、思わず先生にいってしまったわ。抽象的表現主義も五〇年代には終焉を迎えたことだし、この子も鳥や木の絵を描くべきじゃないですかねって。でもファブリカント先生にしてみれば、ケヴィンがどんなものであれ絵を描いたということ自体が、モンテッソーリ教育法が子どもの才能を開花させる可能性を持っているという証拠だったのよ。

でも、いくらなにもしないでいるのが得意なケヴィンでも、人生に彩りを添えるようなことをいっさいせずに、じっとして居つづけることはできなかった（あの「木曜日」にやったことも、そういうふうに見ることもできるわね）。幼稚園の最後の年には、ファブリカント先生も、ケヴィン・

カチャドリアンがまったくなにもしなかった日々をなつかしく思いだしていたんじゃないかしら。

このころ、幼稚園では豆の木が枯れて、その代わりに植えられて芽を出しはじめたアボカドも枯れてしまった。それと時期を同じくして、家の漂白剤のボトルが見あたらなくなった。ほかにも不可解なことがいろいろあったわ。一月のある日、わたしがケヴィンの手を引いて教室に入っていった瞬間、シャーリー・テンプルみたいな巻き毛の女の子が泣きだしたの。彼女の泣き方は日に日にひどくなって、二月のある日を最後に、二度と幼稚園に来なくなってしまった。それから、いつも大人の足を叩いたり、砂場でほかの子どもたちを押し倒したりしている、乱暴でやんちゃな男の子がいたんだけど、その子が九月のある日、突然おとなしくなって内にこもるようになった。ひどい喘息の症状が出て、コートをかけるクローゼットをわけもなく怖がるようになった。クローゼットから二メートルくらいまで近づくと苦しそうにゼーゼーと息をするの。それがケヴィンとなんの関係があるのかって？　わたしにはわからないわ。もしかしたら、なにも関係はなかったのかもしれない。それから、もっとたわいのない事件もあったわ。ジェイソンという男の子が真っ赤なゴムの長靴を履こうとしたら、おやつの時間に出たリンゴ風味のケーキの残りがいっぱい詰まっていた、とか。子どもの遊びといってしまえば、たしかに子どもがやってるわけだから、そのとおりなんだけど。

ファブリカント先生の最大の悩みの種は、トイレに関することだった。受け持ちのほかの子たちまでトイレに行くことをやめてしまったの。わたしも先生も入園当初は、ケヴィンが休み時間にほかの子どもたちがトイレに行くのを見てその気になってくれるんじゃないかと期待していたわ。ところが、逆のことが起きてしまった。卒園のときは、おむつをつけた六歳児がひとりじゃなくて、三、四人にまで増えてしまったんだから。

わたしがもっと不安になるような事件もいくつか起きた。

ある朝、やせっぽちで繊細な感じのマフェットと呼ばれていた女の子が、クラスメートに見せるために家からティーセットを幼稚園に持ってきたの。それは、どこにでもあるティーセットじゃなかった。凝った装飾が施された豪華なもので、食器がひとつずつぴったり入るベルベット敷きのマホガニーの木箱に入っていたの。あとになってマフェットの母親は、そのティーセットは代々受け継がれてきた家宝で、特別なときにしか外に持ちだせないことになっていたと怒っていたわ。もちろん、幼稚園なんかにぜったい持っていくべきじゃなかったけれど、マフェットは、ケースにぴったりはまったたくさんの食器を自慢に思っていて、それをていねいに扱うこともちゃんと知っていたから、クラスメートが見守るなか、膝の高さくらいのテーブルの上に、ソーサーを並べ、ティーカップと陶器のティースプーンをひと組ずつ置いていった。マフェットが全員分の「お茶」(ほんとはミックスジュースだったんだけど)を注ぎ終わったとき、ケヴィンがティーカップの小さな取っ手をつかんで乾杯するみたいに持ちあげて——それを床に落としたの。

その後つぎつぎと、ほかの十一人のクラスメートもケヴィンのまねをした。ファブリカント先生が騒ぎに気づくまえに、ソーサーもティースプーンもカップと同じ運命をたどっていた。その日の午後、マフェットの母親が泣きじゃくる娘を迎えにきたときには、家宝のティーセットは、ポットを除いて影も形もなくなっていた。

たとえわたしが、息子にリーダーシップの素質をうかがわせる行動を期待していたとしても、まさかこんな形で表れるとは予想もしていなかった。でも、わたしがそのことを口にしても、ファブリカント先生にはジョークとして受けとめる余裕はなかった。感受性の豊かな幼児を教育して、多文化的な意識を持って第三世界の不平等を是正するような人間に育てたい、しかもできることなら環境に配慮できる菜食主義者に育てたいという、彼女の二十代前半ならではの使命感が揺らぎはじめていた。

息もたえだえのかすれ声でその日の惨事について説明したあと、ファブリカント先生は、壊れたティーセットをわたしに弁償してもらいたいといいだした。その食器にどの程度の価値があるのかはべつとして、わたしに払えない金額じゃなかったわ。でも、その全責任がわたしにあるという前提を受けいれることはできなかった。だってそうでしょう、フランクリン。あなただったらかんかんに怒っていたはずよ。あなたは息子が槍玉にあげられること、あなたの言葉を借りれば「迫害される」ことにすごく神経質だった。実際には、ケヴィンが壊したのはティーセット一人分だから、全体の十二分の一を弁償するのが妥当な線だった。わたしはさらに、ケヴィンには「他人の持ちものを大切にする」ようにちゃんといいきかせますからといってみたけれど、ファブリカント先生は全然のってこなかった。

「とってもいい子は、あんなことはしないわ」車のなかでわたしはケヴィンにいった。「マフェットのティーカップを壊したでしょ」

自分の子どもは「いい子」だと思われたがっている親たちが、じつはわたしには理解できないのだけれど。だって、わたしたちが「とってもいい人」っていうときは、たいがいお人好しとかそういう意味なんだもの。

「あの子の名前ってすごくへんなんだ」

「だからってあんなことしなくても――」

「手がすべって落ちただけだよ」ケヴィンはそういった。

「でも、先生はそうはいってなかったわ」

「どうして先生にわかるの？」ケヴィンはあくびをしながらいった。

「じゃあ、あなたはどんな気持ちがすると思う？　あなたがなによりも大切にしているものがあって、それを幼稚園に持っていって、だれかにそれを壊されたらどんな気持ちがするかしら？」

「たとえば？」ケヴィンがたずねた。一見無邪気そうに、でも自分の思うつぼという感じもにじませながら。

わたしはケヴィンが大切にしているものをあげようとしたけれど、なにも思いつかなかった。必死に思いだそうとしながら、いつも財布を入れている服のポケットをぜんぶ叩いてみてもなにも入っていないことがわかったときと同じ失望が広がるのを感じた。

あなたからおもちゃをたくさんもらっていたから、ケヴィンはものを持っていなかったわけじゃない。ケヴィンがゲームボーイやトンカのダンプトラックのミニカーに目もくれなかったと告げたとき、わたしはあなたに意地悪をしているような気分になったものだわ。でも、あなたがつぎつぎにおもちゃを買ってくるのは、それ以前に買ってきたものがことごとくあの子に無視されたことにあなたが気づいている証拠だったのかもしれないわね。あなたの気前のよさが裏目に出て、ケヴィンの部屋はプラスティックのごみためみたいになった。たぶんあの子は、あんなに簡単に買ってこられるんだったら、どれもたいしたものじゃないと思ったんじゃないかしらね。

一方で、わたしが何週間もかけて、遊び道具を手作りしたこともあった。愛情を込めて作ってるんだとわかるように、もちろんケヴィンが見ている前で作業をしてみせたわ。でも、あの子はたいして興味も示さず、買ってくればいいのにといらだたしげにいった。わたしが絵の具を塗った厚紙をカバーにして、パンチで穴をあけて明るい色の糸で綴じた手作りの絵本を読んでやったときはぼんやりと窓の外を眺めていた。たしかにありふれたストーリーだったことは認めるわ。愛犬のスニッピーが迷子になって、少年が悲しみに打ちひしがれ、ほうぼうをさがしまわり、最後にはもちろんスニッピーが見つかるというお話で、『名犬ラッシー』を下敷きにしたような話だった。わたしは一度も才能豊かで創造的な作家を気取ったことはないし、水彩絵の具で描いた絵はにじんでいた。わたしは、大切なのは気持ちだという錯覚にとらわれていたの。でも、絵本のなかでその少年が黒髪で濃い茶色の瞳をしていることを何度くりかえしても、ケヴィンが自分をその少年になぞらえて、迷子になった子犬を心配しているつもりにはなってくれなかった(あなたがケヴィンに犬を買おうとしたときのことをおぼえてる? わたしはお願いだからやめてと頼んだわね。あなたが理由を訊かないでくれたことに感謝したわ。だって、わたしも自分自身の気持ちに気づかないふりをしようとしてたから。ただ、元気いっぱいの黒いラブラドールレトリバーや、従順なアイリッシュセッターを飼うことを想像するたびに、なにか恐ろしいことが起こりそうな予感がしてならなかったの)。唯一、ケヴィンがその絵本に興味を示したのは、彼を部屋に残して夕食のしたくをしに行ったときだった。わたしが気づいたときには、あの子は絵本のすべてのページにマジックでいたずら書きをしていた。もっとあとの話だけど、わたしが靴下に綿を詰めてボタンで目をつけて作ったテディベアは、それにふさわしく、ケヴィンの手でベア湖に沈められ、黒と白の木ぎれを組み合わせて作ったシマウマのジグソーパズルのピースはうちの私道の排水溝に捨てられたわ。

わたしは記憶をたぐりよせて、昔ケヴィンが好きだったもののことをいってみた。「水鉄砲のこと、おぼえてる？」

ケヴィンが肩をすくめた。

「ママーがかんしゃくを起こして、水鉄砲を踏みつぶして壊したでしょ？　おぼえてる？」わたしには自分のことをママーといって話す奇妙な癖がついていたの。まるで自分が多重人格者であるみたいに。「ママー」はわたしの理想的な分身で、手を粉まみれにして、だるまストーブの火のそばで楽しいおとぎ話を聞かせたり、焼きたてのクッキーをごちそうしたり、近所のわんぱく小僧たちのけんかの仲裁に入ったりする、明るくてふくよかな母親の象徴だった。ケヴィンはもうわたしをママーと呼ばなくなっていたから、彼のこの造語はいまやわたしが自分を呼ぶときに使うだけになっていた。そのときはたと、ケヴィンがわたしにまったくなんの呼びかけもしなくなっていることに気づいた。そんなことがあり得るかしら。子どもは、ほしいものがあれば、あるいは母親の注意を引くためだけでも、母親に呼びかけるものなのに。でも、考えてみたら、ケヴィンはなにかがほしいとか、こっちを向いてとかさえいわない子だった。「あんなことされて、いやだと思わなかった？」

「べつに」ケヴィンが答えた。

ケヴィンは記憶力のいい子だった。あなたはケヴィンが書斎の地図を汚したのは「手伝おうとしただけ」だといって新しい水鉄砲を買ってやったけど、あの子はそれをおもちゃの入った箱に放りこんで二度とさわろうとしなかった。水鉄砲は役目を果したのよ。実際、わたしはあの水鉄砲を踏みつぶして粉々にしたとき、ふと思ったの。水鉄砲に未練がなくなったあの子は、それが壊されるのを見て喜びを感じているんじゃないかってね。

ティーセットの事件のことを話したとき、最初あなたはまじめに取りあおうとしなかったわね。わたしがあなたをにらみつけて、そのあとで、ふたりで協力して事に当たる必要性について話しあった。「なあ、ケヴィン」あなたは軽く声をかけた。「ティーカップは女の子が使うものだよな。おまえにとってはめめしい感じがするかもしれない。でも、壊すのはだめだ。いいな？　そんなことをするのはかっこわるいよ。さあ、フリスビーでもするかい？　夕食までにバックハンドスローの練習をするくらいの時間はあるだろう」

「うん、やろうよ、パパ！」ケヴィンがフリスビーを取りにクローゼットに駆けだすのを見ながら、わたしはとまどっていた。両手を握りしめ、拳を振って走っていく姿は、どこから見ても、庭で父親と遊ぶことにうきうきしているごくふつうのやんちゃな男の子だった。ただ、ふつうの男の子にしてはすべてがやりすぎで、不自然な感じがした。「うん、やろうよ、パパ！」というのも何度も練習したセリフのようで、なんというか、あの「にぇーにぇー」を思わせる響きがあった。週末にケヴィンが一オクターブ高い声で——そう、一オクターブ高い声だった——「パパ、今日は土曜日だよ！　また戦跡見学に連れていってくれる？」というときも、同じことを感じたの。でも、それを聞いてあなたは大喜びしてたから、ケヴィンにおちょくられてるのかもしれないわよとはどうしてもいいだせなかった。ダイニングルームの窓から庭をながめていて、ケヴィンがあれほど練習しているのに、フリスビーを投げるのがいっこうにうまくならないのが信じられなかったわ。まだ遠くまで投げられなくて、フリスビーの縁に中指をかけて投げても、あなたのいるところから十メートル手前でらせん状の軌道を描いて落ちてしまう。あなたは忍耐強くつきあっていたけれど、わたしはあなたがいつ根負けするか、あの子が試そうとしているだけのような気がしてならなかった。

ああ、でも、あの年に起きた事件を全部は思いだせないわ。ただ、あなたが「エヴァ、男の子はだれでも女の子の髪を引っぱるものだよ」みたいなことをいって聞く耳を持たないことが何度かあったことはおぼえてる。あなたに知らせるのをやめておいたこともたくさんあった。なぜって、息子が起こした問題を逐一報告するなんて「息子のことを告げ口している」ように思えたから。

でも、あのとき見た光景――あれはたしか三月だったと思う。いまとなってはどうしてあんなに取りみだしたのかわからないけど、これだけはあなたにだまっていることはできなかった。いつもの時間にケヴィンを幼稚園に迎えに行ったら、あの子がどこにいるのかだれも知らなかった。ファブリカント先生はげっそりした表情になっていたわ。行方不明になったのがケヴィンだったから、トイレのなかをさがすことを思いつくまでだいぶ時間がかかった。あの子がトイレを隠れ場所にするとは考えにくかったから。

「いたわ!」女子トイレのドアのそばでファブリカント先生が叫んだ。その直後、彼女ははっと息をのんだ。

こういう昔の出来事をあなたがはっきりとおぼえているとは思えないから、もう一度詳しく説明するわね。幼稚園に、きゃしゃで黒い髪をしたヴィオレッタという名前の女の子がいたの。わたしにとってはちょっと気になる子だったから、もっと前にあなたに話していてもおかしくなかったんだけど。おとなしくて恥ずかしがり屋で、いつも先生のスカートの陰に隠れているような子だった。わたしが名前ひとつ訊きだすのにさえものすごく時間がかかったわ。すごくかわいい顔をしているんだけど、たいていの人は彼女がかわいい子だと気づかなかった。ほんとによく見ないと顔立ちがわからないほど、ひどい湿疹が顔にあったから。

それは、目を覆うようなひどさだったわ。全身が湿疹だらけだった。皮膚が赤くかさかさしていて、ひび割れたりかさぶたになったりしているところもあった。腕もひょろ長い脚もそうだったけど、顔がいちばんひどかった。かさかさの皮膚はまるで爬虫類のそれのようだった。肌の状態は情緒障害と関連があると聞いたことがあったから、そういう先入観にとらわれていたのかもしれないけど、わたしはヴィオレッタが虐待されているんじゃないかとか、両親が離婚の危機にあるんじゃないかとか、心配でたまらなかった。とにかく、彼女を見るたびに心がしめつけられる思いがして、彼女を抱きしめてあげたくてしかたなくなった。

ヴィオレッタが母親に肌を掻いちゃだめよといわれているのは聞いたことがあったけど、この子がいつもジャンパーのポケットに入れて歩いているチューブ入りのクリームはただのかゆみ止めの軟膏のようだった。なぜなら、ヴィオレッタの湿疹はどんどんひどくなっていたから。それにしても、ヴィオレッタの自制心は見あげたものだったわ。あまりのかゆさに掻きたくなると、爪で自分の腕をじれったそうになぞったかと思うと、その手がそれ以上動かないように反対の手でつかむのよ。

ファブリカント先生が息をのんだとき、わたしもトイレの入口に駆け寄った。わたしたちに見えていたのはケヴィンの背中だった。あの子はなにかひそひそささやいていた。トイレのドアをもう少し開けると、あの子はささやくのをやめて一歩後ろに下がった。洗面台の前に立って、わたしたちのほうに顔を向けていたのはヴィオレッタだった。彼女の顔には至福の表情としかいいようのないものが浮かんでいた。両目を閉じ、両腕を交差させて、自分の胸を抱きしめるようにして。その体は傾き、夢見ごこちになっているかのように見えた。彼女の歓びをわたしたちが奪う理由は、全身に血が出ていさえしなければ、なにもなさそうだった。

　わたしはこれをスキャンダラスな話として伝えようとしてるわけじゃないのよ、フランクリン。ファブリカント先生が金切り声をあげてケヴィンを押しのけ、ペーパータオルを取ってきたけど、ヴィオレッタの引っかき傷が見た目ほど重傷じゃないことはすぐにわかったわ。ファブリカント先生が水で濡らしたタオルでヴィオレッタの両腕両脚と顔を拭いてやっているあいだ、わたしはこれ以上皮膚を掻きむしらないようにヴィオレッタの両手をつかんでいた。ファブリカント先生はヴィオレッタの母親が来る前に少しでも彼女の体をきれいにしておこうと必死だった。わたしはヴィオレッタの濃紺のジャンパーについたフケのような白い薄皮を払いのけようとしたけれど、マジックテープみたいにフランネル地にくっついて離れなかった。もちろん、ソックスのレースや白いパフスリーブのギャザーについた血を洗い落とす時間はなかった。引っかき傷はほとんどが浅いものだったけれど、全身のいたるところにあった。ファブリカント先生が湿疹にタオルを当てても――湿疹は薄紫色から鮮やかな赤紫色に変わっていた――すぐに血がにじんで盛りあがり、流れていった。

　いっとくけど、このことであなたとまた口論する気はわたしにはありませんから。もちろんわたしも、ケヴィンがヴィオレッタに直接なにかしたとはいってない。わたしが知るかぎり、彼女が自分で自分の体を掻きむしっただけ。あまりにもかゆくて我慢できなかったんでしょうよ。禁を破って真っ赤になっている皮膚に爪を立てたとき、いいようのないほどの快感を感じたことでしょうね。傷の状態を見たわたしは、彼女の湿疹に対する復讐心のようなものを感じたわ。いやもしかしたら、湿疹を徹底的に痛めつければそのかゆみから永遠に解放されるとでも思っていたのかもしれない。

　わたしは、ヴィオレッタを見つけたとき、ちらっと垣間見た彼女の表情が忘れられなかった。そこにはただの歓びだけじゃなくて、もっと強い、原始的な、官能的といってもいいような解放感があった。彼女にはわかっていたのよ。掻き傷があとで痛くなることも、湿疹がもっと悪くなることも、母親が怒り狂うことも。それを知っていたからこそ、まだ五歳の少女だというのに、官能的ともいえる表情になってたんだわ。どんなひどい結果になろうとかまわず、彼女は目のくらむような快楽に身をゆだねた。なぜなら、その結果のおぞましさ——噴きだす血、ひどい痛み、悲惨な帰宅、数週間後にできる醜いかさぶた——こそが、彼女の快楽の鍵だったから。

その晩、あなたは激怒したわね。

「その子は自分で自分の体を掻いたんだろう。それがうちの息子となんの関係がある?」

「ケヴィンはその場にいたのよ! かわいそうな女の子が皮膚を掻きむしっていたのに、あの子は黙って見ていたのよ」

「ケヴィンはその子の世話係じゃないよ、エヴァ。ただのクラスメートじゃないか!」

「でも、だれかを呼ぶことはできたはずよ。あんなひどい状態になる前に」

「たしかにそうかもしれない。でも、ケヴィンは来月やっと六歳になるんだ。その子は体を掻いてるだけなのに、機転をきかせろとか、ましてや『ひどい状態』かどうかを判断しろなんてことをケヴィンに求めるのは酷だよ。ケヴィンが家じゅうに小便をもらして、夕方までずっとくそまみれになって気持ち悪がっていても平気でいたくせに、よくそんなことがいえるな!」

ほんとは「くそ」は「うんち」といいかえる約束になっていたんだけど、それどころじゃなかったというわけね。

「ケヴィンのおむつがにおうのはケヴィンのせいだし、ケヴィンがおむつをずっとつけているのもケヴィンが悪いのよ」あなたにお風呂に入れてもらったケヴィンは、そのとき自分の部屋にいたけれど、わたしには自分の声がそこまで届いているとわかっていたわ。「フランクリン、わたしはもうどうしたらいいのかわからない！　うんちは全然汚くないなんてことが書いてあるトイレトレーニングの絵本は全部買ったけど、どれも二歳児向けだから、ケヴィンはばかにして目もくれなかった。その気になるまで待つっていったって、フランクリン、あの子はその気になんてならないわ！　だって、母親がいつもおむつを取りかえてやっていたら、その気になる必要はないでしょ？　あの子が大学生になるまでこんなことを続けるつもり？」

「わかった。じゃあ、今度は褒めまくり作戦を試してみることにしよう。そうやってケヴィンの気持ちを――」

「作戦を試してみるなんて、のんきなことをいってる場合じゃないでしょ、フランクリン。わたしたちは戦争をしてるの。しかも、わが軍は打撃を受け、弾薬も不足している。境界線も侵略されている」

「この際はっきりさせておきたいんだが、今日きみがやったようなことが、きみの新しいトイレトレーニング方法なのか？　うんちをもらしたまま歩きまわらせて、うちの白いソファを汚せっていうのか？　それは教育なのか？　それともお仕置きなのか？　きみは、ほかの子どもの湿疹のことで目くじらを立てることと、トイレトレーニングとを混同してるみたいだからな」

「彼女が体を掻くようにあの子が仕向けたのよ」

「いい加減にしろよ」

「彼女は湿疹に手を触れないようにずっとずっと気をつけていたのよ。それなのに、あるときわたしたちがトイレをのぞいたら、彼女は新しい友だちとふたりでいた。その友だちは彼女につきまとって、湿疹を掻くようにそそのかした……。ああ、フランクリン、あなたに彼女を見せたかった！　彼女を見ると、六〇年代に広まった気味の悪い噂を思いだしてしまうの。体じゅうに虫が這いずりまわっていると思いこんで全身を爪で掻きむしったLSD中毒の男の話」

「じゃあきみは、そんなに悲惨な光景を目撃したことが、ケヴィンのトラウマになるんじゃないかとは思わないのか？　あの子を慰めてやったり元気づけてやったり、話を聞いてやったりする必要はあっても、いやな記憶は自分のなかの下水管に流せとはいえないだろう？　冗談じゃない。そんなことをいえるやつは、とっくに子どもを養護施設に送ってるよ」

「わたしもそうすればよかった」わたしはつぶやいた。

「エヴァ！」

「冗談に決まってるでしょ！」

「いったいどうしたんだ？」あなたは絶望したようにいった。

「あの光景は、ケヴィンの『トラウマ』にはならない。ケヴィンは悦に入っていたの。帰りの車のなかで、あの子は目をきらきらさせていた。あんな表情を見るのはバースデーケーキをぐちゃぐちゃにしたとき以来だわ」

あなたはあの汚れが目だちやすい白いソファの端にどすんと腰をおろして、頭の後ろで両手を組んだ。反対側の端にはまだ茶色い染みがついていたから、わたしはそこには座れなかった。

「ぼくはほとほと疲れたよ、エヴァ」あなたはこめかみを指で押しながらいった。「でも、それはケヴィンのせいじゃない」

「わたしにけんかを売ってるの？」

「そういうわけじゃ――」

「じゃあ、なにがいいたいのよ！」

「エヴァ、落ちつけよ。ぼくはなにがあっても家庭を壊したりはしない」。いつだったか、あなたが「なにがあってもきみとは別れない」といったことがあったわね。恋人に対する永遠の献身の誓いなんて所詮もろいものと相場は決まっているものだけど、あなたの謹厳実直な父親としての宣言はすごく頼もしく聞こえたわ。家族に対する揺るぎない誓いの言葉を聞けたのに、どうしてこんなに悲しい気持ちになるんだろうと思ったわ。

「わたしはあの子に服を着せて、あの子がそうさせてくれれば食事を食べさせて、あっちこっちに連れていってやる。幼稚園に持っていくお菓子を焼いて、朝から晩まであの子にふりまわされて。一日六回もおむつを替えている。それなのに、どうして今日のことだけをいわれなきゃならないわけ？　あの子のせいで不安になって、いえ怖くなって、とてもじゃないけどあの子に近づく気になれなかったのに。わたしが懲らしめるつもりだっただなんて……。だって、幼稚園のトイレでのあの子はひどく――」いくつかの形容詞が頭のなかに浮かんだけど、どれも過激すぎるような気がして、わたしは先を続けるのをあきらめた。「あの子のおむつを替えるのがうとましくなってきたの」

「自分のいってることをよく考えてみろよ。きみがどこの家の子どもの話をしているのかさっぱりわからない。うちの息子は素直で元気な男の子だ。むしろぼくは、あの子がとび抜けて頭がいいんじゃないかと思いはじめているくらいだ」（もう少しで「わたしが恐れているのは、まさにそのことよ」というところだったわ)。「あの子がときどき自分の殻に閉じこもっているのは、思慮深くて内省的だからだ。でもそれ以外は、ぼくといっしょに遊ぶし、ぼくに抱きついてお休みなさいといってくるし、なんでも話してくれるし——」

「あの子はあなたになにを話してるっていうの？」

あなたは両手をあげた。「どんな絵を描いているのかとか、おやつになにを食べたとか——」

「それが、なんでも話してくれることになると思ってるの？」

「おいおい気はたしかか？ ケヴィンはまだ五歳なんだ、エヴァ。ほかになにを話すっていうんだ？」

「去年、幼稚園が終わったあとのプレイグループでこんなことがあったわ。ひとり、またひとりと、母親たちがグループから抜けていったの。ジョーダンは風邪をひきやすいからとか、ティファニーはいちばん年少だから居づらいとか、あれこれ理由をつけてね。最後にはわたしたちとローナとその子どもたちだけになって、ローナはすごくいいにくそうに、これじゃあもうグループとはいえないから集まるのはやめるしかないわねといったの。ところが数週間後、わたしがクリスマスプレゼントを届けにローナの家に寄ったら、リビングルームにグループのメンバーが勢ぞろいしてた。ローナはきまり悪そうにしていたから、そのことにはふれなかったけど、ケヴィンがあなたになんでも話してくれるなら、あの母親たちが、わたしたちの素直で元気な息子を仲間はずれにするために、陰でこそこそ集まるようになった理由も、あの子に訊いてみたらどうなの」

「あの子を傷つけるような汚い話を聞くつもりはないよ。それにぼくはそういうこと——ゴシップや派閥争いや田舎町の仲間割れには興味がないんだ。時間を持てあましている専業主婦がいかにもやりそうなことだ」

「わたしはその専業主婦のひとりで、大きな犠牲を払っているの。それに、時間を持てあましたことなんか一度もないわ」

「じゃあ、ケヴィンはのけ者にされたんだよ！　なんでそのことに腹を立てない？　どうしてどこかの怒りっぽい神経質な女たちのせいじゃなくて、ケヴィンがなにか悪さをしたせいだと決めつける？」

「それは、ケヴィンがわたしにいわないことがいっぱいあるって知ってるからよ。そうだ、この際だから、ベビーシッターがそろって二日目の晩から来なくなる理由も訊いてみたら？」

「そんなことは訊くまでもないよ。このへんのティーンエイジャーは小遣いを週百ドルもらってるんだ。たったの時給十二ドルじゃ魅力的なバイトとはいえないよ」

「とにかく、ヴィオレッタにいったいなにをささやいていたのか、あなたのよくなついたかわいい息子に教えてもらうといいわ」

べつに、わたしたちがけんかばかりしてたといいたいわけじゃないの。ただ、わたしがおぼえているのがけんかのことだっていうだけ。不思議なんだけど、最初に記憶から消えていくのは、ごくありふれた日のことなのよね。それに、わたしは争いごとを生きがいにするタイプじゃない——そうだったらよかったのにと、ずっとあとになって思ったりしたんだけれど。それでも心のどこかで、一見平穏に見える日々の表面を多少なりとも引っかくことができてよかったと思っていたのかもしれない。ヴィオレッタがかさついた手足を掻きむしったようにね。それで、目を覆いたくなるようなものが表に流れだして、止まらなくなるだけだとしても……。わたしは、そのいまだ流れでずにいるものが怖かった。わたしの心の底に、自分の人生を厭う気持ちがあるのが怖かった。母親であることを厭う気持ち、そしてたとえ一時的であっても、あなたの妻でいることを厭う気持ちがあるのが。だってあなたのせいで、わたしは果てしなく続く大便と小便とケヴィンが好きでもないクッキーを焼く生活に閉じこめられてしまったんだもの。

とはいえ、いくらどなりあっても、おむつの問題を解決することにはならなかった。わたしたちの役割はめずらしく逆転して、あなたはこの問題がものすごく深いところで複雑に入り組んでいると思っていたけれど、わたしは単純な問題だと思っていた。わたしたちがケヴィンにトイレを使わせたいと思っているから、ケヴィンはトイレを使おうとしない。それだけよ。でも、わたしたちがあの子にトイレを使わせたいと思わなくなるなんてあり得なかったから、どうすることもできないのに変わりはなかった。

あなたはわたしが「戦争」といったのは大げさだと思ったでしょうね。でも、おむつ替え台にケヴィンをのせるのは――ケヴィンには狭すぎて、いつも両脚が台の外にはみ出してぶらさがっていた――装備が不十分な寄せ集めの反乱部隊が、強力な政府軍に予想外に大きな打撃を与える泥沼のようなゲリラ戦を思わせるものがあった。そのゲリラ戦で、ケヴィンは大便という武器を使ったのよ。

おむつを替えてもらうとき、あの子はとてもおとなしくしていたわ。なにかの儀式でも受けているみたいだった。わたしがさっさと作業を終わらせようとするようになったのを見て、おむつを替えることを恥ずかしがっていると思って喜んでたのかもしれない。じきに六歳になる息子の硬い小さな睾丸の汚れを拭きとることに、わたしはある種のきわどさを覚えるようになっていたから。

ケヴィンがおむつ替え台でのわたしとの戯れを楽しんでいたとしても、わたしはそうじゃなかった。だれがなんといおうと赤ん坊の排泄物のにおいが「かぐわしい」なんて思ったことはなかったし、第一、そんなごまかしをいったくらいで幼稚園児の排泄物のにおいが変わるわけがない。ケヴィンの大便はどんどん固く、粘っこくなり、子ども部屋には、ホームレスが住みついた地下道のようなこもった悪臭がたちこめていた。近所のごみ置き場に大量の生物分解できない使用済みのおむつを捨てるのが恥ずかしかった。さらにひどいことに、ときどき、ケヴィンがわたしの手間を増やすために、わざと便を小出しにしているような気がした。クレヨン画の世界ではダ・ヴィンチになれなくても、括約筋を自在に操ることにかけてはあの子は天才だったわ。

　前置きが長くてごめんなさいね。でも、あの年の七月に起きたことの言い訳をしてるわけじゃないの。あなたはきっとぞっとするだろうけど、あなたに許してもらおうとも思っていない。いまさらそんなことをいってもはじまらないから。でも、どうしても、あなたに理解してもらいたいの。

　ケヴィンが六月に幼稚園を卒園し、わたしとケヴィンはその夏ずっといっしょに過ごすはめになった（いっとくけど、あの子だってわたしに劣らず、わたしのことをがまんできないと思ってたはずよ）。ケヴィンはまだ遊ぶということができなかった。ひとりにして好きにさせておくと、あの子は家全体を圧迫するようなむっつりとした無関心な態度で、床に座りこんでいた。それでわたしは、あの子をいろんな作業に参加させようとしたの。子ども部屋で靴下人形の材料として、糸やボタンを集め、色鮮やかな布のはぎれにのりでくっつけさせた。わたしもカーペットの上に座りこみ、ケヴィンといっしょに作業して、楽しい時間を過ごしたいと本気で思っていたのよ。

　それから、ケヴィンが小学校にあがったときに優越感にひたれるように、基本的な勉強を教えようとした。「ねえ、今日は算数の勉強をしてみない？」わたしはケヴィンに提案した。

「なんで？」

「小学校にいったときに、ほかのみんなよりも算数ができるようになるでしょ」

「算数なんか、なんの役に立つの？」

「そうね、ほら、昨日ママーが買い物にいったときにお金を払ったのをおぼえてる？　お金を払うときには、足し算や引き算をして、支払ったあとにお金がいくら残ったか計算しなきゃいけないの」

「昨日は電卓を使ってた」

「でもね　電卓の計算がまちがっていないかどうかたしかめるには、算数ができなきゃだめなのよ」

「計算をまちがえるかもしれないなら、なんで電卓を使うの？」

「電卓はまちがえたりしないわ」わたしはしぶしぶ認めた。

「じゃあ、算数なんか知らなくてもいい」

「電卓を使うためには」わたしは動揺しながら続けた。「たとえば、５の数字がどんな形をしているのか知っておく必要があるの。わかった？　さあ、まず数字のかぞえ方を練習しましょう。３のつぎにくる数字は？」

「７」

こんな感じで算数の勉強は続いたの。ばかげたやりとりをもう一度したあとで（「９のひとつ前の数字は？」「53」）あの子は生気のない表情でわたしの目を見つめ、つまらなそうに、テープを早送りするみたいに数字をいいはじめた。「１、２、３、４、５、６、７、８、９、10、11、12……」一回か二回息継ぎをするために止まったけど、あとはまったくよどみなく百までかぞえてから、わたしにたずねた。「もう終わりにしていい？」。わたしは自分がどうしようもない間抜けに思えたわ。

文字を教えることになるとあきらめのほうが先に立った。「あ、いわなくてもわかってるから」本を読んでみましょうかといったあと、わたしはあの子をだまらせておいて続けた。「なんでこんなことをするの。なんの役に立つの。そういうんでしょ？　じゃあ、教えてあげるわ。ものすごく退屈でほかになにもやることがなくても、本はいつでもどこでも読めるでしょ。電車のなかや、バス停でバスを待ってるときでも」

「本が退屈だったらどうするの？」

「そういうことはないと思うわ、ケヴィン」わたしはきっぱりとたしなめた。

「ぼくはあると思うよ」あの子がいい返した。

「それに、あなたが大きくなって就職する年ごろになったときに、きちんと読み書きができなかったら、どこの会社もあなたを雇ってくれないわ」

もちろん、心のなかでは、これが事実だったらこの国の国民はほとんど職につけないと思っていたわ。

「パパはなんにも書いてないよ。いつも車に乗って写真を撮ってる」

「世の中にはいろんな仕事が――」

「仕事をしたくなかったらどうなるの？」

「そしたら、あなたは生活保護を受けることになるわね。お腹がすいて飢え死にしないように、政府が少しだけお金をくれるけど、そのお金だけじゃ、楽しいことはなんにもできないわ」

「楽しいことをしたくなかったら？」

「そんなわけないでしょう。自分でお金を稼げるようになったら、映画にもレストランにも、外国にだって行けるのよ。ずっと前にママーがやってたみたいにね」

ずっと前に、といいながら、思わず顔をしかめてしまった。

「ぼくは生活保護でいいや」

この手の親子のやりとりは、夕食会の席でほかの親たちが笑いながら披露するエピソードなのかもしれないけど、わたしはどうしてもそういうほほえましい話にしたくなかった。

子どもに自宅学習《ホームスクーリング》をさせている家庭は、いったいどんなやり方で教えているのかしら。ケヴィンはどんなことにもまるで興味を示さなかった。まるで、耳を傾けることが屈辱であるかのように。それでも、自分に必要な知識はわたしに隠れて身につけていた。ものの食べ方もそうやって覚えた。だれも見ていないところでこっそりチーズサンドイッチをほおばったように、情報もかき集めてたというわけ。そのうえ、なにか知らないことがあっても、それを認めようとしなかった。あの子のお得意のしらばっくれた態度は、知識に穴があいている部分を隠すためだったのよ。一方、無知のふりをすることは恥ずかしいとは思っていなかった。だから、あの子がほんとにわかってないのか、わかってないふりをしてるだけなのかを見分けるのは至難の業だったわ。

それに、数週間のあいだアルファベットの勉強でばかげた受け答えをくりかえしたあげく（「Rのつぎにくるのは?」「L、M、N、O……」といった調子）わたしが、どうしてそこにじっと座ってわたしのいうことに集中して覚えようとしないのかと小言を並べていると、ケヴィンは突然それをさえぎって、アルファベットの歌をAからZまで完璧に歌ってみせた。音痴の子が歌うにしても、あり得ないほど調子はずれだった。ときどき短調に変調するせいで、子どもの歌らしい軽快なメロディーがユダヤ教の死者のための祈り《カディシュ》のように聞こえた。幼稚園で教わっていたのに、ケヴィンはその歌を一度も家で歌ったことがなかった。歌の最後に、あの子がからかうように「ABCをいえたから、感想きかせてくださいな」とメロディーに乗せてつけくわえたので、わたしは激怒した。「ママーの大切な時間をむだにして楽しむなんて、ほんとに意地悪な子ね！」。あの子は口の両端をあげてにんまりと笑ったわ。

　雑誌の記事にケヴィンが反抗的な子どもだったと書かれてるのは知ってるけど、実際にはそれほど反抗的じゃなかった。だってあの子は、与えられた書き取りの練習を、ぞっとするくらい正確にやることができたの。不器用を演じる一定期間——Pを書かせても、まるで銃にでも撃たれたように、字が傾いて、ノートの罫線の下にぶざまにはみ出していた——が終わると、あの子はおとなしく席について、罫線の範囲内にきっちりとアルファベットを書いてみせた。「Look, Sally, look. Go.Go.Go. Run.Run.Run, Sally, Run（見てごらん、サリー、見てごらん。行け。行け。行け。走れ。走れ。走れ。走れ、サリー、走れ）」

　うまく説明できないけど、わたしはその様子を見てすごくいやな気がしたわ。まあ、おかげで小学一年生の入門用教材のばかばかしさもわかったんだけど。それでも、ケヴィンのアルファベットの書き方を見ていると落ちつかない気持ちになった。あの子の書く字には、個性がまったく感じられなかった。いわゆる「手書きの字」、標準的な筆記体に見られる人それぞれの筆跡がなかったの。あの子が字を書けることを認めた時点から、彼は教科書のお手本と寸分たがわぬ書体を書いていた。余分なハネもなければ、字がくねることもない。TもIも完璧で、BやOやDは、いままで見たことがないくらい文字のなかに広いスペースがあいていた。

つまり、従順そうにふるまっていても、ケヴィンは生徒としては腹立たしい子どもだった。あなたは仕事から帰ったときにあの子のめざましい進歩を満喫できても、わたしは、子どもをなだめすかし、感覚が麻痺しそうなくらい何度も同じことをくりかえす忍耐の日々が突然報われる瞬間を味わうことはできなかった。見るからにやる気のない子どもを教えることは、キッチンに料理を載せたお皿をこっそり置いて子どもに食事をさせるのと同じで、なんの満足感も得られなかった。ケヴィンはわざとわたしを満足させまいとしていたのよ。わたしが役立たずで必要とされていないと感じるように仕向けようとしていた。たしかに、わたしはあなたみたいに息子が天才だとは思っていなかったかもしれない。それでもあの子は、とても賢い子だったわ——あんな救いようもなく愚かしいことをしてしまった子にふさわしい表現かどうかはわからないけど、たぶんいまでも賢い子だと思う。でも、家庭教師として毎日あの子と向きあった経験は、年々「ばか」よりもさらに不誠実な婉曲表現を作りだしている教育界の基準に合わせるなら、「特殊児童」を指導するようなものだった。「2足す3は?」を何度も何度も何度もくりかえしたあげく、ケヴィンがまたしても断固として、悪意をもって「5」と答えるのを拒んだとき、わたしはあの子を座らせて、四つの数字を紙に書きなぐり、その下に線を引いた。

12,387
6,945
138,964
3,987,234

「ほら！　自分がそんなに頭がいいと思ってるなら、これをぜんぶ足し算して25をかけてみなさい！」

そんな昼のあいだじゅう、わたしはあなたがそこにいてくれたらと、そればかり願っていた。できることなら、あなたを恋しく思う暇もないくらい忙しかった、昔の生活にもどりたかった。歴代王朝の順番や異端審問で虐殺されたユダヤ人の数をそらでいえるくらいポルトガルの歴史に詳しかったわたしが、いまじゃアルファベットを唱えている。キリルアルファベットでもなければ、ヘブライアルファベットでもなく、ただのアルファベットを。それでも、六年以上両腕を肘までうんちまみれにする屈辱を味わっていなければ、この屈辱的な役回りにも耐えられたかもしれないんだけど。

ええ、わかったわ――白状します。

あれは七月の午後だった。いつものようにケヴィンがおむつを汚したので、わたしは新しいおむつに取りかえて、あの子のお尻にクリームを塗ってタルカムパウダーをはたいてやった。そして二十分後、あの子の腸の中身が全部吐き出されたと思った。ところがその後、ケヴィンはおむつ替えの記録を更新した。この同じ午後に、わたしがあの子に、サリーがどうしたこうしたとかいうばかげた文じゃなくて、自分の生活についてなにか意味のある文を書くようにいったら、あの子は練習帳にこう書いた。「よちえんの　みんなが　きみの　おかあさんは　つごく　としよりだと　いつた」。それを見てわたしはビーツのように真っ赤になった。まぎれもないあのにおいが漂ってきたのは、まさにそのときだった。午後になってから、すでに二度もおむつを替えていたのに。あの子は床にあぐらをかいて座っていたから、わたしはあの子の腰をつかんで立たせると、おむつをはずしてたしかめてみた。思わずカッとなって怒鳴りつけた。「なんでこうなるの？　ほとんどなにも食べてないくせに、どうしてこんなにたくさん……」
　全身が熱くなった。ほとんどなにをしているかわからないまま、あの子の体を持ちあげていた。わたしの腕からだらんとぶらさがったケヴィンは、大量の大便が詰まって重くなっているはずなのに、まるで粒状の発泡スチロールが詰まっているみたいに軽かった。ああ、そういうふうにしかいいようがないのよ。わたしが放ると、あの子は子ども部屋をつっきって隅まで飛んでいった。そして、ステンレス製のおむつ替え台の角にぶつかって鈍い音を立てた。それから、ついになにかに興味を持ったかのように首をかしげたまま、ゆっくりと床にずり落ちていった。

エヴァ

二〇〇一年一月十九日

親愛なるフランクリン

これでわかったでしょう、フランクリン。

あの日、ケヴィンに駆けよったとき、けがをしているようには見えなかったから、もしかしたらだいじょうぶかもしれないと期待してしまった。あの子の体の向きを変えて、床に押しつけられていた腕を見るまでは——。血まみれで、少しねじれていて、肘の少し下あたりになにか白いものが突き出ているのが見えた。わたしは気分が悪くなった。「ごめんね！ ごめんね！ ごめんね！」わたしは何度もささやいた。でも、自責の念に駆られながらも、わたしはあの瞬間の陶酔の余韻をふりはらえないでいた。あの瞬間、わたしははっきりと歓喜を感じていた。もうどうにでもなれという気持ちでケヴィンを放りなげたとき、わたしは自らのいましめを解いてずっとわたしを苦しめてきたものについに爪を立てたのよ。ヴィオレッタがしつこいかゆみに爪を立てたように。

わたしを一方的に責める前に、フランクリン、どうかお願いだから、わたしが良い母親になろうと努力していたことだけはわかってちょうだい。でも、楽しい時間を過ごそうとすることと実際に楽しい時間を過ごすことがちがうように、良い母親になろうとすることと良い母親でいることはちがうわね。わたしはあの子を胸の上にはじめて寝かせた瞬間から感じていた感情を無視して、献身的な親になるための育児マニュアルに従って、一日平均三回あの子を抱きしめ、少なくとも二回あの子がやったことやいったことを褒め、「愛してるわ、坊や」とか「パパとママーはあなたのことが大好きよ」とか決まりきった愛の言葉を決まりきった言い方でいってきた。でも、形にこだわりすぎると、神聖な誓いの言葉も愛の言葉もだんだんうわべだけのものになっていく。さらにわたしは六年間ずっと、あの子に対する言葉遣いに、汚い言葉を遣ってないかとか偏見を植えつけるような言い方をしてないかとか、いやというほど注意を払ってきた。そうやってつねにびくびくしているとろくなことはなかった。ぎこちなく固くなって、自信がなくなり、いつも自分が自分でないような気がしていたから。

ほとばしるアドレナリンに身をまかせてケヴィンの体を持ちあげたとき、わたしは自分のしなやかさを取りもどした気がしたわ。自分の行動と感情がやっと合流したと思った。あまり認めたくはないけれど、家庭内暴力も役に立つことがあるのね。むきだしの感情が爆発することによって、わたしたちの生活を円滑にする一方で人と人とを遠ざけるもととなっている「品位」のベールがはぎとられる。そうやって出てきた感情なんて、だれもが褒めるようなご立派なものじゃないかもしれないけど、でも、そもそも愛情って、見かけの愛想の良さや礼儀正しさよりも、憎悪や怒りに、より通ずるものがあるんじゃないかしら。そういうわけで、そのほんの二秒間、わたしは自分が完全な存在に、ケヴィン・カチャドリアンの真の母親になった気がした。あの子のこともこれまでになく身近に感じることができた。わたしが真の自分、完全な自分になって、わたしたちふたりのあいだにもついに通い合うものができたと感じた。

湿った額にはりついた髪の毛をかきあげてやると、ケヴィンの顔の筋肉が激しく動いた。目を細め、口元をゆがめて、笑っているようにも見えた。わたしがその日のニューヨーク・タイムズを急いで取ってきてケヴィンの腕の下にすべりこませたときも、ケヴィンは泣かなかった。新聞紙が落ちないように押さえながらケヴィンを立たせて、ほかにどこか痛いところはないかとたずねると、あの子は首を横に振った。抱えあげようとすると、また首を振った。自分で歩くという意味だった。わたしたちはいっしょに電話のほうに向かった。もしかしたらあの子は、わたしが見ていないときに涙を拭いていたのかもしれないけど、外から見たかぎりでは数をかぞえる勉強をしていたときのような辛そうな表情はしていなかった。

ナイアック病院のこぢんまりした救急処置室で小児科医のゴールドブラット先生に迎えられたとき、わたしは自分がやってしまったことを隠しとおすなんてどう考えてもむりだと思った。受付窓口の脇の「ニューヨーク保安官の暴力被害者ホットライン」のポスターもケヴィンのために貼られているような気がした。わたしはたくさんの言葉を口にしたけれど、出した情報はごく少なかった。最初に聞き取りをしてくれた看護師にも、なにが起きたのかはぺらぺらしゃべったけれど、どうしてそうなったかはいっさいいわなかった。その間、ケヴィンは軍人並みの自制心を見せ、やや右を向いて、頭を高くあげ、背すじをのばして立っていた。それから新聞紙の上から右腕を支え、ゴールドブラット先生に肩を抱かれて廊下を歩きだしたけれど、わたしの手は払いのけた。整形外科の診察室に入るとき、あの子は入口のところでくるりとこちらを振りかえって、そっけなくいった。

「ひとりで大丈夫だよ」

「なかで痛い思いをするかもしれないのに、いっしょにいてほしくないの?」

「外で待ってて」ケヴィンがいった。固く引き結んだ口元に寄ったしわだけが、すでに痛みが押し寄せていることを表していた。

「勇敢な息子さんですね」ゴールドブラット先生がいった。「頼もしいかぎりじゃないですか」

恐怖におびえるわたしを残して、彼は診察室のドアを閉めた。

わたしは本気であの子のそばにいたいと思ったの。いくらあの子を投げとばしたといっても、『ポルターガイスト』に出てくる執念深い亡霊じゃないんだから、親として頼っていいんだとわかってもらいたかった。とはいっても、ケヴィンがわたしにされたことを整形外科医とゴールドブラット先生に打ちあけるのではないかと恐れていたのも事実だったわ。そうなると法律に触れる問題になる。場合によっては、わたしは逮捕され、地元紙のベタ記事に書かれる。ケヴィンを養護施設に入れるなんていう悪い冗談もほんとうになるかもしれない。そこまでいかなくても、ケヴィンの体に傷がないかどうか確認するために非難がましいソーシャルワーカーがやってくるのを、毎月受け入れなければならなくなるかもしれない。非難されて当然のことをしたとはいえ、公の場で罰せられるよりは、できることなら人目につかないところでゆっくりじわじわと自己批判していたいと思った。

患者からの看護スタッフ宛てのセンチメンタルな感謝状を飾ったガラス張りのケースをぼんやり

と見つめながら、わたしは頭のなかでケヴィンの言い分に対するあたりさわりのない反論を考えていた。〝でも先生、子どもはなんでも大げさにいうんです。あの子を投げとばしたですって？　あの子は廊下を勢いよく走っていて、わたしがちょうど寝室から廊下に出たときに、たまたまぶつかってしまって……それで、ええ、もちろんあの子はころんで電気スタンドに体をぶつけて……〟。自分に辟易したわ。どうがんばってみても、ばかげた言い訳にしか聞こえなかった。あの子が痛みに耐えているあいだ、わたしも待合室の青緑色のパイプ椅子に座って、長い時間、自業自得の苦しみを味わっていた。看護師から、ケヴィンが「骨の先端を消毒する」ために手術を受けることになったといわれたとき、具体的にどんな手術なのかよくわからなかったのがなによりもありがたかった。

三時間後、ケヴィンが真っ白なギブスをつけてもどってきたとき、ゴールドブラット先生がケヴィンの背中をぽんと叩いて、きみはほんとうに勇敢な子だと褒めるかたわらで、整形外科医が、傷の状態と、感染症の危険性と、ギブスを乾燥させておく必要性と、次回の診察の日取りについて淡々と説明した。ケヴィンはもう悪臭を発してはいなかったけれど、どちらの先生も看護師がケヴィンの汚れたおむつを取りかえたことにはふれなかった。それまで医者の話を聞きながら無言でうなずいていたわたしは、ちらっとケヴィンのほうを見た。わたしを見つめるケヴィンの澄みきったきらきらした目は、共犯者のまなざしそのものだった。

このとき、わたしはあの子に借りができたの。あの子もそのことをわかっていた。この借りは長年にわたって、わたしにのしかかりつづけるにちがいないと思ったわ。

家に帰る車のなかで、わたしはしゃべりつづけた（「ママーがあなたにしたことは、とってもとってもいけないことだったわ。ママーはほんとにほんとに悪かったと思ってるの――」。でも、こうやって三人称を使ったせいで、わたしの悔恨の情は嘘っぽく聞こえたかもしれないわね。まるで事故の責任を想像上の友人に押しつけているみたいだったから)。ケヴィンはなにもいわなかった。傲慢ともいえるほど硬い表情で、ギブスで固めた右腕はナポレオンよろしく指をシャツのなかに入れて支え、助手席に背すじをのばして座って、窓の外のネオンきらめくタッパン・ジー・ブリッジをながめていた。名誉の負傷をしながらも勝利をおさめ、群衆の歓声を浴びながら凱旋する大将のようだった。

わたしにはそんな心の平和はなかった。警察とソーシャルワーカーからは逃れられたけれど、もうひとつの難題が待ちうけていた。ゴールドブラット先生にだったら、もしかしたらケヴィンに「ぶつかった」なんていうでたらめをいったかもしれないけど、あなたの目を見て嘘を並べることだけは考えられなかった。

「おかえり！　どこに行ってたんだい？」わたしたちがキッチンに入っていくと、あなたが大声でいった。リッツ・クラッカーにピーナッツバターをたっぷり塗りおわったところで、あなたはこちらをふりかえった。

わたしは胸がどきどきしてきた。あなたにどう説明するのか、まだ決めていなかった。それまでは、結婚生活――あるいは家庭――を危うくさせるようなことはなにひとつしていなかったけれど、仮にそれらを瀬戸際まで追いつめるような出来事があるとすれば、それはまちがいなく今日の事件だと思った。

「――どうしたんだ！　ケヴィン！」あなたはクラッカーをほおばったまま叫び、ろくに噛まずに飲みこもうとした。「なにがあった？」

あなたはあわてて両手についたくずを払いおとし、ケヴィンの前に飛んでいってしゃがんだ。わたしの全身に電気が走ったように鳥肌が立った。まるで電気柵にのぼっている最中に電源を入れられてしまったようだった。逆走してくる車を前方に見ながらいまさらハンドルを切っても手遅れだと観念するドライバーのように、あと一秒か二秒でいまとはまったくちがう世界に突入するんだと覚悟を決めた。

でも、正面衝突は土壇場で回避された。なにか事が起きると、妻よりも息子の説明に耳を傾ける習慣がついていたあなたは、ケヴィンにたずねた。でもこのときだけは、そうするべきじゃなかった。もしもわたしに訊いてくれていたら、わたしは頭《こうべ》を垂れて、真実を告白していたはず——少なくとも、そうしたと思いたい。

「腕の骨を折った」

「それはわかるよ。どうして折れたんだ？」

「落っこちたんだ」

「どこから？」

「おむつがうんちで汚れて、ママーが新しいティッシュの箱を取りにいってるあいだに、おむつ替え台から落ちたんだ。床に——床に置いてあったトンカのダンプカーの上に。ママーがゴールドバット先生のところに連れていってくれた」

あの子はうまくやった。ほんとうにうまくやったわ。あなたにはわからないかもしれないけど、ほんとうによどみなくしゃべった——しかも、あらかじめちゃんと話を組み立てていた。矛盾やよけいな説明はいっさいなかった。あの年ごろの子どもが飲み物をこぼしたり鏡を割ったりしたときにやりがちなごてごてと飾りたてた言い訳を、あの子はしなかった。嘘で人生を塗りかためる筋金入りの嘘つきの技を身につけていた。できるかぎり嘘に事実を盛りこむという技をね。巧みに構築された嘘の大部分は、事実の積み重ねによって作られる。そうすることで、しっかりした土台が形作られるのよ。だって、ほら、ケヴィンがおむつをうんちで汚したのは事実だった。そして、あの日の午後二度目におむつを替えたときに、ウェットティッシュの箱がからになったことを、あの子はちゃんとおぼえていた。おむつ替え台から落ちたというのも、事実からそうかけ離れてはいない。トンカのダンプカーも——その晩、あとでたしかめにいったけど——子ども部屋の床に置いてあった。さらに驚いたのは、あの子がとっさに、一メートルの高さから床に落ちるだけでは腕の骨が折れないと判断したことだった。ただ落ちたというだけじゃだめで、金属でできた固いものにぶつかったことにしなければと考えたのよ。それに、話自体は短かったけど、その話には絶妙な装飾が施されていた。あの子が何カ月も前から使わなくなっていた「ママー」という赤ちゃんぽい呼び方を使ったことで、ほんとは全然そうじゃなかったんだけど、わたしたちのあいだに愛情あふれる交流があったかのように聞こえたし、「ゴールドバット《金色の尻》先生」というちょっときわどい言いまちがいをわざとしたことで、あなたはすっかり安心してしまったんですもの。あなたの息子は「素直で元気な」ふだんどおりの姿にもどったんだ、ってね。でも、なにより驚いたことに、病院ではわたしに共犯者のまなざしを向けたのに、ここではわたしのほうを見もしなかった。それをしてしまうと、あなたがなにか感づくにちがいなかったから。

「なんてこった」あなたが声をあげた。「すごく痛かっただろう！」

「お医者さんの話では開放骨折ということだったわ」わたしは口を開いた。「骨が皮膚を破って飛びだしてたの。でも、細菌感染はしてないし、きれいに治るだろうって」

このとき、わたしとケヴィンはじっと目を見合わせた。協定を結ぶにはじゅうぶんな長さだったわ。わたしは六歳の子どもに、わたしの魂を借金のかたにとることを許したの。

「ギブスにサインさせてくれるかい？」あなたはケヴィンにたずねた。「ほら、みんなよくやるだろう。友だちや家族がギブスに名前を書いて、怪我が早く治るように祈るんだ」

「いいよ、パパ！　でも先にトイレにいってくる！」ケヴィンは痛くない左手を振りながら、ぶらぶらと歩いていった。

「聞きまちがいじゃないよな？」あなたがひそひそ声でいった。

「そうだといいけど」この数時間でわたしは疲れはてていたから、ケヴィンのトイレトレーニングのことなどすっかり忘れてしまっていた。

あなたがわたしの肩に腕をまわしていった。「きみもショックだっただろう」

「全部わたしのせいよ」わたしはあなたの腕をふりほどいた。

「子どもからずっと目を離さずにいられる母親なんていないよ」

あなたがこんなにやさしくなければいいのにと思ったわ。「でも、やっぱりわたしが――」

「シーッ」あなたが人差し指を口に当てた。廊下の奥のトイレから、ちょろちょろと液体が流れる音がかすかに聞こえた。親にとっては音楽のような響きだったわ。「どういうことだと思う？　怪我のショックのせいか？」あなたがささやいた。「それとも、おむつ替え台に乗るのが怖くなったとか？」

わたしは肩をすくめた。実態がどうあれ、今日、ケヴィンが立て続けにおむつを汚したのを見てわたしが激怒したせいで、あの子がおびえてトイレを使うようになったとは思えなかった。だけど、子ども部屋であの子とやりあったこととまったく無関係とはいえないはず。ま、いままでの苦労がようやく報われたってことね。

「これはお祝いしなきゃいけないな。あの子におめでとうをいってやって――」

わたしはあなたの腕をつかんだ。「あんまり調子に乗っちゃだめよ。そっとしといてやらなきゃ。そんなに大騒ぎすることじゃないわ。あの子は自分の敗北を人目にさらしたくないはずよ」

もちろんわたしは、便器におしっこをするのが敗北を認めることだなんて、ほんとは思っていなかった。あの子はこの大きな戦いに勝ったんだもの。トイレを使うことを受けいれるのは、恩着せがましくも寛大な勝者が敗北した敵に示すちょっとした譲歩のようなものだった。

ケヴィンが片手でズボンを引きあげながらトイレからもどってくると、わたしは、夕食に大皿いっぱいのポップコーンを作ることを提案し、ご機嫌とりをするように「塩をたくさんかけましょうね!」とつけくわえた。おやすみなさいのキスをするまでの時間、いつもと変わらない生活が奏でる音楽――あなたが鍋を出すときのがちゃがちゃという音や、ステンレス製のボウルの甲高い金属音や、トウモロコシの粒がはじける陽気な音を聞きながら、わたしは感じていた。ケヴィンが沈黙を守りつづけるかぎり、お腹をトカゲが這いあがってくるようなこの感覚はずっと続くことになるんだろうと。

どうしてケヴィンはだまっていたのかって? 事情をなにも知らない人には、あの子は母親をかばっているように見えたでしょうね。ええ、それもあったかもしれない。でも、そこに秘密と貸借に関する計算がからんでくるのよ。借金が時効を迎えるのはまだまだずっと先で、それまでは秘密が存在するだけでどんどん未収利息が貯まっていき、これに嘘が加わったことで利息はさらにふくらんでいる。「パパ、ぼくが腕を折ったほんとうの理由を知ってる？」という切り札を時間がたってから使えば、さらに爆発的に利息を増やすことができるかもしれない。一方、この秘密を持っているだけで、今後わたしからは労せずしていろんな利得が引きだせるかもしれない。万が一、秘密がばれてしまったとしても、あの子が損をすることはなにもないのだから。

その夏のあいだ、わたしは語りたいことがたくさんあるにもかかわらず、それを抑えていた。もしもわたしがシナリオライターで、かんしゃくを起こすときに超人的な能力を発揮する意地悪女が主人公のテレビドラマの脚本を書いていたとしたら、そこに登場する意地悪女の息子は、母親が自由自在に家じゅうを飛び回って自分を宙に浮かせたりしないように、家のなかをつま先立ちで歩き、母親にひきつった笑みを投げかけ、身振り手振りを駆使して懸命に母親の怒りをやわらげようとするでしょうね。萎縮し、家のなかではいつも従順な態度をとって――。

テレビドラマの話はこれぐらいにしておくわね。実際には、つま先立ちで歩いていたのも、ひきつった笑みを浮かべていたのも、いつも萎縮していたのもわたしだったんだから。

ここで権力の話をしましょう。そうすればあなたにもわかると思うから。一般的には、家庭内で絶大な権力を握っているのは両親だということになってるわよね。でも、わたしはこれにはちょっと疑問があるの。じゃあ、子どもはどうかって？　子どもは、まず、親をがっかりさせる。親に恥をかかせ、破産させることだってある。そしてわたしにいわせれば、この世に生まれてこなければよかったと親に思わせることもある。それに対して親はなにができる？　映画に行くのを禁止する。でも、どうやって？　子どもが勝手に出かけようとしたら？　そういう意味じゃ、親って政府みたいなものなのよね。自分の権威を維持するために、あからさまに脅しをかけたり、それをほのめかしたり、ときには腕力に訴えることもある。ぶっちゃけた話、子どもがわたしたちのいうことを聞くのは、わたしたちに腕を折られるかもしれないと思うからじゃないかしら。

ただし、ケヴィンの場合はちょっとちがったわ。あの子の白いギブスは、わたしがあの子に対して権威を示すためになにがやれるかじゃなくて、なにがやれないかを示すシンボルのようになってしまった。親としての権力を行使しようにも、そうするための最大の武器をわたしは自ら封印するはめになってしまったのよ。いきなり暴力に訴えたのはやっぱりまずかった。おかげで、わたしの手元に残ったのは、威力がありすぎるばっかりに使えないという困った兵器だけ。だって、あの子は、わたしがもう二度と手をあげることはないと確信したでしょうからね。

もしかしたら、あなたは一九八九年のわたしが野蛮なネアンデルタール人に退化してたんじゃないかと不安に思ってるかもしれないわね。それはだいじょうぶ。ケヴィンを放りなげたときに感じた真の自分とか真の母親とか親子の親近感とかいったものは、日々の生活のなかに埋没してあっというまに消えてしまったから。逆に、わたしは自分の背が縮んだような感覚を味わっていた。態度も卑屈に、声もかぼそくなった。ケヴィンになにかを頼むときは、いつもケヴィンに選ばせるような言い方になった。「ハニー、車に乗りたいと思わない？」「これからいっしょに買い物に行ってもだいじょうぶかしら？」「ママーが焼いたばかりのパイの真ん中からパイ皮をつまみ食いするのは、あんまりいいことじゃないと思うんだけど」。ケヴィンがばかにしていた自宅学習に関していえば、モンテッソーリ顔負けの自由放任主義に転向した。

最初のうち、ケヴィンはわたしをさまざまなペースに巻きこんでふりまわした。たとえば、昼食に自家製のピザが食べたいというから、午前中いっぱいかけてピザ生地をこねてソースを煮込んで作ってやると、ペパロニ・ソーセージを二切れつまんで食べただけで、残りを野球のボールみたいにまるめてシンクに捨ててしまった。でも、ほかのおもちゃがそうだったように、母親をもてあそぶのにもじきに飽きてしまった。わたしにとってはあの子の飽きっぽさがさいわいしたというわけね。

わたしは、以前は制限していた塩分たっぷりのスナック菓子もしきりに出してやったわ。でも、そんなおべっか使いはケヴィンの神経に障った。だから、あの子のまわりをうろついていると、すごい目つきでにらまれた。わたしは、ケヴィンにとってはたいした敵じゃなくなった。あの子もきっと、小さくなっておとなしくしている親をそれ以上打ちのめすのは、後味が悪いと思ったんでしょうね。

ギブスをつけた腕を三角巾でつっていたのに、ケヴィンはひとりでお風呂に入るようになった。お風呂からあがったときに、わたしがタオルを体にかけてやろうとすると、いやがって身をかわし、自分でタオルを体に巻きつけた。いままでおとなしく寝そべっておむつを替えてもらい、睾丸まで拭いてもらっていたとは思えないよそよそしさで、八月になるとわたしはバスルームにも入れてもらえなくなった。着替えもひとりでするようになった。十歳のとき病気で二週間寝こんだときを除けば、十四歳になるまで、わたしに服を脱いだ姿を見せたことは一度もなかった――もちろん、そのころには、わたしも息子の裸なんて見たいとは思わなくなってたけれど。

わたしがケヴィンにしきりにしてみせたやさしいしぐさには、もちろん謝罪の気持ちが含まれていた。ケヴィンはそれを受けいれようとはしなかった。わたしが額にキスすると、あの子はそこを手で拭いた。髪をとかしてやると、わたしを追いはらってから、せっかくとかした髪をくしゃくしゃにした。抱きしめると、腕が痛いといって冷ややかに離れていった。わたしが「愛してるわ」と──もうマニュアルどおりの言い方ではなく心をこめて情熱的に──いうと、唇の右側だけをぎゅっと持ちあげた皮肉っぽい笑いを浮かべた。いまでもやっているあの笑いを。ある日、わたしが懲りずに「愛してるわ、坊や」とささやくと、ケヴィンは即座に「にぇーにぇにぇーにぇ、にぇーにぇ！」といい返し、わたしは二度とその言葉を口にしなくなった。

あの子はわたしという人間の本性がわかったと思ったにちがいないわ。あの子はカーテンの向こう側をのぞいてしまったのよ。そしてそこに見えた景色は、はじめて見た両親のセックスと同じくらいあの子の心に焼きついて、どんなにわたしが猫なで声を出そうとおやつをふるまおうと消し去ることはできなかった。でも、これはわたしには驚きだったのだけれど、そんなふうにあきらかになった母親の本性──意地悪で凶暴な──は、どうやらあの子のお気に召したようだった。ケヴィンがわたしを数字になぞらえるとしたら、ぜったい「1」だわね。あの「事件」の前にやっていた算数のドリルのなかで、あの子が好きだった数字は「2」でも「3」でもなくて、「1」だった。あの子がわたしを見るときは、横目でしかなかったけれど、それでもいままでになかった興味──あえて敬意とはいわないわ──を持ってこちらを見るようになっていた。

あなたとの関係についていえば、わたしは前からあなたに隠し事をするのには慣れていた。けれど、隠していたことのほとんどはわたしの気持ちだった。ケヴィンが生まれたときに感動することができなかったとか、新居が好きになれないとか。人はだれでも頭のなかに鳴り響く不協和音を多少なりとも他人に知られないようにするものだけど、それでもわたしとしてはあなたに自分の気持ちをいえないのは苦しかった。ただ、あの子を幼稚園に迎えに行こうとするたびに感じる不安を口にしないでおくことと、「そうそう、じつはあの子の腕を折ったのはわたしなの」とあなたに打ちあけずにいることは、まったくちがうレベルの問題だった。気持ちの問題はいくらいやなことでも体のなかに溜まっていくという感覚はなかったのに対して、この現実的な秘密は体にずしんとこたえてまるで砲弾を飲みこんでしまったようだったわ。

あなたがとても遠くにいるように思えたわ。夜、あなたが服を脱ぐのを見ていると、まるで自分が幽霊になってあなたに会いにきたようななつかしさを覚えた。そんなあなたを横目に見ながら歯をみがきに洗面所に向かうとき、あなたがわたしにぶつかっても、月の光のなかを歩くようにそのまま通り抜けていけそうな気がした。裏庭であなたがケヴィンの怪我をしていない右手にキャッチャーミットをはめさせてボールのキャッチのしかたを教えているとき、日差しを浴びて温まった窓ガラスに手を当ててそれをながめながら、あなたとのあいだをそのガラスに隔てられているようで、自分ひとりがあの世に行ってしまったような気持ちになった。あなたの幸せを願いながら、もう近づくことはできないんだというような……。あなたの胸に手をふれていても、ほんとうにあなたにふれているという実感が感じられなかった。

わたしたち夫婦が水入らずで外出することもまったくなくなった。『ウディ・アレンの重罪と軽罪』を見に行くことも、ナイアックの〈リヴァー・クラブ〉で軽食をとることもなく、ましてやニューヨークまで出かけて〈ユニオン・スクエア・カフェ〉でくつろぐことなどあり得なかった。たしかにベビーシッターのことでいろいろ問題はあったけれど、あなたは毎晩家にこもって過ごす生活を大喜びで受けいれた。そして明るい夏の夕方、ケヴィンにアメリカンフットボールのフォースダウンやバスケットボールのスリーポイントシュートや、さらには野球のインフィールドフライのルールを教える時間をこのうえなく大切にした。ケヴィンがどんなスポーツにも興味も適性もないということにあなたは気づいておらず、そのことでわたしはちょっと胸が痛んだわ。でもわたしがいちばん失望したのは、あなたがそういう「充実した時間」を妻と過ごしたいとは思ってくれなかったことだった。

こんなことを話してもなんの意味もないわね。そう、わたしはあなたたちをねたんでいたのよ。そしてわたしはひとりぼっちだった。

八月も終わりに近づいたある日、隣の家の住人がしつこくドアのブザーを鳴らした。わたしはあなたが応対する声をキッチンから聞いていた。

「悪い冗談はやめろとあんたの息子にいってくれ！」ロジャー・コーリーがいきなりまくしたてた。

「どうしたんだい、ロジャー。落ちついてくれよ」あなたがいった。「他人の冗談にケチをつけるんなら、あんたのを先に聞かせてくれなくっちゃ」

あなたは軽い調子で応じていたけれど、ロジャーになかに入ったらどうかとはいわなかった。わたしが玄関をのぞいたとき、あなたがドアを少ししか開けずにしゃべっているのが見えた。

「トレントがパリセーズ・パレードの丘を自転車で走っていたら、自転車がいうことをきかなくなって、茂みに落ちたんだ！　トレントは大怪我をしたんだよ！」

それまでコーリー夫妻とは友好関係を保つように努力していたわ。息子のトレントはケヴィンよりも一歳か二歳年上だった。最初のころ、モイラ・コーリーはケヴィンに遊びに来るように熱心に誘ってくれていたけれど、いつしか理由はわからないままにそのことは口にしなくなった。でも、わたしがアルメニア系だということに彼女が関心を示してくれたので、わたしは前の日に、焼きたてのガタ――あなたもまた食べたいと思ってくれてるかしら？――、母に教わった、ほのかに甘くてバターがたっぷり入ったあのケーキを彼女の家に届けたばかりだった。なごやかな近所づきあいは郊外での暮らしの数少ない魅力のひとつだから、あなたが玄関のドアをちゃんと開けないでしゃべっていることが失礼だと思われないか心配だった。

「ロジャー」わたしはタオルで両手を拭きながら、あなたの後ろから声をかけた。「よかったらなかにお入りになったら？　ずいぶん動転してるみたいだけど」

リビングに場所を移してからあらためて見てみると、ロジャーの姿にはちょっと憐れを誘われた。ライクラのサイクリングショーツをはくにはお腹が出すぎていたし、サイクリング用のシューズを履いていたから内股ぎみによちよち歩くことしかできなかった。あなたはわたしの盾になろうとでもいうように、わたしとロジャーのあいだの少し奥まったところにある肘掛け椅子に腰をおろした。

「お宅の息子も事故に遭ったんじゃ、かわいそうだったなあ」あなたが口を開いた。「この機会に、自転車の安全運転の基礎を教えてやったほうがいいんじゃないかな」

「うちの子は基本的なことはちゃんと知ってるよ！」ロジャーがいい返した。「たとえば、車輪のクイックリリースがゆるんでいたら危険だとか」

「それが事故の原因だってこと？」わたしはたずねた。

「トレントは走っている途中で前輪がぐらつきはじめたといってたよ。あとで自転車をチェックしたら、クイックリリースのレバーが起きてただけじゃなかった。それがまわされて、フォークがいつ抜けても不思議はない状態になってた。シャーロック・ホームズを連れてくるまでもなく、犯人がケヴィンだってことはあきらかだ！」

「ちょっと待ってくれよ！」あなたがいった。「いったいどういう根拠で――」

「トレントが昨日の朝に乗ったときには、自転車にはなんの問題もなかった。そのあと自転車のそばにいたのは、エヴァ、あんたと、あんたの息子だ。そうだ、昨日はケーキを届けてくれてありがとう」ロジャーは小声でつけくわえた。「とてもおいしかった。ほんとにありがとう。でも、ケヴィンがトレントの自転車をいじくりまわしたことには感謝するわけにはいかない。もっとスピードを出していたら、交通量の多い道を走っていたら、あの子は死んでいたかもしれないんだぞ」

「あなたはさっきから憶測だけで話をしている」あなたが語気を強めた。「クイックリリースは、トレントが事故に遭った衝撃で開いたのかもしれない」

「冗談じゃない。ぼくもサイクリングをするし、自転車でころんだことだってある。でも、ころぶだけでクイックリリースのレバーが開いてしまうことはない――ましてやそれが勝手にまわってゆるむなんてことはあり得ないよ」

「万が一ケヴィンがやったとしても」わたしはいった（あなたがわたしをじろりとにらんだ）。「あの子はレバーがどういう働きをするのか知らなかったんじゃないかしら。レバーを開いたままにしておくのが危険だということを」

「そういう可能性もあるだろうな」ロジャーがうなるような声でいった。「ということは、お宅の息子があまり賢くないってことになるが、トレントが彼のことをいうのを聞いていると、とてもそうは思えない」

「いいかい」あなたがいった。「トレントは、ほんとうは自分がクイックリリースをいじっていたんだけれど、事故の責任を自分でかぶりたくなかったのかもしれない。だとしたら、うちの息子がぬれぎぬを着せられたことになる。すまんが、そろそろ引きとってくれないかな。これから庭仕事をする予定なんで」

　ロジャーが帰ったあと、モイラがガタのお礼に焼いてくれると約束してくれたアイリッシュ・ソーダブレッドを食べる機会はもうないんだと思って気持ちが沈んだ。

「まったく、ときどききみのいうとおりだと思うことがあるよ」あなたが部屋のなかを歩きまわりながらいった。「子どもが膝をすりむくと、だれかがその責任をとらされる。この国の連中は『事故』とはなんぞやということがわからなくなってるんじゃないかね。ケヴィンが腕を折ったとき、ぼくはきみを責めたりしたかい？　なんでそれがだれかの落ち度にならなきゃいけないんだ？　だれもなにもしなくても、災難は起きるときは起きるんだよ」

「トレントの自転車のことはあなたがケヴィンに訊いてみる？」わたしはたずねた。「それともわたしが訊く？」

「なんでそんなことをする必要がある？　ケヴィンがなにかをしたとは思えないよ」

　わたしは小声でいった。「あなたはいつもそういうのね」

「きみはいつもあの子を疑うんだな」あなたはしらけた顔でいった。

　よくあるやりとりだったし、いつもより刺々しい感じでもなかったから、どうしてあのときにかぎって、トレントの自転車のクイックリリースのように、わたしのなかでなにかがはじけたのか、わたしにもわからない。なにかをいおうとしていたのだけれど、口を開くまで自分がなにをいうつもりなのか自分でもわかっていなかった。

「フランクリン、わたし、もうひとり子どもがほしいの」

わたしは目をあけて、まばたきした。自分がいったことに驚いた。無意識のうちになにかいってしまったのは、それまでの六、七年のあいだではじめてだったかもしれない。あなたはくるりとこちらをふりかえった。あなたの言葉も無意識のうちに発せられたものだった。

「いまのは冗談だろ?」

そのセリフはジョン・マッケンローが審判の判定に文句をいうときの口癖だったけど、あなたには彼のことを往生際の悪いやつだと非難していたことを思いだす余裕はなかったかもしれないわね。

「あなたにもそのつもりで協力してほしいの」

おかしな話なんだけど、このときばかりはなぜかものすごくはっきりわかっていた。いまの話が気まぐれとか夫婦関係改善の秘薬がほしいとか、そういうことからいいだしたわけじゃけっしてないんだってことが。わたしは冷静そのものだったし、頭のなかもすっきりしていた。これこそ、ほんとの答えだったんだと思ったわ。昔、わたしたちが子どもを持つかどうかを延々と話しあってたとき、「新しいページを開くため」だとか「人生の大問題の答えを教えてもらうため」だとか、子どもを持つ理由をいろいろいったじゃない？　でも、そうじゃなかったのよ。「わたし、子どもがほしいの」まさにこれが子どもを持つ理由。これだけでじゅうぶんだったのよ。なんでこんなことに気づかなかったのかしら？　わたしはこんなに自信たっぷりに確信したことはなかったから、あなたがまだ話しあわなきゃならないことがあると思ってると知って、わけがわからなくなってしまった。

「エヴァ、きみはいま四十四歳だ。頭が三つついた奇形のカエルかなにかが生まれるかもしれない」

「四十代で子どもを産んでいる女性はたくさんいるわ」

「いい加減にしてくれ！　きみはケヴィンが小学生になったら、ウィング・アンド・ア・プレヤー社にもどるつもりじゃなかったのか。情報公開《グラスノスチ》後の東ヨーロッパに進出する壮大な計画があったんじゃないのか？　先手を打って『ロンリープラネット』を出し抜くんじゃなかったのか？」

「会社への復帰のことは考えてきたし、いまでもその気持ちに変わりはないわ。でも、仕事は一生続けることができる。これはわたしにとってはいましかできないことなの」

「信じられないよ。きみは本気なのか！　ほんとうに——本気なのか！」

「本気もなにも、『子どもがほしい』なんて冗談でいうことじゃないでしょ？　ケヴィンに遊び相手がいたほうがいいとは思わないの？」本音をいえば、わたしだっていっしょに遊ぶ相手がほしかった。

「遊び相手っていうのは『クラスメート』のことをいうんだよ。ふたりきょうだいはだいたい仲たがいするもんだ」

「年が近い場合はそうでしょうけど、彼女はケヴィンより少なくとも七歳年下になるわ」

「彼女？」あなたはいらだった声をあげた。

　わたしは眉をつりあげた。「たとえばの話よ」

「つまり、きみは女の子がほしくてそんなことをいってるのか？　着せ替え人形にして楽しむために？　エヴァ、そんなのはきみらしくないよ」

「そうね、たしかに娘を着せ替え人形にするのはわたしらしくないわ。そうとわかってるなら、そんな言い方をしなくてもいいでしょう。あなたが懸念を抱いているのはよくわかったわ。でも、わたしがもう一度妊娠したいと願うことを、どうしてあなたがそんなに怒らなきゃならないの？」

「そんなのわかりきってるじゃないか」

「どうして？　あなたは子育てを楽しんでるとばかり思ってたわ」

「ああ、ぼくは楽しんでるとも！　エヴァ、なんできみは娘ができればすべてが変わると思うんだ？」

「なにがいいたいのかわからないわ」ケヴィンのまねをしてわたしはわからないふりをした。「そもそもどうして、わたしがすべてを変えたいと思う必要があるの？」

「こんなふうになってしまったのに、どうしてまた同じことをやる気になった？」

「こんなふうにって、なにが？」わたしは感情を押し殺してたずねた。

あなたは窓の外をちらっと見て、ケヴィンがテザーボール（ポールからひもでつりさげられた球をラケットで打ちあうゲーム）をしているのをたしかめた。ケヴィンはボールが右まわり、左まわりと交互にポールに巻きつくようにボールを打っていた。あの子はこういう単調な遊びが好きだった。

「きみはいままで一度もケヴィンといっしょに出かけようとしたことがないじゃないか。いつもぼくとふたりで出かけられるように、あの子をだれかに預けようとする。子どもがいなかったころを懐かしんでいるのは見え見えだよ」

「そんなことをいった覚えはないわ」わたしは冷たくいいはなった。

「いわなくたってわかるさ。ぼくがケヴィンといっしょになにかしようと提案するたびに、きみはがっかりしてたじゃないか」

「そうよね、ケヴィンに知らない人の家でつらい思いをさせておいて、あなたとわたしは高級レストランで、お酒を飲みながらかぞえきれないほどの長い夜を過ごしたんですものね」

「ほら、やっぱりきみは、それができなかったことを不満に思ってるじゃないか。この夏も、きみがペルーに行きたいというから、ぼくもその気になった。ただし、ぼくは家族で旅行するとばかり思っていたんだ。六歳の子どもは一日どれくらい山を歩けるだろうとぼくがつぶやいたときのきみの顔を見せてやりたかったよ。ペルー旅行の計画にケヴィンが組みこまれたとたん、きみは興味を失ったんだ。ごめん、少しいいすぎたかもしれない。でも、子どもを作っておいて生まれたらできるだけ離れていようとするなんて、ぼくにはそんなことはできないんだ」

このまま話を続けてどういう方向に行くのか、わたしはちょっと不安になってきた。いずれ話しあわなければならないことがたくさんあるのはわかっていたけれど、まだなんの準備もできていなかった。わたしはよりどころとなるものがほしかった。これでいいのだという証拠がほしかった。でも、それを手に入れるには少なくとも九ヵ月かかるとわかっていた。

「わたしは一日中あの子といっしょにいるの」わたしはいった。「だから、あなたよりも息抜きがほしいと思うのは当然だと――」

「きみが大きな犠牲を払ってきたと愚痴をこぼすのを、ぼくはいつも聞いてやってきたはずだ」

「でも、あなたにとってはどうでもいいことだったのね」

「問題はぼくじゃない。あの子にとってどうかってことが問題なんだ」

「フランクリン、あなたがなにをいいたいのか――」

「いかにもきみがやりそうなことだ。きみはあの子のために家にいるといってるけど、ほんとはそうしていることをぼくに褒めてもらいたいだけなんだ。いつだって、あの子のことはどうでもいい。ちがうか？」

「どうしてそんなふうに考えるの？　わたしはただ、もうひとり赤ちゃんがほしくて、あなたにもそれを喜んでほしい——少なくとも、それについてこれから考えていってほしいと思っただけよ」

「きみはケヴィンを責めてばかりいる」あなたがいった。庭のなだらかな傾斜のてっぺんにあるテザーボールのコートをまたちらりと見た。話はまだはじまったばかりだとでもいうように。「家のなかで具合の悪いことが起きると、きみはいつもケヴィンのせいにする。幼稚園でもそうだ。成長過程のどの段階でも、きみはあの子のことで愚痴をこぼしていた。最初はこの子は泣きすぎると文句をいい、今度はおとなしすぎると文句をいう。あの子が自分なりの言葉遣いをするとそれがわずらわしいという。ケヴィンはちゃんと遊べないかもしれないが——それはきみが子どものころに遊んでいたようには遊べない、という意味だ。きみがあの子のために作ったおもちゃを、あの子は大切に扱おうとしない。新しい言葉のスペルを覚えても、きみの手柄だと感謝したりしない。そしてきみは、あの子が近所の子全員から遊ぼうと誘われないというだけで、だれにも相手にされない人間なんだと決めつける。たしかにあの子はひとつだけ、トイレトレーニングにかかわる深刻な精神的な問題を抱えていたが——エヴァ、おむつが取れないのはそれほど異常なことじゃない。ただ、本人にとってはものすごくつらいことだ——きみはそれを、きみとあの子のあいだの戦争だみたいな言い方をした。あの子がその問題を克服できてぼくはほっとしてるよ。だけど、きみのあの態度じゃもっと長引いてもおかしくなかった。こんな言い方をしてきみを傷つけることになったら申し訳ないと思うけど、きみの冷たさを埋め合わせるためにできることはなんでもしてきたつもりだ。でも、母親の愛情に代わるものはどこにもない。ぼくはこれ以上、ぼくの子どもがきみの冷たさにさらされるのはがまんできないんだよ」

わたしは呆然としていた。「フランクリン――」

「話はもう終わりだ。ぼくだってこんなことを話すのはゆかいじゃないし、すべてがうまくいくようになってほしいと思っている。きみが努力しているのはわかるよ――いや、きみが努力だと思うものをやっていることはわかってる。だが、あれではとてもじゅうぶんとはいえない。ぼくらはもっと努力しなきゃいけないんだ――ああ、ケヴィン！」ウッドデッキからぶらぶら歩いてきたケヴィンを、あなたは抱きあげた。父の日の広告の撮影でポーズをとるみたいに、頭上まで高々と持ちあげた。「テザーボールはおしまいかい？」

あなたがケヴィンを床におろすと、あの子はいった。「ボールを八四三回ポールに巻きつけたよ」

「そりゃすごい！　今度やるときはきっと八四四回できるようになるよ！」

あなたが、わたしをトラックに轢かれたような気分にさせた口論の余韻をなんとか取りつくろおうとしているのはわかったけど、いまどきの親に求められるそういうハリウッド的なテンションの高い演技はわたしの趣味じゃなかった。ケヴィンの顔にも当惑したような表情が浮かんでいた。

「うん、すごくがんばればね」ケヴィンが無表情のままいった。「目標があるっていいことだよね？」

「ケヴィン」わたしは体をかがめて声をかけた。「トレントが事故に遭ったのよ。そんなにひどい怪我じゃなかったから、じきによくなると思うわ。でも、お見舞いのカードを作ってあげたほうがいいんじゃないかしら――あなたが腕を怪我したとき、ソーニャおばあちゃんが作ってくれたみたいなのを」

「いいよ。だけどさ」あの子は遠ざかりながらいった。「あいつ、自転車に乗ってる自分がかっこいいと思ってるんだ」

冷房の温度を低くしすぎていたのかもしれない。わたしは立ちあがって鳥肌が立った腕をさすった。あの子に自転車のことをいったおぼえはなかった。

エヴァ

二〇〇一年二月一日

親愛なるフランクリン

あなたに打ち切りを宣言されてしまったから、わたしのほうから二度とあの話題を持ちだすことはなかった。あなたをだまそうなんて思ってたわけでもないのよ。でも、八月に突然わきあがってきた確信はあれから消えることはなかったし、あなたが相談に乗ってくれないんじゃ、ああするしかなかったのよ。

ケヴィンのギブスは二週間前に取れていたけど、わたしが罪の意識を感じなくなったのは、トレント・コーリーの自転車事故を知ったときだった。あっというまの心の変化だったわ。あれで、すべてが解決され、懺悔も済んだと思った。わたしはやっぱりやってみようと思った。二度目の妊娠がうまくいくかどうか。それはわたしにもわからなかったのだけれど。

わたしが「さかりのついた野獣」みたいになったことはあなたも気づいて、それを喜んでるようだった。おたがいに口にすることはなかったけれど、あのころのわたしたちの性欲には残念ながら少し陰りが出ていた。どちらかがベッドに行く前にわざとらしく「少し疲れた」ようにあくびをすることで、昔はほぼ毎晩のようにしていたセックスの回数がアメリカ人の平均の週一回に減ってしまって……。あのときふたたび燃えあがったわたしの欲望は、けっして目的達成のために無理にかきたてたものじゃなかった。わたしはあなたがほしかったの。ここ数年間なかったほど切実にそう感じていた。あなたと愛しあえば愛しあうほど、昼間もじっと座っていられないくらい欲望が高まって、デスクに置いてある鉛筆で太股の内側をこすったりしていた。ということは、わたしたちの関係はまだそんなに冷えきっていなかったということだと思ってほっとしたわ。だって、もしもわたしたちがほんとうに修復不能なほどの冷たい関係になっていて、おざなりな性生活しか営めなかったら、鉛筆なんか使わないで、昼食どきに見知らぬ男性の腕に体をゆだねたくなっていたかもしれないもの。

ケヴィンが廊下の奥の部屋に寝るようになってから、あなたはベッドのなかでひそひそ声でしかしゃべらなくなっていた。わたしが「なに?……いまなんていったの?」と訊きかえすこともめずらしくなくて……。そんな状況で欲望をかきたてるような言葉を交わすのは至難の業だったから、最後にはそれぞれが想像をたくましくして自分をかきたてるようになった。あなたの卑猥な提案や言葉なしではわたしが自分で考えつくことはたかが知れていて、代わりにいろいろと映像を思いうかべるようになっていった。でも、どう考えてもエロティックとはいえず、質感や色合いもいつも似たようなものばかり。最悪だったのは、子どもがいなかったころにセックスの最中に頭に広がっていた真っ赤とか真っ青とかいった鮮やかな色が見えなくなり、代わりに冷蔵庫のドアに貼られたケヴィンの絵の、濁ったオレンジとかタールのように汚い青がまぶたの裏で渦巻いているようになったことだった。

それでも、ペッサリーを空色のケースに入れたままにするようになってからは、見える色が明るくなってきた。視野も広がって、アララト山の山頂から遠くを眺めたり、グライダーに乗って太平洋の上を飛んだりしてるような感覚を味わうことができた。光がたわむれるなかどこまでも続く廊下、その大理石模様の寄せ木張りの艶やかな床、両側の窓から差しこむ日差し――浮かんでくるイメージのどれもが光り輝いていた。ウェディングドレスとか、雪の積もった野原とか、エーデルワイスの咲き乱れる野原とか。これが恋いこがれていた別世界なんだと思ったわ。心が解きはなたれたの。いままでは洞窟の奥の薄暗い穴に入りこんでいくような感じだったのに。しかも目の前にぱあっと広がる映像はどれもソフトフォーカスじゃなくて、くっきりと色鮮やかで、終わったあともはっきりおぼえていた。わたしは赤ん坊みたいにすやすやと眠ったわ。というか、こういう眠り方をする赤ん坊もいるということが、このあとわかったんだけど。

わたしは妊娠しにくい年齢になっていたから、子どもができるまでには一年の月日がかかった。翌年の秋、生理が止まったのを知ったとき、わたしは歌を口ずさむようになった。母が昔、わたしとジャイルズを寝かしつけるときに歌ってくれたアルメニアの民謡だった――たとえば「スーデ・スーデ」(歌詞は「嘘よ、嘘よ、嘘よ、ぜんぶ嘘よ、この世界にあるのはぜんぶ嘘よ!」)。歌詞が思いだせなくなると、母に電話して紙に書いてくれるように頼んだわ。母は喜んで引きうけてくれた。母はいまだにわたしのことを、母にアルメニア語を習うのをよけいな宿題だと文句をいっていいた強情な小さな女の子と思っていたから、わたしのお気に入りだったコミタス・ヴァルダペットの「ケレケレ」や「クジュナラ」や「グナグナ」の歌詞を、グリーティングカードに書いて送ってくれた。歌詞の背景には、アルメニアの絨毯によく描かれている柄や山村の風景がペンで描かれていたわ。

ケヴィンはわたしの変貌に気づいていた。それまでわたしが芋虫みたいに卑屈な様子で家のなかを歩きまわるのもとくに喜んではいなかったかもしれないけど、わたしが繭を突き破って蝶に変身したこともそれ以上に喜ばなかった。不機嫌そうに距離を置いて「音程がはずれてるよ」とけちをつけたり、彼が通っている他民族の子どもがいる小学校でよく耳にする「どうして英語でしゃべらないんだよ?」という言葉を口にしたりした。わたしは、アルメニアの民謡は多声音楽なのよ、とかわしてから、あの子がわかったふりをしたのを見て、ほんとうに意味がわかったのかとたずねた。「くだらない音楽って意味だよ」とあの子はいった。わたしはいくつかアルメニアの民謡を教えてやり、こういい聞かせた。「あなただって、アルメニア人なのよ」でもあの子は反論した。「ぼくはアメリカ人だよ」ぼくはツチブタじゃなくて人間だよ、とでもいうような言い方で。

なにかあったらしいと、彼も思っていたのね。ママーはもうなだれていないし、小さい子を相手にするようなしゃべり方もしなくなった。かといって、腕を骨折する前のような、ぶっきらぼうで、しゃちほこばっておかあさんをやっていたママーにもどったわけでもない。いまのママーは小川がさらさら流れるように楽しそうに家事をこなしていて、いくら石を投げつけてもなんの手ごたえもないまま川底に沈んでしまう。二年生のクラスメートを「ばか」呼ばわりしてみせたり、クラスメートが学校で勉強していることはとっくに知っているといってみせても、前みたいに「なにもかも知ってるわけじゃないことはじきにわかるわ」なんていわないし、「ばか」なんて言葉を口にしちゃいけませんともいわない。そういうときのわたしが笑っているだけだったのは、ケヴィンにとっては不思議でしょうがなかったでしょうね。

クウェートに侵攻したイラクに対する国務省の威嚇がエスカレートしたのは、ちょうどこのころだった。わたしはもともとなんでもかんでも心配するたちなんだけど、このニュースを聞いてもまったく取りみださなかった。「こういうことがあると、きみはいつも大げさに騒ぐじゃないか」十一月、あなたがいった。「心配にならないのか?」。そう、わたしは心配していなかった。なにひとつ。

生理がこなくなって三カ月が過ぎると、ケヴィンはわたしが太ったと文句をつけるようになった。わたしのお腹をつついて冷やかした。「巨人みたい!」自分の体型には自信があるほうだったけど、わたしは朗らかに同意した。「そうね。ママーは大きなブタになったの」

「なあ、少し腰まわりに肉がついたんじゃないか」十二月のある晩、ついにあなたはそういったわ。「ポテトを食べるのを少し控えたらどうだ? ぼくもそれで一、二キロやせたぞ」

「うーん」わたしはうなった。ほんとうは笑いをこらえるのに口のなかに拳を入れたい気分だったわ。「少しくらい太っても、べつにかまわないわ。そのほうが貫禄がついたように見えていいんじゃない」

「いったいどうしたんだ。悟りでも開いたのかい? ぼくがもう少し太ったほうがいいっていうと、いつもかんかんに怒ってたくせに!」それからあなたは歯をみがいて、ベッドにもぐりこんできた。枕元のミステリ小説を手にとったけど、表紙をぽんと叩いただけで、もう片方の手でわたしのふくらんだ胸をまさぐった。「きみのいうとおりかもしれないな」あなたはささやいた。「太ったエヴァはものすごくセクシーだ」本を床に落として、あなたはわたしのほうに体を向け、片方の眉をあげていった。「いいかい？」

「うーん」わたしは肯定的な視線を返しながら、またうなり声をあげた。

「乳首が大きくなってるな」鼻を押しつけながらあなたがいった。「そろそろ生理なんじゃないか？この前のときからだいぶたってる気がするけど」

あなたの頭がわたしの胸の谷間で動かなくなった。あなたは体を引いて、ユーモアのかけらもない表情でわたしの目を見つめた。あなたの顔からさっと血の気が引いた。

わたしはがっかりした。期待していたよりも悪い反応だったわ。

「いつぼくに知らせるつもりだった？」あなたが冷たい声でいった。

「すぐに知らせようと思ってたわ。数週間前にいうつもりだった。ほんとうよ。でも、なかなかいい出すタイミングがなくて」

「どうしていわなかったのかはわかるよ。予期せぬ事故だってことにするつもりだったんだろう？」

「事故なんかじゃないわ」

「このことはちゃんと話しあったはずだ」

「いいえ。話しあってはいないわ。あなたが一方的にまくしたてただけ。あなたは聞く耳を持とうとしなかった」

「それできみは勝手なまねをして——既成事実を作って——路上でひったくりに遭ったようにふるまってる。ぼくにはなんの関係もないかのようにね」

「もちろんあなたにおおいに関係があるわ。でも、わたしは正しくて、あなたはまちがっていた。わたしはあなたと真正面から向きあった。そして、あなたがよくいってたように、こっちはふたりなのに対してあなたはひとりよ」

「いままできみがやったなかで、いちばん厚かましくて……無礼な仕打ちだ」

「ええ、そうでしょうね」

「ぼくがどう思おうがもう関係ないだろうから、どういうことなのかちゃんと説明してほしい。じっくり聞いてやるよ」でも、あなたは聞こうとしているようには見えなかった。

「なにかを見つけたかったの」

「なにかってなにを？　どこまでぼくに謎かけをすれば気が済むんだ？」

「それは――」これからいうことに言い訳はするまいと思ったわ。「わたしの魂にかかわることなの」

「きみの世界には、きみ以外にはだれもいないのか？」

わたしはうなだれた。「いてほしいと思ってるわ」

「ケヴィンはどうなる？」

「どういうこと？」

「あの子はつらい思いをすることになる」

「世間ではきょうだいのいる子どもが多いみたいだけど」

「嫌味をいうのはやめろよ。あの子はずっと親の注目を一身に集めてきたんだ」

「裏を返せば、甘やかされてるってことでしょ。あるいはそうなる可能性があるということ。きょうだいができれば、あの子にとって最良の環境になると思うんだけど」

「あの子がそう感じるとは思えないけどね」

ふと、わたしたちがこの話をはじめて五分もたたないうちに、またケヴィンの話になっていることに気づいた。「たぶん、あなたにとってもいいことだと思うの。わたしたちみんなにとって」

「そんなのは身の上相談の回答者の常套句だよ。ぐらついている結婚生活を補強するために赤ん坊を作るなんて、こんなばかげたことはないよ」

「わたしたちの結婚はぐらついてるの？」

「きみが揺さぶったんじゃないか」あなたはどなって、わたしに背を向けてしまった。

わたしは部屋の明かりを消して、寝具のなかにもぐりこんだ。わたしたちはおたがいに手もふれなかった。わたしは泣きだした。すると、あなたが両腕で抱きしめてくれて、安心したわたしはもっと激しく泣きじゃくった。

「なあ」あなたがいった。「きみはほんとうに——堕ろせなくなるまで待ってからぼくにいうつもりだったのか？　ぼくがきみにそうしろというなんて本気で思ってたのか？　ぼくたちの子どもを？」

「そうじゃないわ」わたしは涙声でいった。

でも、わたしが落ちつくと、あなたの口調はまたきびしくなった。「いいかい、ぼくだって最終的にはきみのいうとおりにするつもりだよ。だけどエヴァ、きみは四十五だ。かならず例の検査を受けると約束してくれ」

でも、「例の検査」を受けるということは、残念な結果が出た場合にはそれなりの対処をするつもりがあるということだわ。たとえ検査の対象が「ぼくたちの子ども」であっても。あなたに打ちあけるのを先延ばしにしようとしたのも当然よね。

あなたには検査を受けたといったけど、ほんとうは受けてなかったの。わたしが見つけた今度の産婦人科医——すてき人だったわ——は、ラインシュタイン先生とちがって妊婦を公共物のように扱ったりしなかったし、自分の意見を押しつけるようなこともしなかった。ただ、生まれてくる子どもがどんな子であっても——つまりどんな結果が出ようが、その子を愛し、大切にする覚悟を持ってほしいといった。

わたしたちのふたりめの子どもは、まちがいなくわたしのものだった。だから、ケヴィンを妊娠中に見せていたあなたの所有者然とした横暴な態度はすっかり影をひそめていた。わたしは買い物の荷物を自分で運んだし、ワインは適量の範囲内で飲みつづけ、それを見てあなたが顔をしかめることもなかった。運動のメニューもさらに強化して、ランニングや健康体操に励み、控えめにだけどスカッシュもやった。なにもいわなくても、あなたとはたがいに了解していた。わたしがなにをしようと、あなたには関係ないのだと。そういうふうにできて、わたしはうれしかった。

ケヴィンは自分の知らないところでなにかが進行しているのに感づいていた。いままで以上にわたしから距離を置くようになり、部屋の隅からわたしをにらみ、砒素の味見でもしているようにコップに入ったジュースをちびちびすすった。わたしが用意した料理はすべて用心深くフォークでつつき、ときには切りきざんで、その断片をお皿のまわりに並べていった。ガラスの破片でも入っていないか確認しているみたいだった。学校の宿題は絶対にわたしに見せようとしなかった。

だれかがケヴィンに説明しなければならなかった。それも、できるだけ早いうちに。わたしのお腹のふくらみは目立ちはじめていた。それでわたしは、この機会にあの子にセックスについて大まかに説明したほうがいいんじゃないかとあなたに提案した。でも、あなたは乗り気じゃなかった。ただ妊娠したといえば済むことじゃないか、とあなたはいった。子どもができるしくみまで知る必要はない。あの子はまだ七歳だ。もうしばらく無垢な子ども時代を過ごさせてやるべきじゃないかな？　性的な無知をけがれがないというなんてとんでもない時代遅れよ、とわたしは反論した。それに、わが子の性的な知識を見くびるのは、大昔からくりかえされてきた過ちだわ。

実際、そのとおりだった。夕食のしたくをしているときに、その話題にちょっとふれたら、あの子はいきなりこう訊いてきた。「それってファックのこと？」

やっぱりそうだった。いまの小学二年生を、わたしたちの子ども時代と同じように教育することはできない。「そうじゃなくて、セックスっていいなさい、ケヴィン。いまあなたがいった言葉を聞くと、怒る人がいるから」

「でもみんなそういってるよ」

「どういう意味か知ってるの？」

あきれたような顔で、ケヴィンがいった。「男の子がチンコを女の子のマンコに入れること」

わたしは、自分が子どものころに聞かされた、ポテトの栽培とも鶏の飼育ともつかない「種」と「卵」をつかったセックスについての堅苦しいばかげた説明をひととおり終えた。その間、ケヴィンはどうにか辛抱して聞いていた。

「そんなの知ってるよ」

「あら、それはびっくり」わたしはつぶやいた。「なにか質問は？」

「べつに」

「ひとつもないの？　男の子と女の子のことや、セックスや、自分の体のことでなにかわからないことがあったらいつでもママーやパパに訊いていいのよ」

「ぼくが知らないことを教えてくれるのかと思ったのに」ケヴィンはぼそっとつぶやいて部屋から出ていった。

わたしは妙に気恥ずかしかった。ケヴィンに期待させておいて、結局はがっかりさせてしまったのだから。あの子にうまく説明できたかとあなたに訊かれて、わたしは、ええ、たぶん、と答えた。するとあなたは、ケヴィンは驚いたり、不快な顔をしたり、とまどったりしなかったかとたずねた。わたしが、つまらなそうに見えたわ、と答えると、あなたは笑い声をあげた。わたしは沈んだ声で、あの話をつまらないと思うなら、いったいなにをおもしろがるっていうのかしら、と答えた。

性教育の第二段階はさらに厄介だった。

「ケヴィン」翌日の晩、わたしは話しはじめた。「昨日話したことをおぼえてるわよね？　セックスの話。ママーとパパもときどきセックスをしているの」

「どうして」

「そうね、それによってあなたが生まれて、みんなが仲良くなれるからかしら。あなただって、だれかと仲良くなれたほうがいいでしょう。いままで、家のなかで遊び相手がほしいと思ったことはない？」

「ないよ」

テーブルの上でクレヨラの六十四色入りのクレヨンのなかから一本をつかんで、手際よく折っているケヴィンのそばにかがみこんだ。「あなたの仲間ができるのよ。小さな弟か妹ができるの。きっと気に入ると思うわ」

ケヴィンは不機嫌そうに長々とわたしをにらんだ。でも、とくに驚いた様子には見えなかった。「気に入らなかったら?」

「そしたら、そのことに慣れるしかないわね」

「慣れたからって、楽しくなるとはかぎらないよ」あの子はそういって、赤紫色のクレヨンをつかんだ。「ぼくには慣れたんでしょ」

「そうね!」わたしはいった。「あと数カ月したら、みんな新しい家族に慣れるはずよ!」

クレヨンが短くなると、折るのはどんどん難しくなり、ケヴィンは固くて短いクレヨンに渾身の力を込めて指を押しつけていた。「きっとがっかりするよ」

ついにクレヨンが折れた。


生まれてくる子どもの名前についての話し合いにあなたを引きこもうとしたけど、あなたは関心を示さなかった。そのころにはもう湾岸戦争がはじまっていて、CNNからあなたの注意をそらすのは不可能だった。テレビルームであなたの横に座りこんでいるときのケヴィンを見るかぎり、あの子は一般的に男の子が喜びそうなものにも、戦闘機のパイロットにも、アルファベットの歌と同じようにまったく興味がないようだったけれど、「核兵器」についてだけはあの年齢では考えられないくらいの知識を持っていた。テレビ中継向けののんびりしたペースの戦闘にいらだって、ケヴィンは不満をいった。「パパ、どうしてコリン・パウエルはあんなクズみたいなやつらに手こずってるの? 核兵器を落としてやればいいんだ。そうすればイラク人に、だれがえらいのか教えてやれるのに」これを聞いたあなたはすごくうれしそうだった。

フェアプレーの精神から、わたしは以前の約束を持ちだして、ふたりめの子どもにはプラスケットの姓をつけることを提案した。あなたはパトリオットミサイル配備の映像に見入ったまま、そんなのばかげてるよ、といって却下した。ふたりの子どもに、ちがう名字を名乗らせるのか？　どっちかが養子だと思われるよ。洗礼名についても、あなたは冷淡だった。なにかを払いのけるように片手を振って、きみの好きなようにすればいい、というだけだった。

わたしは男の子ならフランクにしましょうと提案した。女の子なら、母方の絶えてしまった家系からもらうのならカルーかソフィアということになるけれど、それはやめて、あなたの家系の名前をもらうことにした。

あなたのお母様の妹で、子どものいないシーリア叔母さんが亡くなったのは、あなたが十二のときだった。それは、あなたにとって大きなショックだった。あなたの家にしょっちゅうきていたゆかいなシーリア叔母さんは、オカルトに凝っていて、運勢を占う八個の魔法の玉をあなたにくれた。でも、あなたとあなたの妹を降霊の会に連れていったせいで、もともと彼女のことを好ましくないと思っていたあなたの両親からますますうとまれるようになった。シーリア叔母さんは、わたしと同じように冒険好きな人だった。若く、独身だった彼女は、恋人とワシントン山に登り、季節はずれの吹雪に遭って低体温症で亡くなった。でもあなたは、叔母さんの名前をわたしたちの子どもにつけようという提案を、いらだたしげに受けながした。まるで、わたしがシーリア叔母さんの超自然的な技を使って、あなたを陥れようとしているとでもいいたげに。

二度目の妊娠は、最初のときに比べると、いろんなことにさほど神経質にならずに済んだ。ケヴィンが二年生になっていたこともあって、ウィング・アンド・ア・プレヤー社の仕事も増やせるようになった。お腹に子どもがいると孤独感も薄れたし、あなたが仕事に出かけ、ケヴィンが学校に行っているときにひとりでしゃべっていても、ひとりごとという感じはしなかった。

もちろん、なんでも二度目のほうが楽になるものよね。シーリアはとっても小さかったから、ほんとうは自然分娩でもよかったのかもしれないけど、最初の経験をふまえて無痛分娩することにした。そして、出産と同時に、シーリアと魔法のような心の交流ができるなんていう過剰な期待も持たなかった。しょせん赤ん坊は赤ん坊でしかないんだから、どの子もそれぞれの意味ですばらしい存在だけど、出産の瞬間にその子のおかげでなにかが変わるなんて思ったら、新しい世界にとまどっている赤ん坊にとっても、疲れきった中年の母親にとっても、あまりにも大きな負担になる。でもじつは、シーリアが予定日よりも二週間早い六月十四日に外に出たがったとき、わたしは彼女の熱意を感じずにはいられなかった。昔、ケヴィンが二週間遅れで生まれたとき、彼にやる気のなさを感じたのとは反対に。

赤ちゃんには、生まれた瞬間から感情があるのかしら？　二度のささやかな経験からいわせてもらうと、わたしはあると思っているわ。わたしは出産と同時に、ふたりの子どもの感情にはっきりしたトーンのちがいがあるのを感じたの。ケヴィンの場合は、防犯用の笛のようなけたたましい高音で、色でいえば大動脈のような赤、そして激しい怒りを感じさせるトーンだった。でも、そんな激しい怒りの噴出がいつまでも続くわけもなく、あの子が成長するにつれて、笛の音は次第に抑揚のない車のクラクションの響きに変わり、赤はレバーのような鈍い黒紫色になり、激しい怒りだったものは永続的に続く不満に変わっていった。

でも、シーリアをはじめて腕に抱いたとき、真っ赤な顔をして、血にまみれてはいたけれど、彼女を包むオーラは淡いブルーだった。あなたとのセックスのあいだじゅう見えていたあの澄みきった空のような色……。生まれたとき、シーリアは泣かなかった。あの子が出すかすかな声はのんびり散歩を楽しんでいる人が人知れず発するつぶやきみたいなトーンだった。彼女の手は宙をさぐるように動き、彼女の口はわたしの乳首に近づいたとたん、すぐに吸いついてお乳を飲みだした。そんな彼女から発せられる感情は、ケヴィンと対照的に「感謝」だった。

あなたが最初からふたりの子どものそんなちがいを感じていたかどうかはわからないけれど、シーリアにお乳を飲ませて口を拭いてやってからあなたに渡したとき、あなたはすぐにわたしの手にもどしたわ。もしかしたらあなたは、わたしのでしゃばった行動にまだうんざりしていたのかもしれない。あるいは、娘の姿があまりにも完璧で、わたしがしたことの正しさを見せつけられるような気がしたからだったのかもしれない。とにかく、それから年月がたつうちに、わたしが最初に直感したとおりだったとわかったわ。つまりあなたもそのちがいを感じていて、ちがいに対して怒っていたのよ。

あなたの冷たさは、そう考えないと説明がつかないの。あなたはシーリアをあまり抱きたがらないように見えたし、あの子を長いあいだ見つめるのを避けようとしていた。じっと見さえしなければ、ブライアンがいったように「心を奪われる」ことがないかのように。たぶん、あなたはシーリアが怖かったのね。あの子に心を奪われるのは、ケヴィンに対する裏切りだと思っていたのね。

お産はものすごく順調で、分娩までひと晩しかかからなかった。あなたはケヴィンを連れてナイアック病院にわたしたちを迎えにきた。最初に生まれた子どもにとって、自分の縄張りに言葉も話せない弱い人間が侵入してくることを受けとめるのがどんなに腹立たしいことなのか、いやというほどわかっていたから、わたしは神経質になっていた。でも、ケヴィンがあなたの後ろについて病室に入ってきたとき、あの子は、ベッドに駆けよって妹を枕で窒息させるようなまねはしなかった。ケヴィンが着ているTシャツには「ぼくはおにいちゃん《Big Brother》」と書かれ、アルファベットのOの文字がニコニコマークになっていた。きっちりとついた折りじわと、首からさがっている値札を見れば、あなたがそれを病院のロビーのギフトショップであわてて買ったのがわかったわ。ケヴィンはのろのろと近づいてきて、ベッドの片側に来ると、あなたがくれた枕もとの花束から百日草を一本引き抜き、花びらをちぎりはじめた。ケヴィンがシーリアにさっさと退屈してくれればいちばんありがたいんだけど、と思ったわ。

「ケヴィン」わたしは声をかけた。「あなたの妹に会ってみない?」

「なんで会うの?」ケヴィンがうんざりしたようにいった。「これから家に来るんでしょ。そしたら、これから毎日会うことになるじゃないか」

「でも、少なくとも妹の名前は知っておいたほうがいいでしょ?」わたしは、昔ケヴィンがまったく興味を見せなかった乳房から、ちょうど母乳を飲みはじめたところだったシーリアをそっと引きはなした。こういうとき、赤ん坊はたいがい泣きわめくものだけれど、シーリアは生まれた直後から、なにかを取りあげられるとすぐにあきらめた。そして、どんなにつまらないものでも差しだされると、目を大きく見開いて恥ずかしそうに受けとった。わたしは、ケヴィンに見えるように赤ちゃんを前のほうに差しだした。

「シーリアよ、ケヴィン。そばにいてもまだ楽しくないでしょうけど、もう少し大きくなったら、あなたのいい友だちになると思うわ」この子はいい友だちがどんなものなのか知ってるのかしら、と思いながらわたしはいった。ケヴィンは一度も学校からクラスメートを家に連れてきたことがなかったから。

「この子はぼくのあとをついてきたりするんでしょ。ちゃんと知ってるんだ。そんなの、めんどくさいよ」

あなたは後ろからケヴィンの肩を両手でぽんと叩き、親しみをこめて前後に揺さぶった。ケヴィンが顔をひきつらせた。「お兄ちゃんになるっていうのはそういうことなんだよ！ パパにも妹がいたからよくわかる。おまえのそばをずっと離れないんだ。おまえがトラックで遊びたいと思っても、妹はいつだってお人形でいっしょに遊ぼうといって聞かないんだ！」

「わたしはトラックで遊んだわ」わたしはあなたをにらんで反論した。家に帰ってから、この手の時代に逆行した性の役割をめぐるたわごとについてちゃんと話しあわなくちゃと思った。年の近いあなたと妹のヴァレリーは、仲のいいきょうだいとはいえなかった。「シーリアがなにを好きになるかなんて、まだわからないじゃないの。ケヴィンが人形遊びを好きになることだってあるかもしれないし」

「あり得ないよ！」あなたとケヴィンが同時に叫んだ。

「じゃあ、ニンジャ・タートルズやスパイダーマンはどうなの？ アクションフィギュアだって人形じゃないの！」

「おいおい、エヴァ」あなたがつぶやいた。「そんなことといったら、この子が混乱するじゃないか」

その間、ケヴィンはじりじりとベッドに近づき、片手をベッド脇のテーブルの上にあった水の入ったコップにつっこんだ。シーリアを横目でうかがいながら、彼女の顔の上に水で濡れた手をかかげた。ケヴィンの手から水滴がしたたると、シーリアは身をよじり、落ち着かない様子ではあったけれど、この洗礼の儀式にびっくりしているようには見えなかった。じつはシーリアが文句をいったり泣きわめいたりしないからといって、いつもそれがだいじょうぶだという意味ではなかったのだけれど、それがわかったのはずっとあとになってからだった。ケヴィンはめずらしく好奇心に駆られた表情を浮かべ、もう一度手を水で濡らして妹の鼻と口に水滴をかけた。わたしはどうしたらいいのかわからなかった。ケヴィンが洗礼を施す姿を見て、虐げられた親戚がベビーベッドに寝ている王女を呪いにやってくるおとぎ話を思いだしていたの。でも、ケヴィンは妹を痛い目に遭わせているわけじゃないから、兄と妹の顔合わせを、叱りつけて台無しにしたくはなかった。それで、ケヴィンが三度目に水を垂らしたとき、わたしはベッドのなかでもう一度気分を鎮めてから、シーリアの顔をシーツで拭いて、さりげなくシーリアを抱きよせた。

「さあ、ケヴィン！」あなたが両手のてのひらをこすりあわせながらいった。「ママが着替えるあいだ、廊下の自動販売機まで行って、ものすごく脂っこくて塩からいものを買ってこようか！」

四人で病院を出るとき、昨夜は出産の直後で断続的にしか寝てないだろうから、今日はきみが寝たあとでぼくが赤ん坊の面倒をみるとあなたがいいだした。

「そんなことしなくてもだいじょうぶよ」わたしはつぶやいた。「たしかに昨夜は授乳で何度か起きたけど、目覚ましをかけて起きたのよ。フランクリン――この子は全然夜泣きしないの」

「これから先もそうとはかぎらないだろう」

「あなたにはわからないでしょうけど――赤ちゃんはみんなちがうのよ」

「赤ん坊は泣くもんだ」あなたは威勢よくいった。「一日じゅうベッドでごろごろして、ずっとおとなしく寝てるなら、ドアマットを育てるのと変わらないよ」

帰宅すると、玄関の小さなテーブルに飾っていたわたしの二十代後半のころの写真がなくなっているのに気づいた。どこかに持っていったのかとあなたにたずねると、あなたは肩をすくめて知らないと答えた。そのうち見つかるだろうと思って、それ以上さがしはしなかったけれど、結局写真は見つからなかった。いったいどうしたんだろうと思ったわ。わたしはもう、あの写真のようにきれいじゃなくなっていたし、かつてわたしたちにも皺ひとつなくて美しかった時代があったことを示す貴重な証拠だったのに。その写真はアムステルダムのハウスボートで撮ったもので、そのころその船の船長とは後腐れのない恋愛を楽しんでいるところだった。写真を撮ってくれたときに彼がとらえたわたしの表情が、わたしは好きだった。おおらかで、リラックスした、やわらかな表情。そこには、そのころわたしが人生に求めていたすべてのもの――きらめく水面、白ワイン、ハンサムな男――に対する喜びが焼きつけられていた。写真のなかのわたしの表情は、それ以外のほとんどの写真に見られるきびしさがなかった。突き出した額と落ちくぼんだ目もこの写真では目立たなかった。写真は、ハウスボートの船長が郵送してくれたものだったから、ネガはなかった。たぶん、これはたぶんそうだろうというだけなんだけど、あの写真はわたしが入院しているあいだに、ケヴィンが持っていって押しピンで穴だらけにしてしまったんじゃないかと思ってるの。

とにかく、あのときはスナップ写真なんかのことで騒ぎたてる気分じゃなかった。こんなことを軍隊のたとえでいうのはあまりにも挑発的かもしれないけど、シーリアを抱いて家の敷居をまたいだとき、わたしは自分の部隊の戦力が正常レベルにもどったような、爽やかな気分だった。疑うことを知らない幼い娘は、無防備にさらした左脇腹みたいなもので、戦力としてはなんの役にも立たないということに、あのときのわたしはまだ気づいていなかった。

エヴァ

〈著者略歴〉

ライオネル・シュライヴァー（Lionel Shriver）

1957年、米国ノース・カロライナ州に生まれる。「マーガレット・アン」と名付けられるも、子供の頃から男勝りだったシュライヴァーは、15歳の時、自らの希望で「ライオネル」と改名。コロンビア大学卒業後は、ナイロビ（ケニア）、バンコク（タイ）、ベルファスト（アイルランド）などに移り住みながら、小説家・ジャーナリストとして活躍してきた。日本語翻訳版の刊行は2005年英オレンジ賞を受賞した本作が初となる。'07年に発表した『The Post-Birthday World』は、'08年に米「エンタテインメント・ウィークリー」誌、米「タイム」誌の各ベスト・ブック・オブ・ザ・イヤーに選ばれた。

〈訳者略歴〉

光野多恵子（みつの・たえこ）

津田塾大学卒。訳書にパーカー『勇気の季節』（早川書房）、ウェストール『クリスマスの幽霊』（共訳）、ホワイト『ベルおばさんが消えた朝』（以上、徳間書店）など。

真喜志順子（まきし・よりこ）

上智大学卒。訳書にグリーン他『神々の物語―心の成長を導く教え』（柏書房、共訳）、ナーゼル他『メンデ――奴隷にされた少女』（ヴィレッジブックス）など。

堤理華（つつみ・りか）

金沢医科大学卒。訳書にソロモン『真昼の悪魔――うつの解剖学』（原書房）、『スコット・フィッツジェラルド作品集 わが失われし街』（響文社、共訳）など。

少年《しょうねん》は残酷《ざんこく》な弓《ゆみ》を射《い》る　上《じょう》

2012年6月30日　第1刷発行
2012年8月23日　第3刷発行

著　者　ライオネル・シュライヴァー
訳　者　光《み》野《つの》多《た》恵《え》子《こ》／真《ま》喜《き》志《し》順《より》子《こ》／堤《つつみ》理《り》華《か》
発行人　金子伸郎
発行所　株式会社イースト・プレス
〒101-0051
東京都千代田区神田神保町2-4-7久月神田ビル8階
電話：03-5213-4700　FAX：03-5213-4701
http://www.eastpress.co.jp
印刷・製本所　中央精版印刷株式会社

ISBN978-4-7816-0782-5 C0097
